| 백두산 천지 |　육당은 조선 일체의 지주는 백두산이고, 백두산의 지주는 천지이고,
천지는 조선 최대의 신비라고 했다(2006년 촬영)

금邪路로서 出하야 東洋支持者인 重責을 全케하는 멋又로라오 支那로하야곰 夢寐에도 免하지못하는 不安恐怖로서 脫出케하는 것이며 쏘東洋平和로 重要한 一部를삼는 世界平和 人類幸福에 必要한 階段이되게하는 것이라 이것이엇지 區區한 感情上問題 ─리오

아아 新天地가 眼前에 展開되도다 威力의 時代가 去하고 道義의 時代가 來하도다 過去 全世紀에 鍊磨長養된 人道的 精神이 바야흐로 新文明의 曙光을 人類의 歷史에 投射하기 始하도다 新春이 世界에 來하야 萬物의 回蘇를 催促하는도다 凍氷寒雪에 呼吸을 閉蟄한것이 彼一時의勢 ─라하면 和風暖陽에 氣脈을 振舒함은 此一時의勢 ─니 天地의 復運에 際하고 世界의 變潮를 乘한吾人은 아모 躊躇할것업스며 아모 忌憚할것업도다 我의 固有한 自由權을 護全하야 生旺의 樂을 飽享할것이며 我의 自足한 獨創力을 發揮하야 春滿한 大界에 民族的 精華를 結紐할지 로다

吾等이 玆에 奮起하도다 良心이 我와 同存하며 眞理가 我와 幷進하는도다 男女老少업시 陰鬱한 古巢로서 活潑히 起來하야 萬彙羣象으로 더부러 欣快한 復活을 成遂하게되도다 千百世祖 靈이 吾等을 陰佑하며 全世界氣運이 吾等을 外護하나니 着手가 곳 成功이라 다만 前頭의 光明 으로 驀進할짜름인뎌

公約 三章

一, 今日吾人의 此擧는 正義, 人道, 生存, 尊榮을 爲하는 民族的 要求 ─니 오즉 自由的 精神을 發揮할것이오 決코 排他的 感情으로 逸走하지말라

一, 最後의 一人까지 最後의 一刻까지 民族의 正當한 意思를 快히 發表하라

一, 一切의 行動은 가장 秩序를 尊重하야 吾人의 主張과 態度로 하야곰 어대까지던지 光明正大하게하라

朝鮮建國四千二百五十二年三月　日

朝鮮民族代表

孫秉熙	吉善宙	李弼柱	白龍城	金完圭
金秉祚	金昌俊	權東鎭	權秉悳	羅龍煥
羅仁協	梁旬伯	梁漢默	劉如大	李甲成
李明龍	李昇薰	李鍾勳	李鍾一	林禮煥
朴準承	朴熙道	朴東完	申洪植	申錫九
吳世昌	吳華英	鄭春洙	崔聖模	崔麟
韓龍雲	洪秉箕	洪基兆		

吾等은 茲에 我朝鮮의 獨立國임과 朝鮮人의 自主民임을 宣言하노라 此로써 世界萬邦에 告하야 人類平等의 大義를 克明하며 此로써 子孫萬代에 誥하야 民族自存의 正權을 永有케 하노라

半萬年 歷史의 權威를 仗하야 此를 宣言함이며 二千萬 民衆의 誠忠을 合하야 此를 佈明함이며 民族의 恒久如一한 自由發展을 爲하야 此를 主張함이며 人類的 良心의 發露에 基因한 世界改造의 大機運에 順應幷進하기 爲하야 此를 提起함이니 是] 天의 明命이며 時代의 大勢] 며 全人類 共存同生權의 正當한 發動이라 天下何物이던지 此를 沮止抑制치 못할지니라

舊時代의 遺物인 侵略主義 强權主義의 犠牲을 作하야 有史以來 累千年에 처음으로 異民族箝制의 痛苦를 嘗한지 今에 十年을 過한지라 我生存權의 剝喪됨이 무릇 幾何] 며 心靈上 發展의 障礙됨이 무릇 幾何] 며 民族的 尊榮의 毀損됨이 무릇 幾何] 며 新銳와 獨創으로써 世界文化의 大潮流에 寄與補裨할 機緣을 遺失함이 무릇 幾何] 뇨

噫라 舊來의 抑鬱을 宣暢하려하면 時下의 苦痛을 擺脫하려하면 將來의 脅威를 芟除하려하면 民族的 良心과 國家的 廉義의 壓縮銷殘을 興奮伸張하려하면 各個 人格의 正當한 發達을 遂하려하면 可憐한 子弟에게 苦恥的 財産을 遺與치 안이하려하면 子子孫孫의 永久完全한 慶福을 導迎하려하면 最大急務가 民族的 獨立을 確實케 함이니 二千萬 各個가 人마다 方寸의 刃을 懷하고 人類通性과 時代良心이 正義의 軍과 人道의 干戈로써 護援하는 今日 吾人은 進하야 取하매 何强을 挫치못하랴 退하야 作하매 何志를 展치못하랴

丙子修好條規以來 時時種種의 金石盟約을 食하얏다하야 日本의 無信을 罪하려 안이하노라 學者는 講壇에서 政治家는 實際에서 我 祖宗世業을 植民地視하고 我 文化民族을 土昧人遇하야 한갓 征服者의 快를 貪할뿐이오 我의 久遠한 社會基礎와 卓犖한 民族心理를 無視한다하야 日本의 少義함을 責하려 안이하노라 自己를 策勵하기에 急한 吾人은 他의 怨尤를 暇치못하노라 現在를 綢繆하기에 急한 吾人은 宿昔의 懲辦을 暇치못하노라 今日 吾人의 所任은 다만 自己의 建設이 有할뿐이오 決코 他의 破壞에 在치 안이하도다 嚴肅한 良心의 命令으로써 自家의 新運命을 開拓함이오 決코 舊怨과 一時的 感情으로써 他를 嫉逐排斥함이 안이로다 舊思想 舊勢力에 羈縻된 日本 爲政家의 功名的 犠牲이 된 不自然 又 不合理한 錯誤狀態를 改善匡正하야 自然 又 合理한 正經大原으로 歸還케 함이로다

當初에 民族的 要求로써 出치 안이한 兩國倂合의 結果가 畢竟 姑息的 威壓과 差別的 不平과 統計數字上 虛飾의 下에서 利害相反한 兩民族間에 永遠히 和同할수업는 怨溝를 去益深造하는 今來實績을 觀하라 勇明果敢으로써 舊誤를 廓正하고 眞正한 理解와 同情에 基本한 友好的 新局面을 打開함이 彼此間 遠禍召福하는 捷徑임을 明知할것 안인가 또 二千萬 含憤蓄怨의 民을 威力으로써 拘束함은 다만 東洋의 永久한 平和를 保障하는 所以가 안일뿐 안이라 此로 因하야 東洋安危의 主軸인 四億萬 支那人의 日本에 對한 危懼와 猜疑를 갈스록 濃厚케하야 그 結果로 東洋全局이 共倒同亡의 悲運을 招致할것이 明하니

| 기미독립선언서 원문 | 이 글은 조선 최대의 명문장이다

육당 최남선 문학 연구

– 근대의 길을 내고 민족을 발견하다 –

저 자 약 력

┃송 기 한

충남 논산생
서울대학교 국어국문학과 졸업
동 대학원 졸업. 문학박사. 문학평론가
UC Berkeley 객원교수
현재 대전대학교 인문예술대학 교수

주요저서로는『한국 전후시와 시간의식』,『문학비평의 욕망과 절제』,『한국 현대
시의 서정적 기반』,『고은 : 민족문학의 길』,『한국 현대시사 탐구』,『시의 형식과
의미의 이해』,『1960년대 시인연구』,『21세기 한국시의 현장』,『한국 현대시와 근
대성 비판』,『한국 현대시와 시정신의 행방』,『현대문학속의 성과 사랑』,『한국 개
화기시가 사전』,『한국 시의 근대성과 반근대성』,『문학비평의 경계』,『서정주 연
구』,『현대시의 유형과 인식의 지평』,『비평과 인식』,『정지용과 그의 세계』,『현대
시의 정신과 미학』등이 있음

육당 최남선 문학 연구
- 근대의 길을 내고 민족을 발견하다 -

초 판 인 쇄   2016년 06월 24일
초 판 발 행   2016년 07월 02일

저   자   송 기 한
발 행 인   윤 석 현
발 행 처   도서출판 박문사
책 임 편 집   최인노
등 록 번 호   제2009-11호

우 편 주 소   서울시 도봉구 우이천로 353 성주빌딩 3층
대 표 전 화   02) 992 / 3253
전   송   02) 991 / 1285
홈 페 이 지   http://www.jncbms.co.kr
전 자 우 편   bakmunsa@hanmail.net

ⓒ 송기한, 2016. Printed in KOREA

ISBN 979-11-87425-00-7   93810   정가 22,000원

육당 최남선 문학 연구

– 근대의 길을 내고 민족을 발견하다 –

송 기 한 저

박문사

근대의 길을 내고 민족을 발견하다

내가 육당에게 관심을 갖게 된 것은 고등학교 3학년 교과서에서 배운 기미독립선언서 때문은 아니다. 물론 기미독립선언서를 배울 시점에도 이글에서 풍겨나오는 웅장함과 화려한 수사 등으로 말미암아 압도당한 기억이 아직도 남아 있다. 어떻게 하면 이렇게 좋은 글을 쓸까, 또 어떻게 하면 조국의 선구자가 될 수 있을까. 그리하여 이를 바탕으로 이런 품격있는 글을 쓸 수 있었던 육당에게 한없는 부러움을 가졌다. 그럼에도 나는 근대 문학을 연구하면서 육당이라는 존재는 거의 잊고 살아 왔다. 우리 근대사의 어두운 단면이었던 그의 친일행적이 늘 마음에 걸렸던 탓이다. 이렇게 보면 문학을 대하는 나의 태도가 무척이나 감상적이고 소박한 수준의 것이었음을 알게 된다. 그리고 이런 나 자신에 대해 또 자책하기도 한다.

그런데 지금 다시 육당에게 더없는 관심과 친숙감을 느끼게 된다. 그것은 지금 여기의 현실에서 빚어지는 좌절과 회한 때문이다. 이런 감상적 동기가 다시 육당에게로 눈을 돌리게 된 것은 참으로 아이러니컬한 일이 아닐 수 없다. 그에게 관심을 갖고 그의 근대사상을 탐색해 들어가기로 마음 먹은 것은 징확히 지금으로부터 2년전이다.
물론 그 이전에 육당의 문학에 관한 조그마한 소논문이 한 편 있긴
했지만, 그것은 육당에 대한, 특히 그의 문학에 대한 본격적인 연구
라고 할 수 없을 정도의 것이었다. 이 시기에 내가 준비하고 관심을
가졌던 것은 이용악의 시세계였다. 특히 그의 「낡은 집」은 많은 정서
적 공감대를 준 작품이기도 했다. 지독히도 가난했던 어린시절을 이
시만큼 선명한 그림으로 보여주는 것도 없었기에, 작품의 주인공인
털보 가족의 비극적 삶이 나의 가족의 불행사처럼 받아들여졌기 때
문이다. 그만큼 「낡은 집」이 준 서정의 세계는 충격적인 것이었다.
나는 이 작품을 머리 속에 그리면서 우리 근대사가 왜 그리 불행했
고, 또 30여년 뒤인 1960년대까지 그런 편편치 못한 삶이 왜 지속되
었는가에 대해 계속 관심을 가져온 터였다.

　그러나 이러한 관심은 2014년 4월 16일 일어났던 세월호 사건으
로 완전히 바뀌게 되었다. 지금 우리 현실에서 필요한 것은 지난 시
절의 가난에 대한 반성과 회고와 같은 감상적 정서가 아니라 아직도
완성되지 못한 계몽의 필요성이라는 판단이 들었다. 이날 수학여행
을 가던 어린 학생들은 알 수 없는 조난을 당했고, 영문도 모른 채 죽
어갔다. 조국의 따스한 흙바람은 차가운 물속에 갇힌 이들을 감싸주
지 못했다. 그들은 죽는 순간이 되어서야 더 이상 구원의 손길은 없
다는 것을 알았고, 그토록 자랑스럽게 생각해왔던 조국이 배반했음
을 알게 되었다. 문명의 국가라고, 무역이 1조 달러라고, 그리하여
세계 경제 속에서 10위권 내외의 순위를 자랑한다고 교육받아왔던
지배이데올로기가 완전히 허구였다는 사실을 이들은 비로소 알았
을 것이다. 이를 무기력하게 지켜본 우리들 역시 똑같은 생각이었다.

이런 좌절 앞에 우리가 할 수 있는 일이 무엇이며, 또 이들을 위해 할 수 있었던 일은 무엇이었을까.

여전히 미개한 국가에 살고 있다는 것, 문명과 이성, 합리성은 그저 저 멀리 남의 나라 것이라는 사실을 세월호 사건은 일러주었다. 계몽은 여전히 유효했고, 미몽은 깨어나야 했으며, 인간이 최우선의 가치가 되어야 한다는 이상이야말로 폐기될 수 없는 유일무이한 가치임을 알게 되었다. 그 와중에 문득 떠올랐던 사람이 바로 육당이었다. 근대는 여전히 진행형일 수밖에 없고, 또 계몽의 기획이야말로 그때나 지금이나 더욱 절실한 당면과제라는 점은 부인할 수 없을 것이다. 우리의 현실은 계몽이 여전히 유효한 도그마일 수밖에 없다는 사실을 이 사건은 우리에게 극명하게 보여준 것이다. 그러한 기대치를 온전히 만족시켜줄 사상가는 육당뿐일 것이다. 한사람의 문학도로서 내가 기댈 수 있는 자그마한 희망이란 육당의 필생의 과업이었던 계몽사상이 아니었을까 하는 생각을 하게 된다. 반만년의 미몽을 일깨우고, 근대라는 거대한 성채를 위해 그 스스로가 할 수 있는 일이 무엇일까에 대해 끊임없이 노력한 사람은 육당이 거의 독보적인 존재였기 때문이다.

세월호 유가족들의 절규와 이를 함께 공유한 우리들의 트라우마를 뒤로한 채, 2년이란 세월 동안 육당의 저작을 읽고 그의 사유를 탐색했으며 나 나름의 글들을 정리해왔다. 육당이 미개화된 조선에서 근대로의 여명을 밝히는 잣대와 통로가 무엇이었고, 그 핵심 무기는 진정 무엇이었던가를 고민한 것이 지난 2년 동안의 시간이었던 셈이다.

한국 근대사에서 육당만큼 평가의 격차가 심한 경우를 찾기는 어려울 것이다. 물론 한 인간이 살아온 내력을 검토해 보면, 전일성이라든가 완벽성과 같은 언사를 내리는 것이 얼마나 어려운 일인가를 알게 된다. 누구에게나 삶의 긍정성이 담보되어 있는 경우가 있고, 또 그 반대의 경우도 있다. 문제는 어느 한 국면이나 미세한 부분을 전면화시켜 나머지 사실들을 뒤집어 씌우는 경우이다. 이런 혐의에서 가장 억울한 경우가 일제 강점기를 살았던 사람들이다. 특히 자신의 행적을 글로 남기고, 또 그것이 휘발성으로 사라지지 않는 이상, 한번 잘못된 길로 표현된 글들은 후대에 이르러 지속적으로 타매의 대상이 되어 왔다. 그가 일평생을 일궈온 사상이나 업적은 뒤로 한 채 누구나 저지를 수 있는 단 하나 오점으로 말미암아 모든 것을 잃어버리고 마는 불행한 일들이 계속 반복되어 온 것이다. 문학의 경우로 한정하더라도 이런 시도들은 일제 강점기의 저항문인으로 이육사, 윤동주 등 두 사람으로만 한정시키는 결과를 만들어버렸다. 그렇다면 다른 수많은 문인들은 무엇을 했단 말인가. 이런 이분법적인 논리 속에서 자유로운 문인이 몇이나 더 있을까. 현재를 살아가는 우리들이 지나온 과거와 그 불행했던 현실에 절규하면서 견뎌온 그들의 고난에 대해서 너무 쉽게 재단해왔던 것은 아닐까.

과거의 흠결에 대해 너무 쉽게 그리고 빠르게 가치평가하는 행위들은 과거의 영웅일 수 있는 존재들에 대해서 아무런 여유를 주지 못하고 과감하게 끌어내리기에 급급한 결과를 가져왔다. 그렇다고 그 반대의 경우에 대해서도 사려깊은 판단이나 넉넉한 평가를 주지 못한 것도 사실이다. 그리하여 수많은 사람들이 부당한 대우를 받고 자신의 설자리를 잃어버린 채 사라져 갔다. 이런 결과들은 이 시대에 존경할 만한 사람들이 과연 몇이나 남아 있을까 하는 의문을 갖게 만든다.

그러나 일제 강점기의 불온한 현실에 대해 수긍하고 이를 자연스럽게 받아들여온 문인들은 거의 없다는 것이 나의 생각이다. 이육사와 윤동주만이 현실에 대해 저항한 것이 아니다. 순수 문학을 표방한 영랑은 불온한 현실에 대한 내적 순수를 간직함으로써 현실에 타협하지 않은 지사적 풍모를 보여주었다. 또 감당할 수 없는 현실에 대해 괴로워하고, 죽은 국토에 생생한 혼을 주입시키려 했던 소월 역시 이 범주로부터 벗어나지 않는다. 뿐만 아니라 문학성을 매도하면서 계급 이데올로기의 수단으로 문학을 폄하했다고 비난받는 카프문학의 경우도 저항이라는 범주와 전연 무관한 것이 아니다. 이들은 계급해방을 조국이 독립하는 지름길로 믿어 왔기 때문이다. 저항과 투쟁이라는 개념의 외연을 이렇듯 넓히게 되면 식민지 현실에 대해 용인하고 이를 긍정한 문인을 찾아내는 것이 매우 어려운 일임을 알게 된다. 일제 강점기의 문인들에 대해 문학사에 자리매김하고 또 이들에 대해 가치평가를 할 경우, 이와 같은 전제는 반드시 있어야 하리라고 본다.

그런 논리의 연장선에서 육당 또한 운위되어야 한다는 것이다. 그렇다고 내가 이 글을 쓰면서 육당에 대한 평가를 지극히 관대한 관점에서 보려고만 했다는 것은 아니다. 그 또한 문학도로서, 혹은 역사가로서 정당한 평가를 받아야 하고 또 자리매김되어야 하기 때문이다. 다만 후대의 과도한 윤리적 요구를 그에게 엄격하게 들이댄다면, 그리하여 그를 윤동주나 이육사에 대비되어 준열한 평가를 받게 한다면 이 또한 발생적 오류라고 감히 말하려고 한다. 소월과 영랑, 카프 작가들이 적절한 대우를 받지 못한 것처럼, 육당의 경우에도 동일한 대우를 받아온 깃이 사실이기 때문이다.

육당을 비롯한 식민지 시대의 문인들을 평가할 때, 몇 가지 전제가 있어야 하리라고 본다. 하나는 필연적 시대착오의 문제이다. 과거의 가치관과 현재의 가치관은 분명 다르게 존재하고 사유된다. 특히 과거에 존재했던 사람들에 대한 조망이 전지적 시점으로 재단되는 경우가 허다해서 후대의 평가자는 거의 전지전능한 신의 위치에 서게 되는 것이 현실이다. 이들이 갖는 윤리는 거의 절대자의 위치에 올라있는 것이어서 그 어느 누구도 이들의 준열한 칼날을 피하기 어려운 구조로 되어 있다. 그러니 어느 누구로부터 과거의 조그마한 흠결만 드러나도 그는 이 절대자 앞에서 옴짝달싹 못하는 존재, 곧 범죄자로 낙인찍히게 되는 것이다. 따라서 현재의 기준을 절대적인 것으로 받아들이고 있는 이상, 과거 인물에 대한 올바른 평가는 제대로 내려지기 힘들다는 점은 애써 강조되어야 하리라고 본다. 이런 전제를 받아들이지 않는다면, 과거의 인물들은 어느 누구도 이 검열로부터 자유롭지 못한 존재가 될 것이다.

둘째는 환경의 문제이다. 이는 무감각의 논리로 설명될 수 있는데, 어느 특정 환경에 계속 노출되다 보면, 그 속에 들어가 있는 존재는 자신의 정체성을 확보하기가 쉽지 않게 된다. 우리의 주변에서 늘상 있는 공기가 바로 그런 것이다. 공기는 인간의 삶에 있어서 없어서는 안될 중요한 요소이지만, 그것이 현재 존재하고 있는가에 대한 고민이랄까 판단은 거의 하지 않게 된다. 다만 그 반대의 조건이 제시되는 경우에만 그것의 존재성과 중요성이 부각될 수 있을 뿐이다. 이런 상황논리를 일제 강점기 시기와 견주어보면 이 시기를 살았던 사람들의 정신사를 이해하는 데 어느 정도 도움이 되지 않을까 한다.

육당이 변절로 의심되던 시기는 대략 1920년대 중후반이다. 또한 그 정도가 좀 심해지던 시기는 이로부터 약 10년 뒤의 일이다. 1910 년을 기준으로 하면 거의 20-30년의 세월이 경과한 뒤인 것이다. 시간이 오래되었다는 것은 동일성의 맥락으로부터 자유롭지 않다는 것을 말해주거니와 이에 대한 대항담론을 만들어내는 것도 쉽지 않은 일이 된다. 따라서 텍스트나 담론의 변화란 알게 모르게 진행될 수밖에 없는 현실에 놓이게 된다. 보편이라는 이름으로 진행되고 있는 현실에서 특수라고 하는 이질적인 감각을 노정하는 것이 쉽지 않은 일이 된다는 뜻이다. 육당이 이 시기에 발표한 텍스트에 대해서 개화기나 혹은 1920년대 전후의 수준을 요구하는 것은 매우 어려운 일이 아닐 수 없게 되는 것이다.

담론이 사회적 상호작용의 결과인 것처럼, 텍스트 역시 그런 과정 속에서 탄생한다. 따라서 텍스트에 대한 해석 역시 당시의 현실 속에서 유연하게 해석되어야 한다는 것이다. 당대의 고민 속에서 탄생한 텍스트에 대해서 후대의 엄격하고 무시무시한 윤리의 칼로 쉽게 재단할 수 없다는 것은 바로 이런 이유 때문이다. 그러나 많은 연구자들과 해석자들은 냉정한 심판자로서의 권능을 휘두르면서도 그러한 텍스트가 당대의 상황 속에서 어떻게 대화하면서 탄생하게 되었는가에 대한 것, 곧 이데올로기적 환경에 대해서는 외면해버리는 과오를 범해 온 것이다. 그것이 텍스트에 대한 올바른 평가를 내리지 못하게 한 근본 원인 가운데 하나이다.

셋째는 일관성의 문제이다. 이는 어쩌면 작가의 내면에 면면히 흐르는 심연의 문제라고 할 수도 있을 것이다. 세상은 바뀌었고 현실과 나의 관계는 끊임없는 변화를 요구하고 있으며, 조국과 적의 구별은 점점 어려워 가는 현실이 1930년대 후반의 상황이었을 것이다. 말하자면 가해자와 피해자의 관계가 매우 모호해져 갔던 것이 1930년대 조선이 처한 상황이었다는 뜻이다. 그럼에도 조선이라는 특수성은 언제나 포기될 수 없는 숭고한 지상의 임무 가운데 하나였다. 만약 이러한 고유성마저 사라지게 된다면, 보편과 특수의 관계는 저열한 일반론으로 전락하게 되어 조선이라는 정체성은 영원히 사라지게 될 처지에 놓인 것이 이 시기의 특성이었던 것이다.

일본 유학에서 돌아온 육당이 제일 먼저 시도한 것이 조선이라는 나라의 경계였다. 근대가 요구하는 가장 일차적인 것이 민족주의와 국가주의와 같은 특수성임은 익히 알려진 사실이다. 그것은 범문화권과 보편주의와 구별되는 특수성이었고, 근대를 여는 매개같은 것이었다. 육당이 무엇보다 먼저 지리에 관심을 갖고 조선의 경계와 영역에 대해 남다른 관심을 보인 것도 이런 저간의 사정 때문이었다. 그런 면에서 육당이 시도한 지리학에의 경도는 매우 시의적절한 것이었다고 할 수 있다. 그리고 그가 다음으로 시도한 것이 조선적인 것의 정체성이랄까 특수성에 관한 것이었다. 그것은 여러 부면에 걸쳐서 이루어진 것인데, 문화나 정신 등 조선과 관련된 것이면 무엇이든지 가능했다. 이런 기획이야말로 근대가 요구한 필연성에 보답하는 것이었고 아시아적 보편성이었던 중화주의로부터 벗어나는 길이었다.

그러나 문제는 이러한 구체성에 대한 추구가 일본 제국주의라는 거대한 벽 앞에 필연적으로 막힐 수밖에 없었던 현실에 있었다. 이는 육당 개인뿐만 아니라 전조선인의 삶의 조건을 규정하는 중차대

한 문제가 아닐 수 없었다. 그러한 위기의식을 육당은 「기미독립선
언서」에 담아내었다. 뿐만 아니라 이 문제는 육당이 짊어지고 나아
가야할 절체절명의 과제이기도 했다. 그의 조선학의 탄생이 여기서
시작된 것은 결코 우연이 아니다. 그러나 앞서 언급대로 열악한 외
적 환경들은 그로 하여금 이런 학문적 토대와 정신적 심연을 이끌어
가도록 내버려두지 않았다. 특히 내선일체의 기치아래 말살하려드
는 조선학에 대해서 그가 할 수 있는 일, 선택할 수 있는 일은 그리
많지 않았다. 실상 우리가 가장 주목해야할 부분이 바로 이 지점이
다. 조선의 뿌리와 정체성이 사라질 위기에 그 마지막 외침이라도
남아있게 할 수 있다면, 조선의 실체는 희미하나마 살아나는 것은
아닐까. 그렇다면 육당이 선택할 수 있는 길도 어렴풋이 보이는 것
이었고, 또 시의 적절한 것은 아니었을까. 저들의 검열을 피하면서
조선의 마지막 깃발을 수면 위에 내보일 수만 있다면 그것만으로도
성공으로 비쳐지는 것이 이 시대의 빛나는 가치이자 윤리가 아니었
을까. 육당은 개화초기부터 단 한번도 조선의 특수성에 대한 탐색을
멈추지 않았다. 특히 적과 아군이 구분되지 않고, 또 조선적인 것과
일본적인 것이 혼융된 상태에서 어느 것이 진정 우리가 지켜나가야
할 정체성인지 알 수 없었던 때, 그는 단군을 호명했고, 불함문화론
에 대해 이야기했다. 그런 면에서 보면 육당의 내면에 면면히 흘러
왔던 심연, 조선에 대한 가열찬 그의 의지는 단 한번도 수그러든 적
이 없었다. 그것만으로도 그의 조선학은 충분히 가치가 있는 것이고,
근대로 나아가는 길목에서 조선을 적절히 인도했다고 생각되는 것
이다.

　그러한 심연이 그가 늘상 부르짖었던 '반만년 조선의 역사'로 표

명되었다. 그는 이 기둥과 뿌리로 조국을 이해했고, 국토를 사랑했으며, 계몽이라는 이름으로 반만년동안 잠들어있던 조선의 혼을 일깨우려 했다.

다시 한 번 강조 하면, 텍스트는 사회적 상호작용의 결과이다. 그러나 해방 이후 시도된 육당에 대한 해석들은 그러한 상호연관성을 무시하고 결과만을 보려 들었고, 또 지금 여기의 냉철한 윤리적 잣대로만 재단하려 했다. 이런 과도한 검열이 일제 강점기를 고민하고 그 나름의 시각으로 헤쳐나가려 했던 수많은 사람들을 친일로 단죄해버리는 과오를 범해왔다. 그들이 일궈낸 사유와 업적들은 그들이 말기에 보였던 텍스트 속에 묻혀버린 것이다. 그 위를 덮고 있는 것들이 그 사람의 전부가 되었고, 그 이면에 갇혀있던 것들은 부활의 길을 상실한 채, 잠을 자고 있었던 것이다. 이제 갇힌 텍스트들은 소생의 나팔 소리를 듣고 깨어나야 한다. 그것이 어쩌면 이 시대가 요구하는 소명일 것이고 잃어버렸던 역사에 대한 정당한 복원이 될 것이다. 육당학의 출발은 바로 이런 전제하에서 이루어져야 한다.

계몽에 대한 유효성 논쟁은 여전히 진행형이다. 그러나 중요한 것은 그것이 과거의 석화된 화석으로 남겨질 수 없다는 점이다. 과거의 모형 그대로 현재에도 동일하게 적용될 수 있는 것은 아니지만, 유연한 국면이나마 가변적일 수 있다는 점은 분명히 해야할 필요가 있을 것이다. 특히 사회가 봉건적 유폐의 국면으로 가거나 전일적 사회로 나아가는 경우, 계몽은 쉽게 폐기될 수 없다는 사실이다. 이런 현실을 두고 마르크스적 개혁의 방향도 생각해 볼 수 있을 것이다. 이 방법 또한 사회의 불편부당한 현실에 대해 결코 외면할 수 없다는 기제 속에서 그 의미가 있는 테마이기 때문이다. 보다 나은 삶의 조건을 개선해나갈 수 있다는 점에서 이 두 사조는 동일한 권역으로 묶어낼 수 있을 것이다. 다만 그 도정으로 가는 방법에 있어서 차이가 나는 것인데, 어느 경우가 특정 사회에 더 큰 정합성을 갖는 것인가 하는 것은 전적으로 사회적 상황에 달려 있다.

이런 맥락에서 나는 우리 사회가 당연한 가장 큰 과제를 계몽의 관점으로 이해했다. 그러나 이 관점이 과거 어느 시기의 그것과 똑같은 파장으로 현실을 규율할 수 있다고 생각하지는 않는다. 다만 전일적 사회나, 획일성을 요구하는 사회, 그리하여 개인의 자유와 인격, 민주적 가치가 현저하게 손상받거나 위협을 받을 때, 이 관점은 더 강력한 자장을 가질 수 있다는 것이다. 이런 시각을 가질 때, 육당이 시도했던 근대의 터전은 더욱 닦이는 것이고 그 길은 더욱 크게 넓혀질 것이다.

|차 례|

육당 최남선 문학 연구

– 근대의 길을 내고 민족을 발견하다 –

제1장

계몽의 기획과 글쓰기

1. 중인계층의 역사적 위치

육당 최남선이 태어나던 해가 1890년이니 정확히 120년 전이다. 이때는 구한말이면서 조선이 근대 국가의 모습을 갖추어나가던 시기이다. 근대 국가가 무엇이냐고 물을 때 이에 대해 명쾌한 답을 내리는 것은 대단히 어려운 일이다. 그리고 근대 국가의 이면을 담지하고 있는 사상적 배경이 어떤 것인가에 대해서 몇몇 현상들이나 개념적 어휘를 갖고 설명하는 것 또한 매우 난망한 일이 아닐 수 없다. 18세기 후반 서구에서 시작된 근대의 모습과 그 사상적 변이의 흐름들에 대해 단선화시켜 설명하는 것이 어려운 것처럼, 조선의 경우에 있어서도 이는 마찬가지의 경우였다.

조선의 근대화가 어느 시기부터 시작되었나 하는 기점 문제는 연구자들마다 상이한 시각을 보여 왔다. 연구자 자신의 세계관과 사회구성체의 분석방법에 따라 다양한 근대 기점론이 제기되어 왔기 때문이다. 가장 일반적으로 영정조 기점론이 근대의 시작점으로서 많은 지지를 받고 있는 것이 사실이긴 하지만, 이는 어디까지나 시작이라는 준거점에서 그러할 뿐이다. 보다 중요한 것은 출발이라는 시기가 아니라 그것이 하나의 이념적 형태를 갖추면서 활성화된 시기일 것이다. 그리고 여기에는 또 하나의 전제가 덧붙여진다. 지금까지의 근대 기점론이 주로 대내적인 문제들의 돌출과 그에 따른 현상들에서만 그것의 문제점들을 분석하고 있었다는 점이다. 문학의 제반 형태나 사회의 구성체 등에서 영정조는 이전의 시기와 차별되는 분기점적인 요소들을 분명 지니고 있었다. 중심의 해체와 같은, 다변적 사회의 제반 모습들이 이때부터 뚜렷하게 나타나고 있었기 때문이다. 그러나 이런 변화의 모습들이 주로 내적인 틀의 것으로 국한되어 있었을 뿐 대외적인 요소들에 대해서는 거의 주목하지 않고 있었던 것이다. 가령, 근대 국가로의 모습으로 가기 위한 주변국과의 관련 양상에 대해서는 거의 이해하지 못한 것이다. 그것이 이 시기에 펼쳐진 개화, 계몽의 연구에 대한 한계였다.

근대 국가가 형성되기 위해서는 내·외적 요소들이 모두 고려되어야 하는 것인데, 이런 면에서 영정조 때 제기되고 진행된 근대화 운동은 어느 정도 한계를 가질 수밖에 없었다. 보다 구체적으로는 동아시아 공동체의 중심이었던 중국에 대한 이해나 대타의식에 대한 분석이 전혀 없었던 것이다.

개화기에 그런 인식을 보인 대표적인 매체로 손꼽을 수 있는 것이 『독립신문』이다. 이 신문에 실린 시가들은 조선국이라는 인식을 분명히 한 바 있고, 연호의 사용이라든가 황제국의 선포 등을 찬양하고 언표화했다. 이는 외적 사유의 확장이라는 대타의식에서 빚어진 것이다. 따라서 기원으로서가 아니라 활성화된 모양새로서 조선의 근대화 운동은 19세기 말에서부터 20세기 초에 본격적으로 전개된 것으로 보아야 옳을 것이다.

조선의 근대가 개화기에 본격 시도된 것이라면, 개화주체의 성격과 그들이 추구한 이념에 대해서도 주목하지 않을 수 없게 된다. 개화기에 소위 선각자로 분류될 수 있는 인물들이 다수 배출된 것은 익히 알려진 바 있다. 그리고 이들의 계층적 성격과 개화사상의 층위가 어떤 것이었던가에 대해서도 어느 정도의 검토가 이루어진 바 있다. 이들이 중인층에 속해 있었다는 것이고, 근원적으로는 영정조 시대의 개혁을 주도한 북학파에 사상적으로 의존하고 있었다는 것이다[1]. 중인들은 주로 역관의 임무를 담당하고 있어서 세상 물정에 밝았으며, 이를 토대로 경제적인 이해도 역시 넓힐 수 있었다. 이들은 경제활동과 그에 따른 부의 축적을 통해서 근대적 인간형에 필요한 자유에 대한 감정과 개성에 대한 감각을 다른 어느 층보다 굳건히 가질 수 있게 된다[2]. 자유와 개성에 대한 분방한 감각은 중세적 통일성으로부터 일탈하고자 하는, 혹은 그런 획일화된 속박으로부터 벗어나고자 하는 강력한 욕망과 불가분의 관계에 놓인다. 이른바 프로테스탄티즘으로 무장한, 상승하는 부르주아가 출현하게 되는 것이다. 마르크스가 부르주아를 맨 처음의 사실상의 혁명계층으로 파악한 것도 여기에 그 근거를 두고 있다. 생산력의 발전과 이에 기반한 부의 축적은 세상을 변화시킬 역동성으로 발전하게 되는바, 이를 처

1 김윤식, 김현, 『한국문학사』, 민음사, 1991, p.107.
2 베버(M. Weber), 『프로테스탄티즘의 윤리와자본주의 정신』(박성수역), 문예출판사, 1988, pp.17-33.

음으로 실행한 계층이 바로 상승하는 부르주아계층이라는 것이다[3].

육당은 개화기의 선각자였으며, 소위 계몽을 담당하던 부르주아 계층이었다. 그는 중인 계층이었던 부친을 두었고, 또 이 배경하에서 성장하고 공부했다. 그는 두 번에 걸쳐 일본 유학을 한 것으로 알려지고 있다. 그러나 그의 유학생활은 순탄치 않았는데, 갖가지 사건에 연루되면서 그의 유학생활은 짧게 끝나고 말았기 때문이다[4]. 어떻든 육당은 이런 체험을 통해서 근대 문물을 보고 익힐 수 있는 기회를 남들보다 먼저 갖게 된다. 이런 것들이 계기가 되어 그는 똑똑한 유학생으로서의 선각자의식을 갖게 되고, 이를 바탕으로 개화기의 현실을 이끌어나가게 되는 것이다.

2. 시대를 이끌어가는 힘으로서의 '바다'와 '소년'

일본 유학을 마치고 최남선이 가장 먼저 한 일은 소위 교양주의의 전파와 확산이었다. 그가 애써 강조한 교양주의란 역사철학적인 맥락에서 보면, 거의 계몽주의와 흡사한 것이다. 계몽주의 본령이 무엇인가에 대해서 한마디로 말하는 것은 쉬운 일이 아니다. 각각의 지역이나 특수성에 맞게 그것은 해석되어야 하는 것이어서 어느 특정 지역을 이해하고 규정짓기에는 여러 가지 고려해야 할 배경이 많기 때문이다. 그럼에도 계몽주의가 탈미신화의 과정이라는 데에는

---

3 버만(M. Berman), 『현대성의 경험』(윤호병역), 현대미학사, 1994, p.431.
4 김윤식, 『(속)한국근대작가논고』, 일지사, 1981, pp.41-49.

모두가 동의한다. 이는 과학적 능력과 힘에 의한 결과이고, 그 어떤 신비화의 영역도 거부되는 데 따른 것이다. 교양과 계몽이란 이런 합리주의 정신에서 길러진 것들이다.

일본에서 돌아온 육당이 가장 먼저 관심을 기울인 분야도 탈미신화의 영역이었다. 근대로의 길로 나아가기 위해서는, 곧 조선이 근대국가로 나아가기 위해서는 중세적 미몽의 상태에서 시급히 벗어나야 하는 것임을 그는 누구보다도 잘 알고 있었다. 그러려면 인민 대중을 교양시켜야 하고, 근대사상을 전파시켜야 했다. 그리하여 그가 일차적으로 동원했던 것은 대중을 교화할 매체의 동원이었다. 육당이 『소년』과 『청춘』과 같은 잡지뿐만 아니라 다양한 서적을 출판한 것은 이런 이유 때문이다. 인간의 인식을 확장시키기 위해서는 지식이 필요했고, 그 지식을 보급하기 위한 매개로서 매체만큼 좋은 수단도 없었다. 매체는 최남선에게 무지한 민중을 개화의 장으로 끌어낼 수 있는 훌륭한 장이었고, 자신의 개화이념과 계몽의 이념을 전파시킬 수 있는 좋은 무대였다.

잡지를 비롯한 서적 출판이 계몽을 위한 아우라였다면, 이를 이끌어가는 주체가 무엇일까에 대한 고민도 필연적으로 수반될 터이다. 말하자면 이런 환경을 이끌어나갈 변혁의 주체 또한 당연히 필요했을 것이다. 부르주아가 근대로의 여정에서 사실상 맨 처음의 혁명계층이었다는 사실에 동의한다면, 육당은 아마도 이에 가장 근접한 인물이었을 것이다. 그는 부를 축적한 중인이었고, 이를 바탕으로 시대에 대한 책무와 역할을 이해한 계몽적 주체로서 손색이 없었기 때문이다. 그러한 그의 역동적 의지가 문학적으로 구현된 것이 최초의 신체시인 「해에게서 소년에게」에 나타난 '바다'와 '소년'의 이미지였다.

처-ㄹ썩, 처-ㄹ썩, 척, 쏴-아.
따린다, 부슨다, 문허바린다.
태산(泰山) 같은 높은 뫼 집채 같은 바윗돌이나
요것이 무어야, 요게 무어야.
나의 큰 힘 아나냐 모르나냐 호통까지 하면서
따린다, 부슨다, 문허바린다.
처-ㄹ썩, 처-ㄹ썩, 척, 튜르릉, 콱.

처-ㄹ썩, 처-ㄹ썩, 척, 쏴-아.
내게는 아모 것 두려움 업서
육상(陸上)에서 아모런 힘과 권(權)을 부리던 자(者)라도,
내 앞에 와서는 꼼짝 못하고
아무리 큰 물건도 내게는 행세하지 못하네.
내게는 내게는 나의 앞에
처-ㄹ썩, 처-ㄹ썩, 척, 쏴-아. 처…ㄹ썩, 처…ㄹ썩, 척, 쏴…아.

나에게, 절하지, 아니한 자가,
지금까지, 없거든, 통기하고 나서 보아라.
진시황, 나팔륜, 너희들이냐,
누구누구누구냐 너희 역시 내게는 굽히도다,
나하고 겨룰 이 있건 오너라.
처…ㄹ썩, 처…ㄹ썩, 척, 튜르릉, 콱.

「해에게서 소년에게」 1-3연

한국 근대시사에서 인용시만큼 역동성이 느껴지는 시가 있을까 하는 의문이 들 정도로 「해에게서 소년에게」는 매우 강렬한 에너지가 솟구치는 작품이다. 그 힘을 가능케 하는 것은 '바다'의 강력한 이미지에서 나오는 에네르기이다. 육당의 초기 문학에서 '바다'는 두 가지 중요한 의미항에 놓인다. 하나는 개혁주체로서의 '바다'의 이미지이고, 다른 하나는 계몽의 통로로서의 '바다'이미지이다. 개혁주체로서의 바다이미지는 '태산같은 높은 뫼'나 '집채같은 바위'를 송두리째 무너뜨리는 힘으로 구현되는데, 여기서 '태산'이나 '바위'가 개화 계몽의 장애가 되는 매개임은 물론이거니와 이런 바다의 이미지가 계몽의 주체인 최남선 자신인 것 역시 마찬가지의 경우이다. 그리고 바다는 '세계성을 지향하는 문명에 대한 동경'[5]이자 그 문명을 받아들이는 회로라는 의미 또한 지니고 있다.

> 처-ㄹ썩, 처-ㄹ썩, 척, 쏴-아.
> 조고만 산(山)모를 의지(依支)하거나
> 좁쌀 같은 적은 섬, 손벽만한 땅을 가지고,
> 그 속에 있어서 영악한 체를,
> 부리면서 나 혼자 거룩하다 하는 자(者) 이리좀 오너라 나를
>   보아라.
> 처-ㄹ썩, 처-ㄹ썩, 척, 쏴-아.
>
> 「해에게서 소년에게」 4연

---

5 정한모, 『한국현대시문학사』, 일지사, 1978, p.205.

「해에게서 소년에게」의 4연은 바다의 광대함을 노래한 부분이다. 그러나 그 이면을 꼼꼼히 들여다보면 바다는 문명에 대한 동경과 그것을 받아들이는 통로로서의 의미를 갖고 있다[6]. '조그만 산'과 '좁쌀 같은 적은 섬', 혹은 '손벽만한 땅'은 국수적인 조선의 모습이면서, 폐쇄되어 있는 조선의 현실을 상징한다. 반면, 바다는 그 건너편에 존재하는 원망의 대상과 연결시켜주는 실체이다. 바다의 그러한 개방성이야말로 계몽주의자 최남선에게는 시의적절한 시적 대상이 아닐 수 없었다. 그리고 이런 개방적인 바다와 더불어 등장하는 중요한 이미지 가운데 하나가 '배'이다. 그것은 새소식을 전하는 운반수단이면서 시적 주체를 교양시키는 소통수단으로 기능한다 (「가을뜻」).

새시대 새물결이라는 계몽의 가열찬 기획을 수행하는 육당의 의도는 '바다'의 거침없는 힘과 그것의 개방적 자세를 통해서 잘 이해할 수 있다. '바다'는 육당에게 계몽의 주체이자 힘이며, 계몽의 물질적 국면을 수용하는 매개였던 것이다. 한편, 그의 이러한 계몽의 기획에서 또 하나 주의깊게 보아야 할 것이 소년의 이미지이다. 「해에게서 소년에게」에서 '소년'은 바다와 더불어 긍정적인 이미지로 시화되는데, 이 두 이미지의 긍정적 가치는 마지막 연에서 상호 교통하면서 극적 양상을 띠게 된다. "저 세상 저 사람 모두 미우나,/그 중에서 딱 하나 사랑하는 일이 있으니,/담 크고 순진한 소년배들이/재롱처럼 귀엽게 나의 품에 와서 안김이로다./오너라 소년배 입맞춰주마"라고 함으로써 소년과 바다는 동일한 차원의 것으로 전화된

6 김용직, 『한국근대시사』, 새문사, 1983, p.106.

다. 바다의 전지전능한 힘과 능력이 소년의 그것으로 오버랩되는 것이다.

'소년'이 육당의 문학에서 갖는 이미지는 '바다' 못지않게 매우 중요하다. 그것은 다음 두 가지 이유에서 그러한데, 우선 소년이 과도 기적 단계에 있는 존재라는 점이다. 소년은 어린이도 아니고 성년도 아닌 중간적 존재이다. 그렇기에 미래에의 열린 가능성과 그 역동적인 힘만큼은 다른 어느 계층보다도 앞선 존재이다. 육당이 '소년'을 자신의 시적 테마와 주체로 설정한 것은 이런 뜻에서 대단히 의미있는 것이라 할 수 있다. 그리고 다른 하나는 미미한 형태로나마 소년의 이미지에서 풍겨나는 근대적 의미소에 관한 것이다. 이 이미지는 중세적 맥락에서는 거의 의미화되지 않는 주체이다. 어른과 유아라는 이분법적 도식이 중세를 풍미한 인물군들이었는데, 이런 도식에서는 중간층인 소년의 존재란 큰 의미가 없어 보이는 것이 사실이다. 이 어중간한 층은 어디에도 편입되지 못한 떠돌이적 존재이고, 그리하여 자신의 정체성을 갖지 못하는 층이다.

그렇기에 소년이라는 이 개념화는 정체성의 확보와 그것이 갖는 근대적 의미라는 측면에서 주목의 대상이 된다. 소년은 학교라는 제도와 결부될 수 있다는 점에서 주목을 끈 바 있다[7]. 소년이라는 정체성은 근대식 학교제도와 맞물릴 수 있다는 점, 그리하여 근대가 요구하는 제도를 구현할 수 있는 매개항이 될 수 있다는 이유에서 이 층은 근대 문학의 기원을 논할 때 중요한 인식론적 수단 가운데 하나로 자리 잡아 왔다. 물론 최남선의 작품이나 산문에서 소년의 이

---

7 가라타니 고진, 『일본 근대문학의 기원』(박유하옮김), 민음사, 1997, pp.151-179.

미지가 서구식 학교의 이미지와 곧바로 맞물려 나타나는 경우는 거의 없다. 근대식 제도라든가 학교와 같은 거대문법이 육당의 사유구조에 들어오기에는 조선의 발생론적 토대가 매우 열악한 상태에 놓여 있었기 때문이다. 어떻든 소년이라는 정체성의 확보만으로도 그에게 근대로의 길을 열어젖힌 중요한 인식이었다는 점은 부인할 수 없을 것이다.

> 크고도 넓으고도 영원한太極
> 자유의 소년대한 이런덕으로
> 빗나고 뜨거웁고 剛健한태양
> 자유의 대한소년 이런힘으로
> 어두운 이세상에 밝은광채를
> 삐디난 구석없이 더뎌듀어서
> 깨끗한 기운으로 타게하라신
> 하날의 부틴직분 힘써다하네
> 바위틈 산ㅅ골중 나무끝까지
> 자유의 큰소래가 부르딋도록
> 소매안 듀머니속 가래까디도
> 자유의 맑은귀운 꼭꼭탸도록
>
> 판수야 벙어리야 귀먹어리야
> 문둥이 절름발이 온갖병신아
> 우리게 의심말고 나아오너라
> 딜겨서 어루만뎌 낫게하리라

우리는 너의위해 火鞭가디고
神靈한 「빱티슴」을 베풀양으로
발감게 딥신으로 일을해가난
하날의 뽑은나라 자유대한의
뽑힌바 少年임을 생각하여라.

「少年大韓」 부분

　인용 작품은 계몽주의자 육당의 사유체계가 무엇인가를 잘 보여
주는 시이다. 여기서 소년의 함의는 매우 다층적인 의미역으로 짜여
져 있다. 우선, 소년은 육당의 계몽의식을 대변하는 매개로 구현된
다. 그런데 이 주체는 근대라는 토양에서 교육된 주체가 아니라 천
품을 띄고 태어난 선민의식을 가진 자로 이해된다. 육당의 계몽의식
이 똑똑한 우등생의식에 있었다는 것은[8] 잘 알려진 일이거니와 이
작품에서도 이런 인식을 확인하는 것은 어려운 일이 아니다. 소년의
임무는 하늘이 준 직분이고, 또 크고도 넓은 영원한 태극과 같은 존
재로 격상된다. 길들여진 제도로서의 소년이 아니라 선민의식으로
서의 소년의 모습인 것이다. 그리고 다른 하나는 소년이 계몽의 주
체임을 이 작품은 분명히 말해주고 있다는 점이다. 계몽의 일차적인
목표가 탈미신화 과정에 있다고 했는데, 이 시에서 그러한 과정은
"문둥이 절름발이 온갖 병신"을 구원하는 형태로 나타난다. 그러한
미몽의 상태를 개화시키는 주체는 다름아닌 소년이다.
　근대의 계획이 과학에 의한 것이라면 최남선에게 그러한 과학과

8 김윤식, 앞의 책, p.58.

등가관계에 놓여 있는 것이 '소년'이다. 이는 김기림이 해방직후 새로운 민족 국가 건설에서 부른 「새나라송」과 비교하면 쉽게 이해할 수 있는 대목이다. 김기림은 새나라 건설에서 부르주아라든가 프롤레타리아와 같은 이념이 주도하는 국가건설에는 관심이 없었다. 그가 염두에 둔 것은 오직 과학에 의해 미신이 사라지는 계몽의 기획을 충실히 실현하는 것뿐이었다. 즉 과학에 의해 주도되는 문명과 혁신적 세계만을 근대의 중심 사유로 인정했던 것이다. "마마와 미신을 몰아내고" "전기와 모타"(「새나라송」)로 지칭되는 과학적 신기원의 세계만이 계몽의 차질없는 계획이라는 것이다[9]. 김기림의 이런 인식은 근대의 주체로 소년을 내세운 육당의 사유를 이해하는 데 있어서 어느 정도 시사적인 단초를 제공해준다. 소년은 '아프게 앓는 소리'를 그치게 하고, '병든 모양을 금시 소생케'하는 전지전능한 위치에 있는 존재이기 때문이다. 뿐만 아니라 근원적으로 치유 불가능한 절름발이조차도 소년의 힘으로 고칠 수 있다고 했다. 소년은 조선의 성리학을 대신하고 이제 새로운 사회의 지배원리로 우뚝 올라서게 된 것이다. 소년은 생물학적 개체가 아니라 혁명의 주체, 계몽의 주체로서 육당에 의해서 거듭 태어나게 된 것이다.

소년의 의미가 만들어져 가는 역동적 실체가 아니라 이미 선험적으로 부여된 직분을 가진 존재로 묘사되어 있긴 하지만, 계몽의 주체로 소년을 인유한 것은 육당 문학이 갖는 득의의 영역이 아닐 수 없다. 특히 인간의 신념으로 무엇인가를 할 수 있다는 최초의 변혁적 주체가 부르주아였다는 사실에 동의한다면, 그런 역동적 실체를

---

9 송기한, 『한국 현대시와 근대성 비판』, 제이앤씨, 2009, pp.117-118.

소년의 이미지로부터 구했다는 것은 매우 의미있는 것이었다고 할
수 있다. 소년이란 현존재의 윤곽 속에 갇힌 존재가 아니라 미래로
의 열린 전망을 담지한 존재라는 점에서 더욱 그러하다고 할 수 있
다. 그것이 최남선이 이미지화한 소년의 궁극적 실체였다.

3. '조선주의'라는 중심화 전략의 이념적 실체

1) 대타의식으로서의 일본과 세계

근대 국가가 형성되기 위해서는 어떤 것이 필요한 것일까. 개화
초기 주시경은 근대 국가형성의 요인으로 언어, 민족, 땅 등 세가지
요소를 든 바 있다[10]. 언어학자였던 주시경은 이 가운데 언어를 가장
먼저 우위에 두었다. 그러나 하나의 국가가 근대 국가로의 모습을
갖추기 위해서는 어느 하나의 요소만을 강조한다고 해서 해결될 문
제는 아니었다. 모든 것이 하나로 수렴되어 뚜렷한 중심을 만들어내
는 것만이 근대 국가로 나아가는 지름길이었다. 이런 맥락에서 보면
개화기의 문학 양상을 율문 중심의 문학이라 단정해도 하나도 틀린
말이 아니다. 노래야말로 집중화된 담론을 전파시킬 수 있는 가장
유효한 매개이기 때문이다. 뿐만 아니라 개화기 이전 시기와 비교해
볼 때, 개화기 소설의 서사구조가 이전 시기에 비해 전반적으로 후
퇴했다는 시각 역시 재고되어야 하지 않을까 한다. 봉건 사회가 집
중화된 사회, 중심지향적인 사회였다고 한다면, 근대 국가 형성기였

10 주시경, 「국어와 국문의 필요」, 『서우』2, 1907, p.33.

던 개화기는 또다른 의미에서 중심을 지향했던 사회였기 때문이다. 특히 조선의 개화기는 근대 국가 형성기라는 보편적 현상에다가 국가 위기라는 애국 계몽의식이 첨가된 사회구성체의 양상을 보이고 있었다. 이런 특수한 양상들이 조선만이 갖는 고유한 개화기의 모습이기에 더욱 그러하다.

근대국가 건설이라는 정언명령, 그리고 국가 위기라는 이중적 특수성이 만들어내는 개화기의 현실은 육당으로 하여금 또 다른 동력을 만들어내는 계기가 되게끔 한다. 역사발전의 주체임을 '바다'와 '소년'의 이미지를 통해서 펼쳐보인 육당은 일본 유학을 통한 견문의 확장을 통해서 조선에 대해 새롭게 인식하기 시작한다. 근대 국가 건설이라는 당위적 요구보다 앞서는 점증하는 일제의 위협에 대한 인식이 바로 그것이다. 그의 이러한 사유는 「해에게서 소년에게」에서 보여주었던 낙관적, 열정적 세계로부터 멀어지는 계기가 된다. 거침없는 파도의 낙관적 힘이 아니라 냉철한 현실에 대한 사실적 인식으로 돌아오게 된 것이다. 이는 소년의 맹목적인 눈이 아니라 현실의 비판적 시선으로 회귀하게 되는 계기가 된다. 그러한 예를 보여주는 작품이 「경부철도가」이다.

> 1. 우렁차게 吐하는 汽笛소리에
>   南大門을 등지고 떠나가서
>   빨리 부는 바람의 形勢같으니
>   날개 가진 새라도 못 따르겠네
>
> 2. 늙은이와 젊은이 섞어 앉았고

우리 내외 외국인 같이 탔으나
內外親疎 다같이 익혀 지내니
조그마한 딴 세상 절로 이뤘네

3. 關王廟와 蓮花峰 둘러보는 중
　어느 덧에 龍山驛 다달았도다
　새로 이룬 저자는 모두 日本집
　이천여 명 日人이 여기 산다네
　(중략)

62. 仁川까지 여기서 가는 동안이
　六十時間 걸려야 닿는다는데
　日本馬關 까지는 不過 一時에
　支滯없이 이름을 얻는다하네

63. 슬프도다 東萊는 東南第一縣
　釜山港은 我國中 둘째큰 港口
　우리나라 땅같이 아니 보이게
　저렇 듯한 甚한양 忿痛하도다

64. 우리들도 어느 때 새 기운 나서
　곳곳마다 잃은 것 찾아 들이여
　우리장사 우리가 주장해보고
　내나라 땅 내 것과 같이 보일가

65. 오늘 오는 千里에 눈에 띄는 것
    터진 언덕 붉은산 우리같은 집
    어느 때나 내 살림 넉넉하여서
    보기 좋게 집 짓고 잘살아보며

66. 食前부터 밤까지 타고온 汽車
    내 것같이 앉아도 實狀 남의 것
    어느 때나 우리 힘 굳세게되어
    내 팔뚝을 가지고 굴려볼거나

「경부철도가」 부분

오오와다 타케키(大和田建樹)의 『滿韓鐵道歌』를 모방해서 창작했다는 최남선의 「경부철도노래」이다[11]. 육당이 이 시가를 만든 이유는 여러 가지가 있었지만, 그 중요한 이유 가운데 하나는 철도에 대한 예찬 혹은 신비로움 때문이었다. "우렁차게 토해낸 기적소리"라든가 "빨리부는 바람의 형세같으니/날개가진새라도 못따르겠네" 같은 표현은 철도에 대한 예찬 바로 그것이었다. 뿐만 아니라 "어느덧에 용산역 다다렀구나"라는 인식에 이르면, 철도의 속도에 대한 육당의 신비로움은 그 절정에 이르게 된다.

본질이 아니라 현상의 측면에서 이들이 발견한 근대가 '바다'였다면, 근대의 또다른 축은 육당에게 이렇듯 '철도'로 나타난다. 1900년대에 들면서 일제는 침략과 약탈의 수단으로 조선에 철도를 부설하

---

11 오오타케 키요미, 「근대 한일 『철도창가』」, 『연구논문집』 38, 성신여자대학교, 2003 참조.

기 시작했다. 경인선이 처음 열리고 경부선이 개통된 것이 이 무렵의 일이다. '바다'가 근대를 받아들이기 위한 통로였다면, 철도는 그러한 근대가 이루어놓은 결과물에 해당된다. 또 '바다'가 근대에 대한 막연한 선망 정도에 그치는 것이라면, '철도'는 그러한 근대를 구체적으로 보이게끔 한 실체였다. '철도'가 근대의 중요한 척도 가운데 하나가 되는 것은 이것이 뽐내는 속도 때문이다. 봉건 시대와 산업화 시대를 구분짓는 가장 중요한 특징이 이 속도에 있음은 잘 알려진 일이다. 그렇기에 '철도'로 상징되는 근대의 모습은 과학의 유토피아를 꿈꾸었던, 근대의 이상을 실현코자 했던 계몽주의자들에겐 선망의 대상이 아닐 수 없었다.

그러나 육당이 「경부철도가」를 지은 것은 근대라든가 계몽의 신기한 자의식과 같은 선망의 감수성 때문만은 아니었다. 이는 오오와다 타케키의 『滿韓鐵道歌』와 비교하면 쉽게 확인되는 일이다. 『滿韓鐵道歌』는 노래와 사진을 실어가면서 조선이나 중국동북부의 지리를 익히게끔 만들어진 시가였다. 말하자면 일본의 지식인이나 민중들에게 이들 지역의 전반적인 소개와 이해를 위해서 만든, 다분히 계몽적 의도가 짙게 깔린 시가집이었다. 물론 이러한 창작배경이 무엇을 의미하는지 어느 정도 알 수 있는 대목이기도 하다. 그러나 육당이 「경부철도가」를 지은 것은 오오와다의 『滿韓鐵道歌』의 창작배경과 매우 다른 것이다. 「경부철도가」에서도 『滿韓鐵道歌』처럼, 조선의 명승고적과 지리적 이해를 의도한 측면이 전혀 없는 것은 아니다. 육당은 각각의 연마다 나오는 역과 그 주변 지역에 대해서 상세히 설명하고 있기 때문이다.

그러나 육당은 이런 계몽적 이해 이외에도 이 시가를 통해서 역사에 대한 분노라든가 일본에 대한 노골적인 야유를 보낸다. 가령, 용산역에 이르러서는 "새로 이룬 저자는 모두 日本집 / 이천여 명 日人이 여기 산다네"라고 함으로써, 점증하는 일본에 대한 위협을 우회적으로 비판하고 있는 것이다. 육당의 이러한 인식은 온양온천에 이르러서는 더욱 노골적으로 나타나고 있으며, 이 시가의 마지막 부분에서는 그러한 분노들을 우리의 주체적 능력에 대한 실험이나 진단으로까지 이해하고 있다. "우리들도 어느 때 새 기운 나서 / 곳곳마다 잃은 것 찾아 들이여/우리장사 우리가 주장해보고 / 내나라 땅 내 것과 같이 보일가"하는 부국강병의 의지가 있는가 하면, "食前부터 밤까지 타고온 汽車 / 내 것같이 앉아도 實狀 남의 것/어느때나 우리 힘 굳세게되어 / 내 팔뚝을 가지고 굴려볼거나"하는 자조의 인식에까지 이르고 있는 것이다. 특히 이 마지막 부분에서는 근대의 상징인 철도 자체에 대해서 아주 회의적인 반응까지 보이고 있다.

육당에게 철도는 근대화를 상징하는 신기원이면서, 다른 한편으로는 조선의 암울한 현실에 대해 새롭게 인식하는 매개로 자리잡는다. 육당의 조선주의가 싹트게 되는 계기는 아이러니컬하게도 근대의 상징이었던 철도에서 비롯된다. 그런데 육당이 인식한 조선주의는 매우 다층적인 함의를 갖는다. 근대국가로 나아가는 것이 어느 정도 국수주의적 양상으로부터 자유로운 것이 아니라면, 조선에 대한 새로운 인식이야말로 자연스런 인식적 소산이라 할 수 있을 것이다. 그리고 여기에 덧붙여지는 것이 일본에 대한 대타의식으로서의 조선주의이다. 이는 현저하게 민족모순에 가까운 것이어서 근대 국가의 형성과는 또다른 형태의 사유를 낳게 하는 대목이 아닐 수 없다. 육당의 조선주의는 이렇듯 계몽의 당면임무인 근대국가로서의 조선주의와 일제의 대타의식으로서의 조선주의라는 이중적 함의를 갖고 있었던 것이다.

육당의 조선주의와 관련하여 또 하나의 빼놓을 수 없는 것이 세계에 대한 인식이다. 막연한 국수주의는 역설적이게도 세계에 대한 인식을 새롭게 하는 계기로 작용한다. 국가적인 옹졸성과 편협성을 극복하고 초월하는 과정에서 세계문학이라든가 외국문학이라고 하는 과정이 자연스럽게 만들어지는 것이다[12]. 물론 이러한 과정이 하나의 보편성을 갖는 것이라고 해도 육당의 문학적 인식과 창조과정이 현대적 의미의 제3의 문학이라고 할 만한 고유의 인식과 장르적 독립성을 갖는 것이라고 말하는 것은 대단히 어려울 것이다. 그는 근대 초기의 계몽의 기획자이고 소박한 의미로서의 변혁의 주체, 개혁의 주체에 불과한 존재였다. 그럼에도 그가 인식한 세계라든가 그것으로의 육박과정이 중요한 것은 그의 그러한 행위가 조선주의와 불가분의 관계에 놓여 있기 때문이다.

> 한양아 잘잇거라 갓다오리라
> 압길이 질펀하다 수륙십만리
> 사천년 넷도읍 평양지나니
> 굉장할사 압록강 큰쇠다리여
>
> 칠백리 요동벌을 바로 똘코서

---

12 버만(M. Berman), 앞의 책, p.431.

다다르니 봉천은 녯날 심양성
동복릉 저솔박에잠긴 연긔는
이백오십년 동안 꿈자최로다
(중략)
흥안령 뫼부리에 걸닌해보고
바이갈 가람속에 잠긴달보며
저무는날 새는날 들에지내기
몃날이냐 어언간 우랄산이라

　　　　　　　　　　　「세계일주가」 부분

　「경부철도가」보다 좀더 나중에 쓰여진 「세계일주가」이다. 실상
이 작품에서 어떤 세계관적 사유나 그 이해를 읽어내는 것은 매우
어렵다. 이 작품은 세계 곳곳의 지역을 소개하고 이를 단순히 나열
하고 있기 때문이다. 뿐만 아니라 시가의 각 장마다 작품의 내용 못
지 않은 장황한 내용을 주석형식으로 설명하고 있어서 주객이 전도
될 정도로 시의 형식을 벗어나 있기도 하다. 어쩌면 말로 된 지도라
고 할 정도로 세계 각 지역의 소개에만 열중하고 있는 것이다. 그럼
에도 이 작품이 의미있는 것은 시의 내용이 담고 있는 외적 확장성
에 있다. 조선 내부의 협소한 인식이 아니라 보다 넓은 시야를 가짐
으로써 조선이라는 나라의 새로운 인식에 그 목적이 있었기 때문
이다.

　이 작품의 이런 의도는 「해에게서 소년에게」에서 선보인 바다의
개방성과도 통하는 항목이다. 이 작품에서 육당은 '조그만 산'과 '좁
쌀 같은 적은 섬', 혹은 '손벽만한 땅'이란 조선의 편협된 모습을 내

보이면서, 폐쇄되어 있는 조선의 현실을 이야기한 바 있다. 반면, 바다는 그 건너편에 존재하는 보다 넓은 세계를 연결시켜주는 실체로 묘사한 바 있다. 바다의 그러한 개방성이야말로 계몽주의자 육당에게는 매우 시의적절한 대상이었다. 그런 개방적 인식들의 확대된 결과가 「세계일주가」이다. 육당은 이 작품에서 어떤 특별한 사유나 관념 혹은 세계인식을 보여주지 않았다. 뿐만 아니라 계몽주의자로서 가져야 할 최소한의 변혁적 의지도 피력하지 않았다. 그가 관심을 갖고 있는 것은 어떤 형이상학적 이데올로기가 아니라 지리부도를 언어로 풀어헤친 것처럼 세계 여러 나라의 모습을 담담히 기술하고 있을 뿐이다. 이런 나열과 순열조합의 현상들을 모더니즘적 산책자의 세계라 불러도 좋고 풍경을 언어화한 사례라 해도 무방할 것이다. 그러나 「세계일주가」에 나타난 세계상의 단순한 조합에서 육당이 의도한 것은 국수주의라는 좁은 한계, 조선반도라는 협소한 공간 극복에 그 목적이 있었다. 근대 국가임을 우뚝 세우는 길이란 외적 아우라의 경계 내지 테두리에서 형성되는 것이라는 사실에 동의한다면, 육당의 세계일주가 보여주는 독특한 여로구조는 조선을 명확히 인식하는 대표적인 서사가 될 것이다.

'철도'는 근대의 보증수표였다. 그러나 이제 그것은 경이로움의 대상이 아니었고, 근대를 대변하는 매개가 될 수 없었을 뿐만 아니라 제국주의 침략을 위한 도구로만 인식되고 있었다. 철도는 육당의 사유체계에서 계몽의 기획을 만들고 이를 추진할 정도의 동력을 상실하고 만 것이다. 그것은 근대의 이상을 담아내기도 했지만 다른 한편으로는 그 뼈아픈 좌절 역시 내포하고 있었던 것이다. 육당을 비롯한 근대주의자들에게 철도는 이상과 좌절을 동시에 포지하는 아이러니컬한 대상이었을 뿐이었다. 이런 한계들은 육당으로하여금 조선을 경계지우는 '조선주의'의 또다른 강화를 만드는 계기로 작용한다.

2) 근대국가를 여는 동질화로서의 조선주의

근대국가를 형성하는 핵심 동력은 끼리끼리의 동질화이다. 이런 세분화 전략은 어느 특정 지역을 하나로 묶는 문화권에 대한 안티담론이자 원심적 세계로 나아가는 단초가 된다. 가령, 라틴 문화에 대한 지방 정권의 수립이나 지방어에 대한 관심, 국수주의 운동은 모두 근대 국가를 형성하는 초기 인식소들이었다. 이런 인식소들이 아시아권이라고 해서 크게 달라지는 것은 아니다. 한자문화권 혹은 중화주의의 궁극이 하나의 중국과 그 변방으로 구성되어 있음은 익히 잘 알려진 일이다. 동아시아에서 탈중심화의 전략, 곧 근대 국가로의 길이란 그 나라만의 고유한 정체성을 확보하고 이를 강화하는 전략임은 너무나 당연한 일일 것이다.

이런 맥락에서 등장한 것이 육당의 '조선주의'이다. 이 이념은 한편으로는 국수주의적 성격을 갖는 것이면서 다른 한편으로는 일본에 대한 대타의식으로서 형성된 이념이다. 전자가 주로 계몽의 기획과 관련된 것이라면, 후자는 주로 저항의 의미와 관련된다. 육당의 조선주의가 욱일승천하는 낭만이나 거침없는 성장동력으로만 이해될 수 없었던 것은 여기에 그 일차적인 원인이 있다.

> 한줄기 뻐친맥이 삼천리하야
> 살지고 아름답고 튼튼하게된

이러한 꽃세계를 이루었으나
우리의 목숨근원 이것이로다
(중략)
억만년 우리 역사는 영예뿐이니
그의눈 아래에서 기록함이오
억만인 우리 동포는 원기찼으니
그의힘 나리받아 생김이로다

그리로 소사나난 신령한물을
마시고 난 큰사람 얼마많으뇨
힘있난 조상의피 길히전하야
현금에 우리혈관 돌아다니네

「태백산과 우리」 부분

　근대 국가를 형성하는 동질화 전략이 한데 모아져 나타난 것이 육당의 '조선주의'이다. 그리하여 이 기운은 삼천리 방방곡곡에 뻗어나가고 꽃세계를 이루면서 우리의 목숨의 근원을 이루게 된다는 것이다. 그것은 과거의 시공을 넘나들며 우리 민족에 덧씌워져 있는 것이고, 그 힘으로 솟아난 신령한 물을 우리는 마시고 있는 것이다. 경우에 따라서 이 조선의 정기는 힘있는 조상의 피가 되어서 지금 우리의 혈관으로 돌아다니는 전일체적인 것으로 구현된다. 땅과 사람이 합체되어서 솟아난 것이 태백산이고, 그 산의 기운을 다시 받아서 조선의 맥박은 뛴다는 것, 이것이 육당이 말한 조선주의의 실체이다. 따라서 그것은 조선의 얼이며, 심혼에 깊이 박힌 조선의 영혼이라는 것이다.

　이런 동질화 전략은 세계의 중심을 조선에 둠으로써 더욱 확대된다. 이는 「세계일주가」에서 펼쳐보인 파노라마식 풍경 관찰과는 사뭇 다른 방식이다. 이때의 관찰방식이 조선을 각성시키는 단순한 매개에 불과했다면 조선의 세계화 전략은 조선이라는 하나의 실체로 동질화하려는 욕망의 절정이라 할 수 있을 것이다.

　　지구면의 물이 다 말으기까지
　　정의의 기록은 오직이리라.
　　그리하여 어두운 세상의 등탑이 되야 사람의 자식의 큰길을
　　　비초여 주리라.

　　태양이 재덩어리 되기까지
　　정의의 주인은 반다시 이리라
　　그리하야 어이닭의 날개가 되야 발발떠난 병아리를 덥혀주
　　　리라

　　아아 세계의 대주권은 영원히 이 첨탑---이 팔뚝에 걸닌 노리
　　　개로다

　　하날ㅅ면은 휘둥그럿코 땅바닥은 펑퍼짐한데
　　우리님---태백이는 웃둑
　　　　　　　　　　　　　　　　　　　　　「태백산부」 부분

육당은 「해에게서 소년에게」 이후, 그 시적 관심이 바다에서 산으로 옮아오게 된다. 이를 두고 열린 개방성에서 산의 폐쇄성으로의 이동이라 했지만[13], 이러한 변화가 육당의 시세계에서 커다란 의미 변동을 뜻하지는 않는다. 더군다나 계몽주의자로서의 계획이나 세계관에 일대 변화가 일어난 것도 아니다. 육당이 전개해 나간 계몽의 계획은 초지일관한 것이었다. 그의 시야가 '바다'로 향할 때, 그는 조선의 개화주의자였다. 어떤 장애도 극복하고 앞으로 거침없이 전진해나가는 그의 힘찬 목소리는 소년의 등을 타고 달리는 기관차와 비슷했다. 여기에는 그러한 이념의 기관차를 제어할 어떤 세계관이 놓여 있었던 것도 아니었다. 그저 앞으로 나아가기만 하면 그의 계몽의 기획은 완성되는 것처럼 보였다[14].

그러나 이런 막무가내식 개화의지가 조선의 풍경 속에서 한계를 노정하고 만다. 그 매개항에 놓인 것이 열차였다. 육당은 열차에 의한 여로구조 속에서 조선에 대한 인식을 새롭게 하는 계기를 마련한다. 열차는 육당에게 계몽의 기획에 새로운 방향성을 제공해주는 수단이 되었던 것이다. 그리하여 육당의 세계관 속에 내재하게 된 것이 조선이라는 육체, 곧 땅에의 사유였다. 땅은 조선주의를 인식하는 매개로 육당에게 새롭게 자리잡게 된다. 땅은 육당에게 모성이라든가 대지의 생명성과 같은 보편적 상상력을 뛰어넘는 곳에 위치한다. 그것은 역사와 사회적 의미역을 가져다주는 독특한 알레고리가 되는 것이다. 육당에게 땅은 생명이며, 삶의 터전이며, 조선의 얼이

---

13 정한모, 앞의 책, p.205.

14 육당의 조선주의는 단군을 비롯한 우리 역사를 세계사의 중심으로 이해한 역사 연구에서 그 절정을 보인다. 『불함문화론』, 우리역사연구재단, 2008 참조.

숨쉬는 공간이다. 나아가 「태백산부」에서 알 수 있는 것처럼, 그것은 조선이라는 틀과 판을 넘는 중심으로 확대되는 양상을 보인다. 이는 분명 육당의 과잉된 조선주의가 빚어낸 것이긴 하지만, 새로운 국가 건설, 즉 조선이라는 근대 국가를 형성하기 위한 중심화 전략으로 이런 정도의 의식과잉은 어쩌면 자연스러운 일이 아니었을까. 조선 의 국토가 민족의 삶의 터전이라는 지리적 공간을 넘어서 육당에게 는 혼의 세계로 다가오게 되는 것은 이런 이유 때문이다.

> 조선의 국토는 산하 그대로 조선의 역사며 철학이며 시며 정신입니다. 문자 아닌 채 가장 명료하고 정확하고 또 재미 있는 기록입니다. 조선인의 마음의 그림자와 생활의 자취는 고스란히 똑똑히 이 국토의 위에 박혀 있어 어떠한 풍우라도 마멸시키지 못하는 것이 있음을 나는 믿습니다. 나는 조선 역 사의 작은 일학도요 조선정신의 어설픈 일탐구자로, 진실로 남다른 애모, 탄미와 한가지 무한한 궁금스러움을 이 산하 대 지에 가지는 자입니다. 자개돌 하나와 마른 나무 밑둥에도 말 할 수 없는 감격과 흥미와 또 연상을 자아냅니다[15].

인용글은 육당이 국토 순례를 하고 난 다음 쓴 글이다. 그는 조선 의 국토를 산하 그대로 조선의 역사며 철학이며 시며 정신이라고 했 다. 또한 조선인의 마음의 그림자와 생활의 자취가 고스란히 이 국 토 위에 박혀 있는 것이라고도 했고, 자개돌 하나와 마른 나무 밑둥

---

15 최남선, 「순례기의 권두에」, 『최남선작품집』(정한모편), 형설출판사, 1977, p.179.

에도 말할 수 없는 감격과 흥미와 또 연상을 자아내는 것이라고도
했다. 육당이 국토 순례를 한 것은 조선이라는 역사를 자기화하려는
시도에서 비롯되었다. 나와 국토의 동질성을 발견하기 위한 의도된
동기가 깔려 있었다. 근대국가가 성립되기 위해서는 서로가 하나라
는 동질의식이 필요했다[16]. 따라서 다른 나라와 구별되는 우리 나라,
다른 민족과 구별되는 우리 민족을 인식시키는 토대로서 국토만큼
좋은 대상도 없을 것이다. 국토란 그의 표현대로 산하 그대로의 한
민족의 역사며 철학이며 시며 정신인 까닭이다.

　육당의 이런 인식들은 「경부철도가」에서 보인, 일본에 대한 대타
의식 없이는 성립하기 어렵다. 여기에는 중국의 경우도 마찬가지이
다. 근대 국가를 건설하기 위해서는 하나의 동질화된 조선만이 전부
였다. 그의 신체시나 창가 창작 등은 모두 조선의 계몽과 근대 국가
로 나아가는 길과 분리되기 어려운 것이었다. 따라서 육당의 문학에
대해 미학적 함량을 재단하는 행위나 신체시의 리듬여부를 따지는
것은 그리 큰 의미를 갖지 못한다. 육당의 사유 속에 깊이 자리한 것
은 조선의 계몽 뿐이었다.

　육당의 이러한 생각은 전통적인 문학 양식인 시조에 대한 인식과
그 부흥 논의에서도 그대로 이어진다. 성리학의 토양에서 발생한 시
조가 현대에도 가능한가의 여부는 육당에게 그리 중요한 문제가 아
니었다. 그것이 조선의 정신과 혼을 일깨우고 하나된 조선을 만드는
계기가 된다면, 시조의 발생론적 토양이 어떤 것인가에 대해서는 크
게 의미가 없다는 뜻이다.

16 가라타니 고진, 앞의 책, p.287.

　시조는 조선인의 손으로 인류의 韻律界에 제출된 一詩形이다. 조선의 풍토와 조선의 성정이 음조를 빌어 그 渦動의 一形相을 구현한 것이다.(중략) 조선심의 방사성과 조선어의 섬유조직이 가장 압착된 형태에서 구현된 공든 탑이다.(중략) 또 한 옆으로 조선인 민족생활--더욱 그 사상적 생활의 발자국을 남겨 가진 것이 불행히 조선에는 다시 보기 어려운데, 이 시조의 고리에 능히 천여년 계속한 약한의 遺珠가 간직되어 있어, 그 絶無僅有의 一物을 지음은 조선생활의 중요한 一淵源을 알려주므로 많은 감사를 그 앞에 드려야 할 일일 것이다.[17]

　시조가 조선의 국민문학이 되어야 하고 될 수밖에 없음을 육당은 세가지 이유에서 찾고 있다. 첫째, 시조는 조선의 정수이고, 둘째는 시조에 표현된 조선어는 조선인들의 공든탑이며, 그럼으로써 조선인의 생활이 들어 있다는 것이다. 조선이라는 중심을 만들어 내기 위한 것이라는 관점에서 보면, 육당에게 국토와 시조는 거의 등가관계에 놓인다. 국토라는 물질과 시조라는 정신의 결합이야말로 육당에게 조선이라는 굳건한 동질성을 확인하는 길이었기 때문이다.

17 최남선, 「조선국민문학으로서의 시조」.

4. 계몽의 기획과 그 한계

육당 최남선이 태어난 것은 조선에 계몽기가 막 시작되던 시기였다. 이때는 근대 국가 건설이라는 당면과제가 놓여 있었고, 또 일본 제국주의의 점증하는 위협 또한 내재해 있었다. 그런데 이 모두는 계몽의 기획과 불가분의 관계에 놓이는 것이어서 그만큼 조선의 시대적 의무는 이 한 가지 노선으로 단선화되었다고 볼 수 있을 것이다. 이런 시대의 욕구에 부응한 것이 육당의 계층적 지위의 한 계기가 되었고 그것이 시대의 의무로 부각되었다. 잘 알려진 대로 육당은 중인계층이었고, 따라서 근대가 필요로 하는 자본의 축적을 다른 어느 층보다 넉넉히 가질 수가 있었다. 계몽의 필연적 요구라는 시대적 당면 임무와 이를 담당할 상승하는 부르주아 층의 만남, 그것이 육당을 계몽주의자로 나아가게끔 하는 좋은 계기가 되었다.

육당은 두 번에 걸친 일본 유학을 통해서 근대 국가의 요건을 이해하고 그것을 수행해내기 위한 것들에 대해서 아주 정확히 파악하고 있었다. 그는 초기 작품세계에서 그 수행의 주체로서 소년을 발견해냈고, 바다의 무한한 가능성에 주목했다. 바다와 소년을 통한 거침없는 낙관주의는 육당 자신을 최초의 변혁세대로 만들게끔 하는 충분한 동인이 되었다. 그러나 역사철학이 결여된 이런 낙관주의는 또다른 한계에 부딪히게 된다. 역설적이기도 근대의 상징이었던 철도는 육당으로 하여금 이런 의식으로부터 벗어나게끔 만들었기 때문이다. 철도를 통한 유랑과 이를 통해 깨닫게 되는 조선의 열악한 현실은 그로 하여금 조선에 대한 인식을 새롭게 하는 계기가 된다. 조선주의로의 현저한 경사가 바로 그것인데, 그러나 이러한 조

선주의를 두고 국수주의라든가 계몽주의의 후퇴로 보는 것은 어불
성설이다. 육당은 개화주의자 내지 계몽주의의 깃발을 높이 올린 이
후로 한번도 이 담론을 포기한 적이 없기 때문이다.

육당은 근대 국가를 만들기 위한 대내외적 인식과 그 자장으로부
터 자신의 계획을 거듭거듭 밀고 나갔다. 「해에게서 소년에게」에서
보여주었던, 미래에 대한 낙관주의가 유토피아적 계몽의 기획이었
다면, 조선주의에 대한 새로운 각성은 현실적 계몽의 기획이었기 때
문이다. 육당은 근대 국가를 건설하기 위한 조선만의 동질화 전략을
필생의 과제로 받아들였다. 조선주의는 그 연장선에서 기획된 것이
다. 그가 조선의 혼과 정신을 찾아나설 때, 일차적으로 주목한 것은
조선의 국토였다. '태백산'으로 솟아난 조선의 역동성이 그것인 바,
그는 이를 계기로 바다나 소년같은 초기의 초월적 낙관주의로부터
과감하게 벗어나게 된다. 산으로 표상되는 구체적인 조선을 발견함
으로써 그의 계몽의 담론은 형이상학적인 이념을 획득하게 되는 것
이다. 그 구체적인 노력의 결과가 조선으로의 여행담론이었다. 그의
여행구조는 크게 두 가지로 나뉠 수 있는바, 열차를 통한 것과 산으
로 대변되는 새로운 국토에 대한 발견이 그것이다. 전자의 경우가
일본 제국주의라는 안티테제로 형성된 조선주의로의 단초적 접근
이라면, 후자의 경우는 세계사적으로 뻗어나가는 보편적 접근에 해
당된다. 그러나 그 어떤 것이든 간에 이 화두 속에 담겨있는 것은 조
선이라는 동질화 의식의 소산이며, 이를 바탕으로 한 근대 국가의
건설이었다.

그러나 육당의 자유와 계몽의 담론들은 중세의 보편적 환경과 통
일성의 급격한 해체로부터 얻어진 개성과 자유의식의 발로에서 비

롯된 것임은 부인할 수 없을 것이다. 너무도 쉽게 얻어진 자유적 개
아의식이 근대 국가 건설에 꼭 필요한 민족적 동일성에로의 필연성
때문에 조선주의라는 또다른 보편주의로 쉽게 빠져들어간 것은 어
쩌면 육당의 사유 속에 내재된 최대의 약점 가운데 하나가 아니었나
생각된다. 견고할 것 같은 육당의 조선주의가 일제라는 강력한 힘
앞에 무너졌을 때, 그 사유의 공백을 다시 메꾸어 나가는 사상사적
과제를 어떻게 감당했을까. 조선주의가 빠져나간 보편적 허무주의
를 제국주의라는 거대 담론이 메꿀 수 밖에 없었다는 것, 그것이 육
당 사유의 근본적 한계가 아니었을까. 조선주의가 송두리째 빠져나
갔을 때, 육당에게는 또 다른 거대 담론의 필요성을 느꼈을 것이고,
그 공백을 제국주의의 견고한 담론이 쉽게 밀고 들어올 수 있었던
것은 아닐까. 육당에게 있어 사상적 변모와 의식의 전이는 이런 토
대에서 그 해법을 찾아야 할 것으로 보인다.

육당 최남선 문학 연구

- 근대의 길을 내고 민족을 발견하다 -

제2장

『경부철도노래』와 계몽의 기획

1. 교통과 공간의 축소

육당의 『경부철도노래』가 신문관에서 출간된 것은 1908년이다. 이 시가의 대상인 경부선은 한반도를 횡단하는 중요한 철도였다. 일제가 한반도와 대륙을 침략하기 위한 교두보로써 설계한 것이었기 때문이다. 1901년 기공식을 한 경부철도는 순차적으로 노선과 역사 등이 건설되면서 1905년에 정식 개통하게 된다. 그러나 부산역까지 전구간이 개통된 것은 1908년 4월 1이다. 이후 이 철도의 중요성은 더욱 부각되면서 복선화 작업이 이루어졌고 그 완성은 1944년에 이루어졌다.

경부선의 출발역은 서울이었지만 실질적인 출발역 역할을 한 것은 부산역이었을 것이다. 왜냐하면 경부선은 한반도와 대륙 침략을 위한 좋은 수단으로 제국주의 일본의 필요성에 의해 부설된 측면이 강했기 때문이다. 그러나 그 용도가 어디에 있든 경부철도가 개통됨으로써 당대인들의 삶과 인식에 많은 변화를 가져오게 한 것은 사실이다. 그 변화를 가져오게 한 근본 요인은 이른바 속도와 발견의 경이로움에서 찾을 수 있을 것이다.

근대의 제반 논리 가운데 하나가 속도에 있음은 잘 알려진 일이다. 속도는 기계의 부산물이고 또 기계란 과학 혁명의 결과이기 때문이다. 근대의 총아인 속도는 크게 두 가지 관점에서 그 설명이 가능한데, 하나는 물리적인 면이고 다른 하나는 정신적인 면에서이다. 전자의 경우는 새로움과 신기성, 가변성과 같은 영역에 의해 좌우되는 것이고, 후자의 경우는 물리적 변화의 가변성이 주는 정체성의 혼란에서 그 특징을 찾을 수 있을 것이다. 그러한 속도의 가시적인 부분을 담당하는 것 가운데 하나가 교통수단의 획기적인 발달이다. 특히 증기기관의 발명에 의한 기차는 근대 물질문명의 총아로 우뚝서게 되었다. 산업혁명을 이끈 힘이 이 기계의 발명이었던 까닭이다. 철도의 부설이 근대 물질문명의 핵심으로 등장한 것도 여기서 비롯된다. 곧 철도는 근대의 상징이자 문명의 척도로 간주된 것이다. 철도의 그러한 역능이 경부철도의 개통과 더불어 본격적으로 기능했음은 당연한 것이라 하겠다. 육당이 『경부철도노래』를 쓰게 된 근본 동기도 여기서 찾을 수 있다. 철도란 육당 뿐 아니라 조선의 모든 인식 주체들에게 근대의 잣대 내지는 기준이 되어준 것이다.

둘째는 발견이 주는 인식적 효과와 변화의 감각이다. 여기서 발견이라는 의미는 다음 두 가지 측면에서 매우 중요한 의의를 갖는다고 할 수 있겠는데, 우선 지리적 범주의 차원이 그 하나이고 인식의 확장에 관한 것이 다른 하나이다. 영토는 국가를 구성하는 요인 가운데 가장 중요한 부분을 담당한다. 근대뿐 아니라 근대 이전에도 그것은 어느 특정 민족의 생존 여부를 결정할 만큼 중요한 요소였기 때문이다. 역사의 연대기적 흐름과 동반한 것이 영토 전쟁이었다. 그리하여 영토가 특정 민족의 삶의 기반이었기 때문에 그런 지리적 욕망을 필요로 했던 것이다.

민족의 팽창과 욕망은 근대 이후에도 크게 변하지 않는다. 산업혁명이 시작되기 이전부터 제국주의적 요소와 힘을 구비한 서구의 열강들이 가장 먼저 찾아 나선 것이 새로운 영토의 개척이었다. 식민지라는 이름으로 펼쳐졌던 아시아의 슬픈 역사와 아메리카 대륙의 비극의 역사는 모두 이런 욕망이 빚어낸 결과였다. 따라서 영토의 발견이 중요한 것은 그러한 역사적 사건들과 분리하기 어렵기 때문이다. 그것은 생존의 기본 요건이었고 토대였으며 욕망의 팽창과 밀접한 상관관계에 놓여 있었던 것이다. 육당의 지리체험도 이런 욕망으로부터 분리하기 어려운 것이었다. 관념적으로 존재하는 영토가 아니라 실제로 존재하는, 곧 가시적인 영토의 확인이야말로 육당에게 근대적 민족국가로 나아가는 지름길이었기 때문이다.

두 번째는 인식의 확장 문제이다. 인식이란 대상의 깊이에서 자라나오는 사유의 범주 가운데 하나이다. 발견이나 감각이 오성의 차원이라면, 인식은 이성의 차원이다. 따라서 앎이 전제되지 않고 인식이 자리 잡을 수 없는 것은 당연한 이치이다. 육당이 발견한 지리에 대한 인식은 민족적 단일성, 문화적 단일성이라는 근대적 과제와 따로 떼어놓기 어려운 것이다. 근대 이후 불어 닥치기 시작한 민족주의 열풍은 민족적 단일성과 문화적 유대성을 기본 전제로 하고 있다. 이는 차이성이면서 동일성의 문제이며 또한 고유성의 문제이기도 하다. 보편성으로 구별되는 차이성이 고유성일 것이다. 따라서 단일문화권에서 구별되는 단일성과 차이성, 고유성이 민족의 기본 단위가 되는 것이다. 『경부철도노래』는 근대라는 세계사적 과제와 조선의 특수한 현실이 빚어낸 자리에 놓인 작품이다. 그것은 단순히 지리에 대한 호기심의 차원을 넘어서는 것이며, 여행이라는 유희적 차원과는 무관한 것이다. 속도와 발견이라는 근대의 거대한 계획이 육당의 자의식을 매개로 『경부철도노래』 속에 펼쳐지고 있는 것이다.

2. 『경부철도노래』에 나타난 계몽의 기획

1) 국토의 발견—국토지리에 대한 인식

근대와 전근대를 구별하는 것은 몇몇 요인들이나 특정 기준에 의해서 가능하다. 그런데 이런 여러 요인들 가운데 대표적인 것은 아마도 앎의 문제가 아닐까 한다. 계몽의 기획을 탈미신화 과정으로 설정한 것도 앎의 문제에서 비롯된 것이다. 안다는 것은 어떤 경계를 벗어나 새로운 인식의 장으로 접어드는 것을 의미한다. 따라서 그것은 단순히 지식의 확장에서 그치는 문제는 아니다.

앎은 세상을 보는 눈, 곧 인식의 다변화와 관련되어 있다. 근대 이전은 다변화를 거부하는 사회이다. 이런 사회에서의 앎이란 사회의 기능과 가치 체계를 위해서 불필요한 요소였다. 이 사회에서는 모든 사유나 행동이 하나의 이데올로기를 위해서만 존재했다. 이른바 중심화의 기능만이 이 사회를 지탱하는 주요 힘이었던 것이다. 그러나 근대에 들어서면서 더 이상 이런 마술적 자장의 상태는 유효한 것이 되지 못했다. 모든 인식 주체들은 대상의 본질에 대해 인식하기 시작했고, 사회 또한 그러한 요구를 필연적으로 받아들이고 있었다. 앎에의 욕구가 미몽을 대신해 삶을 살아가는 기본 척도가 된 것이다.

앎은 중세 사회를 획기적으로 바꾸어놓았다. 그것이 전파되기 시작하면서 무지와 미몽은 더 이상 체제를 유지시키는 중심 기능으로 작용하지 못했고, 삶의 기능 또한 구심성보다는 원심성으로 작동하기 시작했다. 모든 것을 알고자 하는 욕구와 거기서 파생된 에네르기들이 인간의 정서에 파고들기 시작한 것이다.

앎에의 의지가 삶의 현장에서 다방면으로 기능하고 있었지만, 근대적 의미의 정체성과 가장 근접하게 작동한 것은 소위 민족에 대한 인식 내지는 민족국가의 형성에 관한 문제에서였다. 개인의 인식보다는 세상에 대한 인식이 앞서는 것이며, 이런 전제 하에서 거대 문화권의 상실은 근대성의 형성에 가장 중요한 원인을 제공했다. 민족의 구성 요건 가운데 가장 일차원적인 요소가 동일 권역에 둘러싸인 경계의 분화와 불가분의 관계에 놓인 것이라면, 개별성의 발견과 이로부터 파생되는 의식의 형성은 가장 중요한 의식 수단이 될 것이다. 그 도정에 가로 놓여 있는 것이 삶의 토양, 곧 지리의 발견임은 당연할 것이다. 이럴 경우 지리의 인식과 그 경계의 발견은 단순히 물리적인 차원을 뛰어넘는 것이 된다.

> 서관 가는 경의선 예서 갈려서
> 일색 수색 지나서 내려간다오
> 옆에 보는 푸른 물 용산 나루니
> 경상 강원 윗물 배 모인 곳일세

독서당의 폐한 터 조상하면서
강에 빗긴 쇠다리 건너 나오니
노량진역 지나서 게서부터는
한성 지경 다하고 과천 땅이라

호호양양 흐르는 한강 물소리
아직까지 귓속에 젖어 있거늘
어느 틈에 영등포 이르러서는
인천 차와 부산 차 서로 갈리네

「경부철도노래」4-6연[1]

인용부분은 「경부철도노래」의 앞부분에 해당하는 연들이다. 육당이 이 부분에서 말하고자 한 근본 의도는 지리에 대한 소개의 차원에서 이루어지고 있다는 점이다. 소개란 알고 있는 주체가 알지 못하는 주체들에게 알려주는 단순 소박한 행위이다. 그러나 육당이 이 작품에서 의도하고자 했던 것은 단순한 소개의 문제에 국한되어 있다고 볼 수 있는 것은 아니다. 거기에는 국토에 대한 이해와 이를 통해 민족의 동일성에 대한 확인 역시 내포하고 있었기 때문이다. 이는 「경부철도노래」가 단순한 여행기의 차원에서 그치는 것이 아니고 또 육당 자신의 유희취미가 반영된 문학이 아님을 말해주는 것이기도 하다.

육당의 그러한 의도들은 시가의 내용뿐 아니라 시가를 구성하고

---

1 앞으로는 「경부철도노래」의 인용은 연으로만 표기하기로 한다.

있는 주석의 형식에서도 잘 드러나고 있다. 시인들이 흔히 사용하고 있는 주석의 기법은 시의 내용을 이해하고 시인의 의도를 부각시키기 위해 차용된다. 그러나 육당의 경우는 현대 시인들이 즐겨 사용하고 있는 그런 주석의 기법과는 거리가 있는 경우이다. 그에게 주석이란 시가 내용 못지않은 지리적 관심의 표명으로 자리 잡고 있기 때문이다. 가령 다음과 같은 연을 보면 이를 쉽게 확인할 수 있게 된다.

> 실과 같은 안양 내 옆에 끼고서
> 다다르니 수원역 여기로구나
> 이전에는 유수도 지금 관찰부
> 경기도의 관찰사 있는 곳이라
>
> 경개 이름 다 좋은 서호 향미정
> 그 옆에는 농학교 농사 시험장
> 마음으로 화령전 참배한 후에
> 큰 성인의 큰 효성 감읍하도다
>
> 「9-10연」 부분

이 부분은 여행의 중간지인 수원의 모습을 묘사한 것이다. 얼핏 보아도 알 수 있듯이 여기에서는 수원성을 축조한 정조와 그의 효심을 작품 속에 자세히 밝히고 있다. 그러나 육당은 여기서 그치지 않고 주석의 형식으로 이 지역의 소개를 계속하고 있는데, 예를 들어 서호를 추가로 소개하고 있는 부분에 이르면 다음과 같이 되어 있다.

"서호는 화서문 밖 5리경에 있는, 정조 때 만든 저수지다. 이 저수지의 물을 받는 논밭이 수천개에 이른다"로 자세히 밝히고 있는 것이다. 뿐만 아니라 다음 행에서는 "향미정은 서호에 있으며, 호수의 이름을 따라 명명한 것이다. 인근 거주인들이 와서 노는 곳이다"라고 하며 향미정에 대해서도 자세하게 설명하고 있다. 이런 국면들은 거의 관광 안내서에 수록될 만큼 자세하게 설명되고 있는 것이다. 이런 관점에서 보면 「경부철도노래」는 시가형식 이전에 지역 소개서나 관광 안내서와 같은 역할을 하고 있는 것처럼 보인다.

이런 형식이 노리는 것은 앎의 확산이고 지식의 보급이다. 특히 자신이 뿌리내리고 있는 지역에 대한 인식의 확대는 민족국가 형성이라는 근대적 이상에 부합하는 행위가 아닐 수 없다. 지리에 대한 육당의 관심은 상승하는 계층이었던 부르주아지로서, 앎을 전파시키는 선각자로서의 임무에서 비롯된 행위이다. 이러한 행위는 자신의 주변 환경에 무지했던 민중들에게 자신의 삶의 토대를 환기시켜주는 인식의 전환을 가져오기에 충분한 것이라 할 수 있을 것이다. 그것은 근대 국가를 만들어가는 주체들에게 있어 새로운 발견이라는 확인 행위와 인식의 확장을 만들어 주었다고 하겠다.

육당이 시도한 국토의 발견은 근대의 패러다임이라는 관점에서 매우 의미있는 것이었다. 우선 그의 행위는 문명의 저개발 단계에서 시도될 수 있는 가장 초보적인 것이었다는 점에서 의미가 있다. 민족 국가가 만들어지는 초기 단계에서 가장 필요한 것은 민족의 테두리를 확정할 수 있는 인식이다. 그런 면에서 자신과 그 주위를 인지하는 국토지리에 대한 탐색은 무엇보다 중요한 행위라고 할 수 있다.

중세 말기나 근대 초기에 쓰여졌던 수많은 순례기와 여행기들이 시사나 역사적 맥락에서 중요한 부분을 담당했던 것은 이런 이유 때문일 것이다. 육당의 『경부철도노래』가 단순한 여행기의 차원을 넘어서는 이유도 여기서 찾아진다. 민족 국가 형성기에 민족을 구성하는 토대에 대한 사유가 이 여행기를 통해서 비로소 이루어졌기 때문이다.

국토지리에 대한 인식은 지리상의 발견이라는 과점에서 볼 때, 세계지리에 대한 인식의 전단계에서 펼쳐지는 행위이다. 세계지리를 향하는 시선의 확대는 두 가지 측면에서 전자의 경우를 보족하고 확충하는 것인데, 우선 그것은 국토지리에 대한 사유의 확증으로서의 의미이다. 외부를 통해서 내부를 응시하는 행위야말로 가장 객관화된 것이기 때문이다. 내면적 사유는 외면적 사유에 의해 보족될 경우에만 가장 큰 정확성을 갖게 된다. 『경부철도노래』를 쓴 이후 육당이 『세계일주가』[2]를 쓴 것은 이런 맥락에서 매우 의미있는 작업이었다고 생각된다. 다만 시간의 간극이 좀 크다는 것이 큰 아쉬움으로 남긴 하지만, 『세계일주가』는 새로운 조선을 만들어가고 인식하는 육당의 도정에서는 꼭 필요한 작업이었다.

그리고 세계지리에 대한 인식의 또다른 국면은 그것이 한편으로는 제국주의의 확대에 따른 불가피한 행위나 경우에 따라서는 필연적인 도정이라는 측면에서도 찾을 수 있다. 그것은 세계성으로 나아가는 시야의 확대라는 물리적 차원과는 구별되는 인식행위이다. 특히 제국주의의 장이 펼쳐지고 있는 특정 국가의 주변에 대한 지리적 명승고적에 대한 소개는 단순한 호기심이나 관광의 차원과는 거리

---

2 육당이 『세계일주가』를 쓴 것이 1914년이다. 『경부철도노래』가 1908년에 쓰여졌으니, 약 6년이라는 세월의 간극이 있는 셈이다.

가 먼 행위이다. 이는 제국주의의 욕망과 분리할 수 없는 연결고리
이며, 저개발 국가에서 이루어지는 국토지리에 대한 인식을 뛰어넘
는 것이라 할 수 있다. 그 대표적 사례로 꼽을 수 있는 것이 육당이
모방했다고 전해지는 오오와다 타케키의 「만한철도가」이다. 이 창
가집의 특징은 노래와 사진을 실어 한국이나 중국동북부의 지리를
이해하게 한 데서 찾을 수 있다[3]. 이는 오직 지리의 세계성만을 강조
한 것인데, 그런 외연으로의 확장 행위야말로 근대 제국주의의 속성
을 그대로 대변해주는 것이라 할 수 있다.

어떻든 국토지리를 통한 민족이나 국가에 대한 인식은 근대 국가
를 열어가는 여명기에 매우 중요한 역할을 담당한 것은 사실이다.
물론 이런 사유가 근대성의 원리와 밀접한 관련을 맺고 있는 것은
틀림없는 일일 것이다. 그 근대성의 선두를 담당한 것은 앞서 지적
한 것처럼 철도이다. 철도야말로 과학의 총아이며 근대를 대표하는
지렛대였다. 그것은 근대 문명의 이상인 속도 혁명을 이루었을 뿐
만 아니라 봉건적 위계질서를 무화시킨 절대 주체의 역할을 하기도
했다. 철도의 그러한 속성들은 「경부철도노래」에서도 그대로 표현
된다.

> 우렁차게 토하는 기적 소리에
> 남대문을 등지고 떠나 나가서
> 빨리 부는 바람의 형세 같으니
> 날개 가진 새라도 못 따르겠네

3 오오타케 키요미, 「근대한일철도창가」, 『연구논문집』38, 성신여자대학교, 2003
년 참조.

늙은이와 젊은이 섞여 앉았고
우리네와 외국인 같이 탔으나
내외친소 다같이 익히 지내니
조그마한 딴 세상 절로 이뤘네

「1, 2연」 부분

　근대의 제반 특징 가운데 하나가 속도에 있다고 언급한 바 있다. 그런데 그것은 물리적인 속성 뿐만 아니라 정신적인 속성 역시 내포된다. 그러나 이 둘의 관계는 별도의 관계가 아니라 쌍생아의 관계로 기능한다. 물리적인 변화가 있기에 정신적인 혼란 또한 가능한 것이기 때문이다. 이렇듯 속도를 가능하게 한 것은 과학 혁명의 승리이다. 그 빠르기 때문에 모든 정신적인 가치들은 이전과 비교하여 상당한 혼란을 경험하게 된다. 즉 전통적인 가치관이 쉽게 붕괴되고 인간으로 하여금 전혀 새로운 패러다임으로 거침없이 빠져들어가게 하는 것이다.

　인용부분에서 무엇보다 강조되고 있는 것이 문명의 나팔소리이다. “우렁차게 토하는 기적 소리”가 바로 그것인데, 이 소리는 “남대문을 등지고 떠나 나가서/빨리 부는 바람의 형세”로 중세적 원거리를 근대적 짧은 공간으로 축소시킨다. 이렇듯 철도는 근대가 요구하는 속도를 철저히 수행하는 역할을 한다. 그런데 여기서 또 하나 주목해야할 부분이 열차의 근대적 속성이다. 「경부철도노래」에서 열차는 반상의 구분을 철저하게 무화시키는 구실을 한다. 봉건윤리질서가 철저하게 남아있는 당대의 현실에서 철도라는 근대적 공간은 양반을 위한 특혜를 따로 제공하지 않는다. 소인교와 가마로 특화되는 봉건적 위계질서를 열차는 철저하게 부정한다. 열차는 양반을 위해 따로 기다려 주지 않고 근대라는 시간이 작동하는 순간 출발한다. 또한 상민이라고 탑승을 거부하지도 않는다. 자본으로 만들어진 승차표만 간직하면 누구나 똑같이 열차를 이용할 수 있는 것이다. 그것은 오직 근대의 질서, 계몽의 정신에 따라서만 철저하게 작동하고 있는 것이다.

열차의 이러한 역능은 열차내부의 풍경을 통해서 더욱 극대화된다. 그곳에는 "늙은이와 젊은이 섞여 앉아 있고", "우리네와 외국인이 같이 탔"기도 했다. 그런 다음 "내외친소 다같이 익히 지내니/조그마한 딴 세상 절로 이뤘네"로 감탄하고 있다. 열차 안은 그야말로 남녀노소라든가 반상의 구분 없이 모두가 동일한 위치에서 수평적 동일체를 이루고 있는 것이다. 위계질서가 존재하지 않는 이런 모습은 마치 중세의 카니발적 축제를 연상할 만큼 평등의 모습을 환기시켜준다. 기사와 평민, 난쟁이와 불구자, 정상인 모두가 하나의 공동체를 이루며 축제의 장을 만들어낸 것이 카니발의 평등적 모습이다. 그런 모습들이 경부철도 내부의 공간에서 그대로 재현되고 있는 것이다. 이는 근대가 만들어낸 계몽의 장이다. 열차는 문명의 이기이며 최첨단의 발명품이면서 반상의 질서를 무너뜨린 평등의 장으로 육당의 시야에 들어오고 있다. 열차야말로 근대의 기획과 계몽의 정신을 충실히 수행하는 매개로 기능하고 있는 것이다.

2) 대타의식과 현실 상황에 대한 인식

육당이 「경부철도노래」를 지으면서 일차적으로 의도한 배경은 국토 지리의 소개에 있었다. 근대라는 기관차에 편승해서 소위 공간지리의 빠른 축소를 통해서 열차가 정차하는 곳을 중심으로 그 지역의

명승고적과 역사 등을 소개하고자 한 것이 이 노래를 지은 근본 의
도인 것이다. 민족국가 형성이라는 계획의 일환에서 이런 의도는 매
우 긍정적인 것이었고 또 필요한 것이었다고 할 수 있다. 실상 이 작
품의 대부분을 차지하고 있는 부분도 각 지역의 지리와 풍습, 역사
등등으로 구성되었기 때문이다. 육당의 이같은 계획은 국토지리에
대한 확인의 차원에서 이루어진 것이며, 또한 민족 국가를 만들어내
는 작업의 일환으로 의도된 것이다.

　그러나 이런 의도에도 불구하고 이 작품은 이전의 여행시가에서
볼 수 없는 특이한 국면들 또한 노정하고 있었다. 이보다 몇 년 앞서
쓰여진, 이와 비슷한 기획으로 상재된 「만한철도가」와 비교하면, 그
러한 차별성을 쉽게 만날 수 있다. 「만한철도가」는 오오와다 타케끼
(大和田建樹)가 1906년에 쓴 것인데, 육당이 이를 모방해서 「경부철
도노래」를 지었다고 알려져 있다. 작품을 기획한 의도는 비슷하지
만, 그러나 그 동기나 결과는 현격하게 달랐다. 「만한철도가」는 노래
와 사진을 실어가면서 조선 지역이나 중국동북부 지역의 지리를 익
히게끔 만들어진 시가였다[4]. 일본 내부의 국토지리를 인식하고 이를
알리기 위해서 쓰여진 것이 아니라 세계지리를 위해서 기획된 것이
다. 세계지리에 대한 인식은 근대 제국주의가 내보인 욕망의 팽창과
분리할 수 없는 것이다. 특히 그것을 제작한 의도가 제국주의의 이
해관계와 맞물리게 되면, 욕망의 지도, 침략의 지도로 변질될 수밖
에 없는 것이다. 아마도 그런 혐의가 「만한철도가」가 가지고 있었던
진정한 함의였는지 모른다. 반면 「경부철도노래」는 세계지리가 아

---

4 위의 논문, p.76. 참조.

니라 국토지리의 차원에서 기획된 것이다. 이 작품은 민족의 형성과 국가 만들기라는, 근대 초기의 계몽적 질서로부터 한발자국도 벗어나지 못하고 있기 때문이다. 승리의 나팔소리를 배음으로 깔고 거침없이 실크로드를 만들어가는 「만한철도가」의 낭만적 음성을 「경부철도노래」에서는 쉽게 들을 수 없기에 그러하다.

물론 육당도 오오와다 타케키의 「만한철도가」와 비슷한 형식의 시가를 지은 바 있다. 바로 「세계일주가」가 그러하다. 이 작품을 이끄는 기본 동력은 세계의 지리와 역사를 알고자 했던 육당의 의욕이었다. 그는 한반도 북부지방을 시작으로 중국과 서구를 거쳐 아메리카, 일본, 그리고 다시 한반도로 되돌아오는 형식으로 이 작품을 지었다. 그러나 작품을 만들어낸 동기는 오오와다 타케키의 그것과는 매우 상이하다. 육당이 「세계일주가」를 쓴 것은 세계지리에 대한 인식에서 시작된 것이긴 하지만, 그것이 제국주의의 범주에서 논의될 수 있는 성질의 것은 아니었기 때문이다. 이 시가 역시 육당에게 당면 과제로 주어졌던 조선에 대한 발견과 인식의 연장선에 놓여 있는 것이었다. 육당도 이점을 굳이 부인하지 않고 있다.

> 이 작품은 세계의 지리와 역사에 대한 지식을 얻고 아울러 조선이 세계의 교통에 있어서 얼마나 중요한 부분인지를 인식하게 하고자 지은 것이다. 오늘날 세계의 큰 세력 있는 나라를 큰 교통로를 따라서 순서대로 두루 돌아다니고자 하므로, 그 경유지를 북반구 중간 일부에 한한다.[5]

---

5 최남선, 「세계일주가」서문, 『총서』12, p.126.

작품을 쓰게 된 기본 동기는 조선에 대한 앎의 과정이었다. 특히 교통의 중요성을 세계성으로 나아가는 지름길로 인식하고 한반도 는 그러한 조건을 충실히 갖춘 천혜의 요충지임을 알리고자 했다. 이른바 발견과 앎의 차원이었던 바, 그 중심에는 조선이 놓여 있었 던 것이다.

두 번째는 상황의 인식의 특이성이다. 이는 당대 현실이 직면하고 있는 상황에서 나오는 직접적 의식이라는 점에서 매우 현실감이 있 는 경우라 할 수 있다. 낭만적 정서나 세계가 아니라 지극히 센티멘 털하고 비관적인 정서가 자리 잡고 있는 것이 「경부철도노래」의 또다른 특색인데, 이는 시대의 음역으로부터 자유롭지 않기 때문 이다.

> 관왕묘와 연화봉 둘러보는 중
> 어느덧에 용산역 다다랐도다
> 새로 이룬 저자는 모두 일본 집
> 이천여 명 일인이 여기 산다네
> (중략)
> 인력거와 교자가 준비해 있어
> 가고 옴에 조금도 어려움 없고
> 정결하게 꾸며 논 여관있으나
> 이는 대개 일본인 영업이라니
>
> 「3, 22연」 부분

일제 강점기에 제국주의에 대한 대타의식을 갖는 것은 쉬운 일이 아니었다. 이는 권력에 대한 공포나 두려움이기 보다는 근대가 주는 이중성 때문에 그러하다. 당연히 수용해야할 근대와 또 이를 배척해야할 근대 사이에서 마땅히 설자리를 찾는 것은 쉬운 일이 아니다. 그런 슬픈 운명을 갖고 태어난 것이 식민지 지식인의 자화상이다. 물론 육당이 이 시가를 쓴 시기는 아직 조선의 국권이 유효했을 때이다. 그러나 실질적 상황은 이미 식민지 상황으로 접어들고 있었다. 그러한 때 이런 자의식을 표명 할 수 있는 것만으로도 매우 의미있는 것이라 할 수 있다. 그것은 민족주의에 기반한 계몽의식이 있었기에 가능했던 것인데, 민족 만들기와 근대 국가형성이라는 자의식이 없다면 이같은 상황인식은 매우 난망한 일이었을 것이다. 민족 모순에 대한 올곧은 자의식이야말로 민족을 인식하고 만들어가는 중요한 준거틀이 될 수 있기 때문이다.

육당이 「경부철도노래」에서 근대를 예찬하고 그것이 주는 특혜를 마냥 향유할 수 없었던 것도 이런 상황적 인식에서 기인한 것이었다. 「만한철도가」와 차질되는 곳이 바로 이 부분에서이다. 이는 세계지리와 국토지리에 대한 인식의 차에서 오는 것이며, 민족의 처지가 만들어낸 상황의 결과에서 오는 것이기도 하다. 그 중심에 놓인 것이 제국주의의 실체이거니와 육당이 고민하게 되는 부분도 여기에 놓여 있다. 그러한 상황이 계몽에 대한 욕구를 더욱 필연적으로 요구받게 했을 것이다.

> 우리들도 어느 때 새 기운나서
> 곳곳마다 잃은 것 찾아들이어
> 우리 장사 우리가 주장해 보고

내 나라 땅 내것과 같이 보일까

오늘 오는 천 리에 눈 뜨이는 것
처진 언덕 붉은 산 우리 같은 집
어느 때나 내 살림 넉넉하여서
보기 좋게 집 짓고 잘 살아보며

식전부터 밤까지 타고 온 기차
내 것같아 앉아도 실상 남의 것
어느때나 우리 힘 굳세게 되어
내 팔뚝을 가지고 구을려 보나

「44-46연」 부분

　「경부철도노래」가 발표된 것은 1908년이고, 경부선의 개통과 이
를 응시하는 소회를 읊은 것이 이 시가의 근본 의도이다. 이와 비슷
한 시기에 쓰여진 것이 「해에게서 소년에게」이다. 그 많은 해석에도
불구하고 「해에게서 소년에게」가 말하고자 했던 것은 계몽의 사유
였다. 육당의 엘리트의식이라든가 자신감, 상승하는 부르주아 의식
등등이 혼용되어 만들어진 것이 「해에게서 소년에게」이다. 육당은
이 작품에서 조선을 소년으로 상정해놓고, 자신은 이 소년을 길들여
가는 주체로 인식했다. 아니 소년을 건장한 청년으로 만들어가겠다
는 표현이 맞을 정도로 육당은 조선을 훈육하는 선구자로 스스로를
생각했던 것이다. 그런데 「경부철도노래」에 오면 그러한 자신감이
랄까 계몽 주체로서의 당당한 자세는 사라지고 센티멘털한 자의식

만으로 일관하고 있다. 열려있는 바다로 자신 있게 항진할 것만 같았던 자의식이 근대의 총아인 철도에 이르러서는 현저히 웅크려들고 있는 것이다. 이런 상황 판단과 인식의 변화는 근대에 대한 정확한 응시에서 빚어진 것이라는 점에서 주목을 요하는 것이 아닐 수 없다. 「해에게서 소년에게」에서 나타난 조선은 막연한 관념의 대상일 뿐이었다. 말하자면 국토지리에 대한 정확한 인식없이 상승하는 자의식의 과잉이 낳은 선입견들이 조선의 현실을 왜곡시켜 표현하기에 급급하도록 만들어. 반면 철도를 통한 국토지리에 대한 정확한 인식은 육당의 신체시가 보여준 현실인식의 한계를 뛰어넘게 했다. 이런 차별화된 의식이야말로 「경부철도노래」와 「해에게서 소년에게」 사이에 놓인 거리감이 아닌가 한다. 이는 곧 근대에 대한 반성적 회의와 맞물린 것이기도 하다.

어떻든 철도가 문명의 첨단 이기임은 분명한 사실일 것이다. 그러나 그것이 육당에게는 근대 과학의 총아이자 예찬의 대상만으로 다가오지 않았다는 데에 문제의 핵심이 놓여져 있다. "식전부터 밤까지 타고 온 기차/내 것같아 앉아도 실상 남의 것"이라는 표현이 그것인데, 여기서 육당은 근대에 대한 이중적 자의식을 드러낸다. 하나는 총아로서의 그것과 다른 하나는 올바른 현실 인식으로서의 그것이다. "식전부터 밤까지 타고 온 기차"가 전자의 경우라면, "내 것같아 앉아도 실상 남의 것"은 후자의 경우이다. 그러나 근대에 대한 이러한 이중성은 그 초점이 후자에 놓여짐으로써 균형감각을 상실하고 만다. 그에게 중요했던 것은 과학의 신기성이 아니라 비극성에 놓여 있었던 것이다. 그것은 제국주의의 임무를 수행하는 첨병역할만을 하고 있었을 뿐이다.

근대에 대한 육당의 사유가 일제에 대한 대타의식으로 연결되는 것은 어쩌면 자연스러운 일일 것이다. 이 의식이란 정체성을 만들어 내는 좋은 매개가 된다는 점에서 그러한데, 이것은 근대 국가 만들기 혹은 민족 정체성의 확인이라는 측면에서 의미가 있는 것이라 하겠다. 뿐만 아니라 상대방에 대한 선망과 부러움의 자의식을 만들어 내기도 한다.

상대방을 철저하게 우위에 놓는 대타의식이 이상화의 본능으로 나아가게 된다면, 그것이 계몽의 역동적 의식과 연결되는 자연스러운 일이 될 것이다. 어쩌면 육당이 『경부철도노래』에서 가장 강조하고 싶었던 대목이 이 부분이었을 것이다. "우리들도 어느 때 새 기운 나서/곳곳마다 잃은 것 찾아들이어/우리 장사 우리가 주장해 보고/내 나라 땅 내것과 같이 보일까"하는 소망이 바로 그것이다. 근대의 계몽이 철학을 근간으로 하고 있는 것은 자명한 사실이다. 이른바 탈미신화 과정으로 표명된 계몽의 정신이야말로 근대 자연과학이 만들어낸 절대 목표이기 때문이다. 그러나 이런 계몽 정신이 유효한 것은 민족 만들기나 국가 만들기와 같은 내적 문제와 결부될 때 특히 그 의미가 있을 것이다. 즉 대타적인 요소가 부재할 경우에만 계몽은 그 본래의 임무랄까 정신을 발휘하게 된다. 그러나 민족 모순과 같은 외부적인 요소가 계몽의 요소에 침투해 들어오기 시작하면 탈미신화 과정이라는 그 본래의 임무는 변질되게 된다. 오직 양식강식에 바탕을 둔 강자의 요소만이 절대화되어 나타나기 때문이다. 제국주의의 힘만이 계몽의 절대 정신인양 받아들여지게 되는데, 육당의 "어느때나 우리 힘 굳세게 되어/내 팔뚝을 가지고 구을려 보나"하는 탄식도 여기서 비롯된 것이라 할 수 있다.

한국문학사에서 민족해방의 요소가 가미된 계몽의 정신이 가장 활발하게 움직인 때가 1930년대 전후이다. 안창호의 흥사단 정신과 브나르드운동이 접목되어 춘원의 「흙」이 만들어졌고, 심훈의 「상록수」가 상재된 것도 이 시기이다. 특히 춘원의 문학 전반이 계몽을 근간으로 쓰여진 것은 잘 알려진 일인데, 1917년의 「무정」은 그 정점에 놓인 작품이다. 그러나 한국문학사에서 계몽의 시작은 위에서 살핀 본 대로 육당의 「경부철도노래」에서 비롯된 것이라 해도 과언이 아니다. 특히 민족 해방과 관련된 계몽의식이 육당에게 표명된 것은 매우 중요한 의의가 있는 것이라 하겠다. 그가 필생의 과업으로 상정한 조선주의의 발휘가 민족해방이 전제된 것임을 감안할 때, 「경부철도노래」는 그 효시에 해당하는 작품이기 때문이다.

3) 조선심의 형성

육당이 필생의 과업으로 두었던 것은 조선심의 앙양이었다. 그에게 조선심은 민족 정체성을 확보하는 동시에 세계성과 맞서는 절대 기둥이었다. 그의 문학의 출발이 바다를 비롯한 개방성에 있었음은 잘 알려진 일이다.[6] 바다는 근대를 받아들이는 통로이자 세계성으로 나아가는 길목이었다. 육당에게 계몽의 대상으로만 존재했던 조선이었기에 바다가 그러한 의미로 다가오는 것은 당연한 일이었다. 육당은 이 시기에 조선의 근대화를 지극히 낭만적인 관점으로 받아들였다. 거침없는 파도의 힘만으로 봉건적 아우라에 물들어있던 육지의 잠을 쉽게 깨울 수 있을 것으로 판단했다. 상승하는 자의식만큼

---

6 정한모, 『한국 현대시문학사』, 일지사, 1978, p.203.

이나 육당은 조선의 근대화를 매우 낙관적인 전망으로 응시했던 것
이다. 그러나 그의 그러한 판단은 제국주의의 실체 앞에서 커다란
좌절을 맛보게 된다. 그러한 자의식이 그로 하여금 그의 시야를 바
다로부터 산으로 올라가게끔 했다[7]. 이런 시선의 변화가 국토와 문
화에 대한 찬미로 발전하게 된 것은 당연한 일일 것이다. 말하자면
관념의 차원이 아니라 구체적인 실체로서 조선의 국토가 육당의 시
야에 들어오게 된 것이다.

조선심에 대한 육당의 의도는 두 가지 측면으로 이해할 수 있는
데, 하나는 민족의 형성이라는 근대적 임무이고 다른 하나는 일본
제국주의에 대한 대타의식에서이다. 전자는 하나의 이데올로기 속
에 민족을 동일화시키는 원리에서 비롯된 것이고, 후자는 민족 정체
성을 확보하고자 하는 의도에서 비롯된 것이다. 그러나 육당이 체감
한 당면과제는 후자의 측면이 훨씬 강했던 것으로 생각된다. 그것은
제국주의에 점점 동화되는 조선의 정체성에 대한 위기의식 때문이
었다. 육당이 1920년대 중반 이후 조선심이나 역사학의 탐구로 현저
하게 경사된 것은 여기에 그 원인이 있다.[8]

「경부철도노래」는 「만한철도가」를 모방한 작품, 철도의 빠른 속
도를 노래한 작품, 지방의 명승고적을 소개한 작품이라는 수식을
넘어서서 이후로 전개될 육당의 다양한 음역이 담겨져 있는 시가이
다. 그 하나가 육당의 보증수표 가운데 하나인 국토순례의 예비단
계를 보여준 작품이라는 점이다. 잘 알려진 대로 육당은 조선학의

---

7 위의 책, p.207.

8 육당이 조선사연구를 본격적으로 시도한 것도 이 때이고, 또 그 연장선에서 조선
의 국토순례에 나선 것도 이때부터이다.

구체적인 실례를 확증하고 이를 실행하기 위해서 다양한 형태로 국토순례를 감행하게 된다. 순례는 그 자체로 성스러움을 전제로 하는 것이기에 이 행위에는 국토의 신성성과 민족의 선험성을 이해하고 확인하며 전파하기 위한 다양한 의식들이 따르게 된다. 「경부철도노래」는 지리와 역사, 제국주의에 대한 대타의식을 노래한 작품이지만, 조선심에 대한 강렬한 의식 또한 내포되어 있다. 「경부철도노래」에 나타난 육당의 조선주의는 크게 두 가지로 나타난다. 하나는 세계성과 대비되는 것이고 다른 하나는 제국주의 일본과 대비되는 것이다.

> 계룡산의 높은 봉 하늘에 다니
> 아태조 집 지으신 고적 있으며
> 금강루의 좋은 경 물에 비치니
> 옛 선비의 지은 글 많이 전하네
>
> 마미 신탄 지나서 태전 이르니
> 목포 가는 곧은 길 예가 시초라
> 오십오 척 돌미륵 은진에 있어
> 지나가는 행인의 눈을 놀래오
>
> 「28-29연」 부분

　인용된 부분은 「경부철도노래」에서 흔히 볼 수 있는 지리 소개와 명승고적에 대한 안내이다. 그러나 그 내용을 꼼꼼히 들여다보면 이를 소개한 육당의 의도가 어디에 있는지 알 수 있다. 특히 은진미륵을 설명한 주석 부분이 주목을 끈다. 육당은 이를 다음과 같이 설명해놓고 있는바, "은진 미륵은 은진군 죽암리에 있는 관촉사 경내에 있다. 서호의 삼대 거물 중 하나다. 높이가 55척이고 둘레가 수십 척이라. 그 숭고하고 웅대함이 다만 우리나라뿐만 아니라 세계에서 그에 필적하는 것을 찾기 어렵다"고 하고 있는 것이다. 육당이 추구한 조선심의 목표가 세계에 존재하지 않는, 조선만의 유일한 것의 탐색에 있는 것임은 잘 알려져 있는데, 은진미륵은 육당의 그러한 욕망을 충족시켜주기에 알맞은 대상이었을 것이다. 그것은 단순히 조선 내부만의 최고가 아니라 세계 최고의 것에 해당되었기 때문이다.

이렇듯 세계성과 맞서는 조선성이야말로 육당이 추구한 조선심의 목표였다. 그것은 곧 조선적인 것에 대한 자긍심이며 우월감일 것이다. 실상 「경부철도노래」의 대부분을 차지하는 것은 이런 자부심의 소산일지도 모른다.

> 통도사가 여기서 육십 리인데
> 석가여래 이마뼈 묻어 있어서
> 우리나라 모든 절 으뜸이 되니
> 천이백칠십 년 전 이룩한 바라
>
> 「49연」 부분

「경부철도노래」를 구성하고 있는 시편 어느 곳을 선택해보더라도 이런 예찬의 정서를 읊은 시가들을 찾는 것은 어려운 일이 아니다. 통도사가 석가여래의 이마뼈가 묻혀 있어서 우리나라의 모든 절 가

운데 으뜸이라는 자부심에서가 아니라 그것이 천이백칠십 년 전에
이룩한 것이라는 세월의 깊이 때문에 예찬의 대상이 된다. 그런 오
랜 시간성이야말로 조선의 국지성을 뛰어넘는 세계성이며, 육당이
추구한 조선심의 정점이라 할 수 있을 것이다.

육당의 언급처럼, 그 자신이 조선학을 탐색하게 된 근본 동기는
잃어가는 조선의 정체성 때문이라고 한다.[9] 조선학의 대타점에 놓인
것이 일본 제국주의이다. 제국주의의 거대한 물결은 아마도 육당이
가장 피하고 싶었던 테마였을 것이다. 따라서 국토순례의 서두격에
해당하는 「경부철도노래」에서 제국주의에 대한 시선이 노정되는 것
은 지극히 자연스러운 일이었다. 그 결과 육당에게 더욱 주목의 대
상이 된 것이 과거 한일사에서 있었던 역사영웅들이다.

> 범어사란 대찰이 예서 오십 리
> 신라 흥덕왕 때에 왜구 십만을
> 의상이란 승장이 물리침으로
> 그 정성을 갚으려 세움이라데
>
> 「54연」 부분

「경부철도노래」에는 과거 일본과 얽힌 이야기들, 특히 왜구라든
가 임진왜란, 청일전쟁 등에 관한 이야기들이 많이 등장한다. 각 지
역의 소개나 고적, 역사, 문화 등등을 소개하는 자리에서 특정 민족
에 관한 이야기가 많이 나오는 것은 그만큼 작가의 자의식이 반영된

---

9 최남선, 「자열서」, 『근대문명문화론』 총서 14, 경인문화사, 2013, p.234. 특히 단군
  에 대한 연구는 민족정체성에 대한 국민정신의 천명 때문에 시작되었다고 했다.

결과라 할 수 있을 것이다. 이는 비슷한 규모, 아니 보다 많은 횟수를
보였던, 중국을 비롯한 이민족의 침투 역사가 거의 반영되지 않고
있다는 점과 비교하면 매우 이례적인 것이라 할 수 있다. 인용된 부
분을 장식하고 있는 것도 비극적인 왜구의 역사이다. 육당은 여기서
범어사의 유래를 설명하면서 이를 세운 목적이 왜구를 무찌른 승병
의 기념 때문이라고 했다. 이렇게 말하고자 하는 의도가 무엇인지는
자명할 터이다. 이는 일본에 대한 경계이자 조선주의의 또다른 발로
이다. 이런 의도는 임진왜란의 승자였던 이순신의 사당을 묘사하는
자리에서 정점에 이르게 된다.

> 검숭하게 보이는 저기 절영도
> 부산항의 목장이 쥐고 있으니
> 아무데로 보아도 요해지지라
> 이충무의 사당을 거기 모셨네
>
> 「61연」 부분

　인용된 부분은 「경부철도노래」의 거의 끝부분에 해당된다. 작가
는 정착지인 부산에서 또다시 일본과의 역사가 얽혀있는 절영도를
응시한다. 이 섬은 부산항의 목덜미 부분을 감싸고 있는 요충지이다.
여기서 육당은 부산을 지키는 중요한 부분에 충무공의 사당을 모시
고 있다고 표나게 강조하고 있다. 이순신이 어떤 존재인지를 다시
언급하는 것은 의미가 없을 정도로 그는 조선에 있어 없어서는 안
될 역사영웅이었다. 그렇기 때문에 일본에게는 철저하게 반대적인
의미로 다가오는 존재이다. 그런 존재가 부산을 지키는, 곧 조선을

지키는 길목에 서 있으니 조선의 역사에서 그가 차지하는 비중, 육당에게 다가오는 소회는 거의 절대적이라 할 수 있을 것이다. 육당의 관점에서 충무공은 그 자체로 세계성이면서 제국주의와 맞서는 절대성이었다.

육당에게 순례 의식은 국토에 대한 자긍심이며 거의 종교적인 것에 가까웠다. 그것은 다른 어느 이타성도 거부하는 동일성이었다. 그런 관점에서 충무공으로 표명되는 영웅성은 그러한 순례의식을 뛰어넘는 어떤 것으로 남겨져 있다. 뿐만 아니라 그것이 곧바로 제국주의와 맞선 역사성이라는 점에서 더욱 의의가 있는 경우이다. 이런 맥락에서 「경부철도노래」는 10여년 뒤에 펼쳐질 육당의 국토순례의 서장에 해당한다는 점에서 의미가 있는 것이라 할 수 있다. 그것은 곧 조선학의 시작이면서 조선심의 부활을 알리는 서곡에 해당하는 것이라는 점에서 그러하다.

3. 「경부철도노래」의 시사적 의의

「경부철도노래」는 근대에 들어 제작된 최초의 기행 창가이다. 이 형식이 일본으로부터 직접 수입된 외래양식이긴 하나 한국의 시사에서도 이와 같은 형태의 기행가사들은 얼마든지 존재해왔다. 가령, 「연행가」라든가 「의유당 관북유람기」, 「동명일기」 등등이 그 대표적인 양식들이다. 그러나 「경부철도노래」가 이들 양식과 현저히 다른 점은 그것이 근대성의 제반 양식과 사유로부터 자유롭지 못하다는 데 있다. 이미 여행기의 근대성이 철저하게 구현되고 있는 것이 이 노래인 것이다. 특히 공간의 축소로 이어지는 여행기는 「경부철도노래」만의 득의의 양식이며, 이전의 시가형태에서는 찾아볼 수 없는 특징이었다.

제목에서도 드러난 바와 이 양식이 우선적으로 표현하고자 했던 것은 경부선의 개통에 따른 예찬의 형식과 철도 주변에 놓인 지리와 경계를 설명하고 이해하는 차원이었다는 것이다. 그것을 국토지리에 대한 이해라고 부를 수 있다면, 이런 방식은 근대를 여는 매우 유효한 잣대라고 할 수 있을 것이다. 근대적 사유란 일차적으로 앎의 양상에서 비롯된다. 어떤 지식을 습득한다는 것은 단일한 사고계통을 벗어난다는 뜻이며, 다원성의 세계로 나아가는 근본 토대를 제공한다. 이를 두고 탈미신화 과정이라해도 좋고, 민족 국가 형성이나 민족에 대한 이해의 차원이라 불러도 좋을 것이다. 그러한 사례 가운데 하나가 철도에 대한 새로운 인식이다. 육당은 이 작품에서 그것을 속도와 평등의 차원에서 읽어내고 있다. 특히 반상의 구별과 같은 위계질서를 철도라는 매개를 통해서 무화시키는, 아니 그렇게 될 수밖에 없는 근대의 현실을 날카롭게 붙잡아내고 있다.

「경부철도노래」는 근대가 요구하는 그러한 국토지리에 대한 이해를 반영하고 있다는 점에서 근대 초기의 시대적 임무를 충실히 수행하고 있는 양식이다. 국토지리에 대한 이해는 민족의 동일성과 근대 국가 형성에 있어 불가피한 도정 과정 가운데 하나였기 때문이다. 그러나 「경부철도노래」는 근대에 대한 열정과 낙관적 전망을 읊어내기에는 제국주의에 대한 인식을 소홀히 할 수 없었다. 특히 이러한 국면들은 육당이 모방했다고 알려진 「만한철도가」와 매우 상반된 국면이라 할 수 있다. 「만한철도가」는 제국주의의 확장에 따른 세계지리의 차원에서 기획된 것이다. 그러나 조선의 현실은 그러한 단계를 벗어나지 못하고 있었다. 이른바 저개발의 단계에 있었기에 세계지리로 나아가는 것은 무리가 따랐다고 할 수 있다. 그러한 한계의 단초적인 예가 일본에 대한 대타의식으로서의 국토지리에 대한 인식이다. 「경부철도노래」는 철도역주변의 지리나 명승고적, 혹은 역사나 문화에 대한 자세한 설명을 붙여놓음으로써 근대가 요구하는 국토지리를 자세히 설명하고 있긴 하지만, 역사에 대한 분노라든가 제국주의에 대한 경계를 역시 드러내고 있는 것이다.

제국주의에 대한 대타의식이 계몽과 분리될 수 없는 것임은 식민지 시대의 문학에서 쉽게 확인될 수 있는데, 「경부철도노래」는 이 의식을 가장 먼저 표명한 시가라는 점에서도 그 의미가 있는 경우이다. 부국강병이라는가 건강한 국토에 대한 희구의식은 1920년대 중반에 꽃피웠던 계몽의식의 단초가 되었기 때문이다.

이와 더불어 육당의 「경부철도노래」에서 또 하나의 주목해야할 것이 조선주의내지는 조선심 사상이다. 이는 육당이 탐색하고자 했던 필생의 과제이었거니와 그 단초가 「경부철도노래」에서 시작되었다는 사실이다. 그는 이 작품에서 펼쳐진 여행을 통해서 세계성과 맞설 수 있는 조선만의 특수성, 고유성에 대해 탐색해 들어갔다. 조선만의 고유성을 세계성의 안티테제로 사유한 육당의 조선학이 「경부철도노래」에서 비로소 시작된 것이다. 그는 이 여행기를 통해서 세계성에 맞설 수 있는 조선만의 고유성에 대해 열광했다. 그것은 몇 천 년 동안 잠재해있던 조선의 문화와 가치가 비로소 세계라는

수면 위로 떠오르게 한 그의 열정의 표현이었다. 이런 면에서 「경부
철도노래」는 향후 전개되는 육당의 조선학을 지탱하는 심연이었다
고 할 수 있을 것이다.

육당 최남선 문학 연구

– 근대의 길을 내고 민족을 발견하다 –

제3장

신체시에 나타난 바다와 소년의 의미

1. 근대를 설계하고자 하는 여정

서울 중인층으로 태어난 육당이 근대 문물을 처음 접하게 된 것은 1904년이었다. 조선 황실 장학생으로 선발되어 동경 부립제일중학교에 입학 것이 이때이다. 그러나 갖가지 사건에 연루되면서 일 년을 채우지 못하고 귀국하게 된다. 이런 짧은 기간에도 불구하고 그가 받은 근대 문물의 충격은 상당히 큰 것이었다고 생각된다. 뒤이어 그가 일본 땅을 다시 밟게 된 것은 이로부터 2년 뒤인 1906년이었다. 이 시기의 일본 유학은 사비를 들여서 한 것인데, 이때에도 애국독립운동 사건에 연루되어 3개월 만에 퇴학당하게 된다. 비록 두 번에 걸친 일본 유학 생활이었지만 육당이 실질적으로 근대화된 일본을 체험한 것은 채 1년도 되지 못한다. 그러나 시간적으로 매우 짧은 시기였지만 그가 일본 유학체험에서 얻은 것은 상당한 함량으로 그에게 다가왔을 것으로 판단된다. 이런 추측의 근거는 귀국 후 그가 벌인 일련의 근대화작업 때문이다.

육당이 일본 유학 후 시도한 의미있는 작업가운데 하나가 출판업이다. 그는 1907년 인쇄소 겸 출판사인 신문관을 만들고 여기서 근대 최초의 종합잡지인 『소년』을 발간하게 된다. 그 창간호가 1908년 11월에 나왔으니 육당의 나이 19세의 일이었다. 육당이 출판업에 종사하고 이를 바탕으로 잡지를 간행한 것은 전적으로 일본에서 얻은 근대 체험의 결과였다. 근대가 앎의 세계, 발견의 세계, 이로 말미암은 인식의 확장이라는 점에서 육당의 이러한 작업들은 매우 의미있는 것이었다고 할 수 있다.

잡지 『소년』의 발간은 여러 가지 측면에서 획기적인 일이었다. 대중을 교양하고 이를 실천의 장으로 이끌어낸 것은 육당 이전에는 없었던 일이었기 때문이었다. 육당은 『소년』을 기반으로 근대의 설계자 혹은 계몽의 기획자로서의 임무를 유감없이 수행해내게 된다. 그가 이런 일을 선도하게 된 데에는 몇 가지 이유가 있었다. 첫째는 신분계층의 우월한 위치이다. 이미 많은 사람들이 지적한 것처럼, 그는 조선의 중인계층 출신이었다.[1] 이 계층이 주로 종사했던 일은 의학이나 역관, 경제를 비롯한 회계 분야였다. 그들이 이러한 일을 했다는 것은 두 가지 측면에서 여타의 계층을 능가하는 장점을 갖게 된다. 하나는 세상 물정에 밝았다는 점이다. 통역이나 무역 업무에 대한 종사가 세상 돌아가는 것을 잘 알도록 한다는 것은 지극히 자연스러운 일이었을 것이다. 이들의 역할은 중세로부터 근대로 넘어

---

1 김윤식, 『(속)한국근대작가논고』, 일지사, 1981, pp.49-53.

가는 징검다리 시기에 더욱 빛을 낼 수밖에 없는데, 그것은 이들이 시대의 지도층으로 올라 설 수 있는 물적 토대를 갖고 있었다는 점이다. 다른 하나는 역사발전 법칙에 의한 계층상의 특징적 국면에서 찾을 수 있다. 이들은 이런 중간의 점이지대에 위치에 있었지만, 상승하는 부르주아 계층으로서 시대의 힘을 이끌어가는 중심층으로 부상하게 된다. 육당의 부친이 한의학에 종사하면서 많은 부를 축적하게 된 것은 육당으로 하여금 그러한 기반을 갖도록 한 근본 요인이 되었다.

둘째는 이를 바탕으로 근대 체험을 할 수 있는 여건을 마련할 수 있었다는 점이다. 이 시기의 근대 경험들은 그 대부분 유학 체험으로 나타나게 되는데, 실상 경제적 기반 없이 유학 생활을 한다는 것은 불가능하기에 그 경험이 시사하는 바는 매우 크다고 할 수 있을 것이다. 물론 개인적 우월성으로 공적 유학생이 되는 경우도 있지만, 이는 극히 예외적인 사례에 속하는 것이었다.[2]

셋째는 그럼으로써 이들이 근대의 설계자로 나설 수밖에 없었던, 시대가 요구하는 선각자로 될 수밖에 없었다는 점이다. 선각자는 글자 그대로 시대를 먼저 인식하고 나아갈 방향을 이해하고 있는 자이다. 세상물정에 대해 많은 것을 알고 있으니 미몽의 상태에 있었던 자들에게 자신들만이 얻었던 지식을 주입시켜주고 시대가 요구하는 방향으로 이끌어나가는 등 이들이 가졌던 자의식이야말로 이때 꼭 필요한 도정이었다고 할 수 있다.

---

2 물론 육당이 처음 유학을 한 것은 공식적인 절차에 의한 것이었다. 황실 장학생으로 선발되어 일본 유학에 나선 것이 바로 그것이다. 그러나 두 번째 유학은 순전히 사비에 의한 것이었다.

　시대가 요구하는 마땅한 위치에 있게 된 육당이 할 수 있었던 일은 매우 자명한 것이었다. 그가 얻은 지식과 정보를 바탕으로 그렇지 못한 상태에 놓인 국가와 민족을 계도하는 일이 바로 그것이었다. 그러기 위해서 필요한 것이 정보와 이를 전달할 매체였다. 그가 잡지『소년』을 편찬하게 된 계기는 이런 이유 때문이었다. 익히 알려진 대로 『소년』은 종합교양잡지의 성격을 띠었다. 지식 전파를 위해서는 전문성보다는 교양성이 우선시되어야 했던 당시의 현실적 요구 때문이다. 교양을 축적하는 데 있어서 종합적 지식만큼 좋은 것도 없었을 것이다. 그것이『소년』을 문학만의 잡지도, 자연이나 사회과학만의 잡지도 아니게끔 만들었던 것이다. 여기에는 중세에서 근대로 나아가는 여명기에 필요로 했던 모든 것들이 시의적절하게 제시되어야 했다. 소위 근대적 앎의 문제가 발생하는 지점도 여기에서부터이다.

　근대가 요구하는 앎이란 창조적 성격을 말하는 것이 아니다. 창조는 없던 것에서 있던 것을 찾아내는 일이다. 그것은 어느 정도 지식 기반이 갖추어져 있는 물적 토대에서나 가능한 일이다. 그러나 근대로 이행하는 과도기에 적실하게 요구되는 것은 새로운 지식 창조에 놓여 있는 것이 아니다. 기왕에 존재하던 것을, 아니 미몽의 상태에 갇혀있던 것을 수면 위로 드러내는 일이 필요했다. 이른바 발견의 인식적 행위가 필요했던 것이다. 그것은 이미 존재했던 것이지만 인식의 주체들에게는 감각되지 못한 채 갇혀있는 어둠이었다.

　발견의 일차적 인식행위는 뚜렷한 시선이나 응시를 통해서만 가능한 일이었다. 시선이나 응시야말로 발견으로 나아가는 가장 중요한 단계가 아닐 수 없다. 이를 두고 근대풍경이나 내면풍경 같은 의

장으로 정의했거니와 육당이 시도했던 가장 일차적인 계몽의 행위
도 이 행위와 분리하기 어려운 것이었다. 실상 근대 국가로 나아가
는 도정이 애국애족이라는 범주로부터 자유롭지 않은 이상, 이를 구
성하는 요인들에 대한 관심이야말로 근대로 이행하는 도정 가운데
가장 중요한 인식적 행위라 할 수 있을 것이다.

이러한 시대적 요구로부터 육당이 자유롭지 못했음은 자명한 일
인데, 이를 대비하여 육당이 준비한 것은 크게 두 가지였다. 하나는
중화권으로부터의 일탈이고, 다른 하나는 근대적 모형의 국가건설
이었다. 우선 전자의 경우는 세계사적 보편성을 갖는 문제여서 조선
만의 특수한 문제로 한정시킬 수는 없는 것이었다. 그러나 그것이
어떤 성격의 것이든 근대국가로 나아가기 위해서는 꼭 필요한 과정
임은 분명한 것이었다. 서구에 라틴 문화권이 있었다면, 동양에는
중화문화권이 놓여 있었기 때문이다. 이 거대서사로부터 분리되는
과정이야말로 근대 국가로 나아가는 중요한 단계였다. 근대는 민족
주의에 기반한 민족 중심의 국가를 필연적으로 요구하고 있었기 때
문이다. 민족주의란 시기적으로는 근대이후에 형성되며, 사상적으
로는 애국심과 국가의식에 대한 자각, 그리고 공통의 언어를[3] 그 물
적 기반으로 가지고 있다. 개화기에 불어 닥친 국어국문운동과 애국
애족주의 운동은 모두 이 범주로부터 자유로운 것이 아니었다.[4] 게
다가 일제라는 제국주의 모형은 그러한 애국애족운동을 더욱 배가

---

3 Louis L., Snyder,ed., *The Dynamics of Nationalism*, D. Van Nostrand Company,
  1964, p.1.(오세영, 『20세기 한국시 연구』, 새문사, 1989, p.70. 재인용)
4 개화기에 창간된 『독립신문』은 그 대표적인 경우이며, 유길준, 주시경 등이 주도
  한 국문운동은 모두 이 배경 하에서 기획된 것이다.

시키는 외적 요인으로 작용했다.

그런데 육당이 시도한 근대 국가 만들기는 개화기의 지식들과 달리 좀 더 색다른 방식으로 이루어진다. 지리학에 대한 관심이 바로 그것이다. 잡지 『소년』의 창간호가 바다특집으로 되어있지만, 그 저간의 사정을 살펴보면, 이런 편집행위는 지리의 범주로부터 벗어나는 것이 아니었다. 바다 역시 넓게 보면 지리의 경계에 포함되는 것이었기 때문이다.[5] 이는 근대 국가 형성에 있어서 세가지 요소 가운데 하나인 영토에 대한 발견과 일맥상통하는 것이기도 했다.[6] 지리에 대한 관심의 표명에서 보듯 육당에게 가장 필요했던 것은 삶의 물질적 토대 문제였다. 자기가 살고 있는 장소에 대한 정확한 지리적 파악 없이 근대 국가를 만들어가는 것이 한낱 공허한 신기루에 불과하다는 것이 육당의 기본적인 판단이었기 때문이다.

둘째는 근대 국가 건설이라는 모형의 문제였다. 실상 이런 의도가 가장 잘 드러난 작품이 「해에게서 소년에게」이다. 육당은 이 작품에서 조선을 소년으로 파악했는데, 소년이란 알려진 대로 미정형의 상태이며, 성장하는 주체의 상징적 단면이 된다. 그렇기 때문에 소년은 그것을 어떻게 계도하느냐에 따라 결과가 달라질 수 있는 가변적인 상황에 놓여 있는 점이지대의 존재이다. 육당의 이런 판단은 일견 의미가 있는 것이었다. 봉건 국가의 틀에서 막 벗어나려는 시점에 조선을 성장하는 주체인 소년으로 인식한 것은 매우 시의적절한 것이었기 때문이다.

---

5 육당이 보인 지리에 대한 관심은 이미 정한모에 의해 적절히 지적된 바 있다. 정한모, 『한국현대시문학사』, 일지사, 1978, p.205.

6 주시경 「국어와 국문의 필요」, 『서우』 2, 1907, pp. 33.

육당 초기 시에 드러나는 핵심 이미지인 바다와 소년은 이런 의도에서 기획된 것이었다. 근대의 설계자로서, 새로운 조선 만들기의 중요한 프로젝트 가운데 하나를 발전하는 주체, 곧 소년의 이미지로 설정한 것이다.

2. 계몽의 수단이자 주체로서의 '바다'

1) 지리적 관심으로서의 바다.

육당이 지리에 관심을 갖고 있었다는 사실은 잘 알려진 일이다. 근대 형성기에 있어서 이에 대한 관심은 크게 두 가지 방향으로 나뉘어져 있었다. 하나는 제국주의와 관련되는 것이고, 다른 하나는 근대 민족국가형성과의 관련 양상이다. 서구 열강의 경우 산업혁명의 성공은 더 많은 자원과 노동력을 필요로 하는 계기가 되었고, 그런 필연성이 지리상의 발견, 혹은 식민지의 개척으로 나아가게끔 했다. 반면 거대 문화권에 소속되어 있었던 국가들은 자신들의 처지와 정체성을 지리적으로 확인하려 했다.

자본화의 정도와 문명의 발달단계로 비추어볼 때, 조선의 경우는 후자의 성격에 가까운 것이었다고 할 수 있다. 자신이 위치한 곳에 대한 인식 없이 국민으로서의 정체성이나 민족의식은 형성될 수 없는 것이기 때문이다. 육당이 지리에 관심을 가졌던 것도 이 범주에서 벗어나는 것이 아니다. 『소년』 창간호의 특집 주제가 바다였음은 잘 알려진 일인데, 이렇게 될 수밖에 없었던 이유를 육당은 이 잡지의 창간호에 잘 밝혀둔 바 있다.

　　내가 이 책에 집필할세 우리 국민에게 향하야 착정키를 원할 일사가 있으니 그것은 곳 우리들이 우리나라가 삼면 환해한 반도국인 것을 허구간 망각한 일이다.[7]

　이 글에서 보는 것처럼, 육당이 의도한 바는 분명하다. 우리나라가 반도국, 그것도 바다에 둘러싸인 환해국이라는 사실의 확인이다. 조선이 바다에 둘러싸인 반도국이라는 사실은 지극히 뻔한 사실이지만 당시에 이를 자기화해서 알고 있는 사람은 그리 많지 않았을 것이다. 육당은 이렇게 깊은 잠에 빠져 있는 지식을 밝은 곳에 드러내어서 이를 보편화, 일반화하고자 했다. 그런데 이런 인식적 행위야말로 근대 초기의 앎과 발견의 문제와 무관하지 않다는 점에서 매우 중요한 것이라 할 수 있다.

　　부글부글 끓는듯한 동녘하늘 보아라.
　　상서기운 농조하야 빽빽이찬 안에서
　　온갖세력 근원되신 태양이 오르네.
　　하늘은 붉은빛에 휩싸인바 되었고
　　바다는 더운힘에 항복하여 있도다,
　　어두움에 갇혀있던 억천만의 사람이
　　눈을 뜨고 살펴보는 자유얻으며
　　몸을일혀 움직이는 기운 생기네
　　기뻐하고 좋아하는 아침인사 소리는

---

7 『소년』 창간호, p. 31.

어느말이 태양공덕 송축함이 아니냐,

이러하게 만중이다 우러보는 태양은

벽해수를 사이하여 먼저우리 비추네.

그렇다 우리나라는

동방도 바다이니라.

　　　　　　　　　　「삼면환해국」 1연

　　인용시는 『소년』 2년 8권에 실린 「삼면환해국」이다. 우선, 이 작품의 특색은 지리적 관심의 소산에 의해 쓰인 시라는 점에서 찾을 수 있다. 육당에게 지리상의 발견은 매우 중요한 주제인데, 실상 이보다 앞서 발표된 「경부철도노래」를 제외하면, 한반도의 경계를 이 작품만큼 효과적으로 노래한 시도 없을 것이다. 육당이 『소년』 창간호에서 언급한 대로 이 작품을 이끄는 핵심 소재는 삼면이 바다로 둘러싸여 있다는 반도국으로서의 한반도이다.

　　그러나 육당은 이 시에서 바다의 힘과 그것의 기능적 가치를 노래하지는 않았다. 「해에게서 소년에게」와 같은 바다의 전지전능함을 여기서는 발견할 수가 없는 것이다. 오히려 그는 이 작품에서 바다를 태양보다 아래의 위치로 파악하기까지 한다. "바다는 더운힘에 항복하여 있도다"가 바로 그러한데, 「해에게서 소년에게」와 비교하면, 여기서의 바다는 매우 초라한 형태로 묘사되고 있는 것이다. 그럼에도 바다는 시대를 이끌어가는 태양의 빛을 인도하는 안내자 역할을 한다는 점에서 육당 특유의 바다에 대한 인식을 읽어낼 수 있는 대목이기도 하다.

　　어떻든 육당이 이 작품에서 말하고자 한 것은 바다의 기능적 가치는 아니다. 그는 다만 위치로서의 바다를 말하고 있을 따름이다. 이런 사정은 이 작품의 2연과 3연에서도 마찬가지로 나타난다. 여기서는 소재가 남해와 서해로 되어 있을 뿐 인식하고자 하는 이해의 폭은 거의 변함이 없다.

> 우걱우걱 찌는 듯한 서녘하늘 보아라.
> 채색노을 장막이뤄 둘러쳐논 속으로
> 온갖세력 작성하신 태양이 드시네.
> 산악은 남은 빛에 공손하게 목욕코
> 하해는 걷는힘에 질서있게 밀리네,
> (중략)
> 이러하게 만계가다 복을받는 태양은
> 황해수를 사이하야 끝내우리 쏘시네
> 그렇다 우리나라는
> 서방도 바다이니라
>
> 「삼면환해국」 3연

육당이 이 작품의 구성을 3개의 연으로 한 것은 지리적 발견과 그에 따른 확인 절차 때문이었던 것으로 이해된다. 그것은 조선반도가 처한 지리적 위치와 정확히 일치한다는 점에서 그러하다. 조선반도가 삼면이 바다인 것에 주목한 시적 형상화가 바로 그것이다. 그는 이 작품에서 동해와 서해, 그리고 남해를 번갈아 노래함으로써 우리 주변이 모두 바다로 둘러싸인 반도국임을 올바르게 알리고자 했던 것이다.

육당의 의도대로 바다의 발견은 매우 획기적인 시사적 의미가 있는 것이었다. 바다의 발견은 지리상의 발견을 넘어 조선을 확인하는 과정이었기 때문이다. 지리에 대한 새로운 발견은 곧 조선의 발견이었다. 뿐만 아니라 그것은 민족의 확인 작업이기도 했다. 곧 조선과 조선인으로서의 정체성을 확인하는 과정이 바다의 발견이었던 것이다. 그것은 근대 국가 형성에 있어서 반드시 필요한 계몽의 일환이기도 했다.

2)근대를 받아들이는 통로로서의 바다

육당의 시에서 '바다'가 세계성을 지향하는, 문명에 대한 동경[8] 혹은 그것을 받아들이는 통로[9]임은 이미 많은 연구자들에 의해 지적된 바와 같다. 그러나 그것이 어떤 경로에 의해서 또는 육당의 어떤 사유에 의해서 그것을 받아들이는 관문으로 인식하게 되었는가하는 것에 대해서는 명쾌히 밝혀진 것이 없다. 바다란 육지의 끝에 존재하며, 단지 외부 세계로 나아가는 경계에 위치한다는 소박한 판단에 의해서 바다가 문명을 받아들이는 경로 정도로만 받아들여진 것이 사실이기 때문이다. 바다가 열린 개방성을 상징하고 있다는 점에서 보면, 이들이 내린 해석이 전연 잘못된 것이라고는 할 수 없을 것이다. 그러나 그가 문명의 통로로서 바다를 선택한 데는 그 나름의 이유가 있었을 것이다.

육당이 바다에 관심을 가졌던 것은 크게 두 가지 각도에서 그 설

---

8 정한모, 앞의 책, p. 205.
9 김용직, 『한국 근대 시사』, 새문사, 1983, p.106.

명이 가능할 것으로 보인다. 하나는 중화사상의 탈피이고, 다른 하나는 새로운 문물의 통로로서 바다가 갖는 기능일 것이다. 그러나 이 둘의 관계는 정확히 분리되는 것이 아니고 서로에 대해 보족하는 동일한 줄기라 할 수 있을 것이다.

우선 바다는 육지와 대립하는 의미를 갖는다. 익히 알려진 대로 개화 이전에 조선의 관심은 온통 대륙에 집중되어 있었다. 조선의 정치뿐만 아니라 모든 문화의 중심은 대륙, 곧 중화주의에 물들어 있었던 까닭이다. 그러나 근대에 들어 이 중화주의는 의미를 잃어버리게 된다. 독립국나 민족주의에 대한 열풍은 더 이상 조선을 거대 중화권에 묶이는 것이 가능하지 않게 되었다. 이런 시대적 흐름이 대륙으로부터 관심을 멀어지게 한 주요 요인이었을 것이다.

조선을 이끌어 간 대륙 중심적 흐름과 사유들은 개화기에 이르러 더욱 약화되기 시작했다. 이제 대륙은 더 이상 조선의 중심도, 조선의 문화를 이끌어가는 힘으로도 기능할 수 없게 되었다. 그렇다면 이를 대신할 대안이란 어떤 것이 있을까. 아마도 육당의 지리적 관심은 그러한 시대적 패러다임이 주는 의식의 변화에 기인한 것이 아닐까 한다. 물론 육당의 근대 지식이나 계몽사상은 대륙으로부터 얻어진 것이 아니라 바다로부터 온 것이다. 새로운 문물의 통로가 육지가 아니라 바다라는 사실, 그리고 그 건너편에 보다 먼저 개화한 일본 제국주의가 놓여 있다는 사실이 육당으로 하여금 바다에 관심을 쏟게 한 근본 동기였을 것이다.

바다가 세계성의 경계에 놓여 있는 것이라면, 그리하여 문명을 받아들이고 이를 수용하는 대상이라면, 분명 그것은 육당 사상의 본질과 연결되어야 한다고 생각된다. 익히 알려진 대로 『소년』 창간호 특집은 '바다'였다. 그리고 이것이 이 잡지의 주된 소재가 된 것은 육당의 지리적 관심 때문이었다. 조선의 정체성을 위해 육당이 가장 먼저 관심을 가진 분야가 지리학이었다. 이런 맥락에서 보면, 바다는 조선이라는 경계를 만들어주고 조선의 정체성을 알게 해주는 좋은 매개가 될 수밖에 없었을 것이다.

경계란 어느 한 지점과 다른 한 지점을 매개해주는 점이지대이다. 따라서 여기에서는 서로 상위되는 두 지점에서 형성되는 예민한 문제들이 가장 첨예하게 드러나게 된다. 이른바 서로 밀고 당기는 삼투압작용이라든가 하나의 문화와 다른 문화가 서로 우위를 점하려는 역동적 힘들이 이 경계에서 이루어지고 있는 것이다. 경계 지대가 갖는 이런 특성을 이해한다면, 육당이 어째서 바다를 개화계몽의 통로로써 이해했는지에 대해서 대번에 이해할 수 있게 된다.

육당은 조선을 계몽의 대상으로 설정했다. 그리고 자신은 조선의 봉건적 상태를 개화시켜서 문명국가로 만들고자 했다. 조선이 계몽의 대상이라면, 그 건너편에 있는 것들은 모두 계몽의 주체들이 될 것이다. 그런데 그런 계몽의 상태와 미몽 상태 중간에 놓여 있는 것이 '바다'였다. 그렇기에 바다는 봉건을 묻어버리고 문명을 받아들이는 혼재된 상태에 놓이기도 한다.

> 衰한버들 말은풀 맑은시내에
> 배가불은 흔돗다라 가난더배야
> 世上是非 더더두고 어늬곳으로
> 너혼댜만 무엇실코 도망하나냐

나의배에 실은것은 다른것업서
四面에서 엇어온바 새消息이니
杜門洞속 캄캄한데 코를부시난
山林學者 양반들게/傳하려하오

「가을뜻」 전문

『소년』 창간호에 실린 「가을뜻」은 육당의 대표작인 「해에게서 소
년에게」 못지 않게 중요한 함의를 담고 있는 작품이다. 실상 이 작품
만큼 계몽과 반계몽의 대립점이 분명하게 드러난 작품도 없을 것이
다. 육당이 이 작품에서 의도하고자 했던 것은 다음 세 가지이다. 하
나는 개화초기에 가졌던 지리적 관심에 의한 바다의 음역이고 다른
하나는 이를 매개로 드러나는 조선의 정체성이다. 그리고 세 번째는
개화계몽기에 드러나는 바다의 구경적 의미이다.

「삼면환해국」에서 알 수 있는 바와 같이 이 작품을 이끌어가는 중
심 소재는 지리이다. 그는 이 작품에서 조선을 중심에 두고 그 주변
을 에워싸고 있는 바다의 지리적 위치에 주목한 바 있다. '四面'이라
는 지리정보가 바로 그것인데, 육당은 바다에 둘러싸인 조선이 다른
어느 국가보다도 근대국가로 나아가는 데 유리한 장점을 가졌다고
이해한 듯하다. 바다가 사면에 걸쳐있다는 것, 곧 여러 방면의 통로
로부터 지식을 구할 수 있다는 것은 그만큼 지식을 얻고 이를 전파
하는데 있어서 장점이 될 수 있다고 생각한 때문이다. 다음은 반계
몽과 계몽의 대립 속에서 얻어지는 인식과 판단이다. 이는 바다를
매개항으로 해서 조선의 현실과 조선 너머의 현실을 읽어내고 그 정
체성을 만들어내는 준거틀로 기능할 수 있었다는 점이다. 육당은 전

자를 새소식이라 했고, 후자를 杜門洞속 山林學者 양반으로 규정했
다. 이런 대립틀은 육당의 초기시에서 언제나 읽어낼 수 있는 부분
들인데 가령, 그는 「해에게서 소년에게」에서 계몽의 주체를 바다와
소년으로 설정하고 그 반대편에는 과거의 수구적 가치들을(때리고
부수고 무너뜨릴 수 있는 대상) 대항 대상으로 만들어 놓았다. 물론
낡은 인습 속에 갇힌 반계몽적 사유들을 부수고 혁신하는 것이 육당
이 포지하고 있었던 계몽사상의 요체일 것이다. 이런 면에서 그가
시도한 구문명과 신문명이라는 대조의 수사학은 계몽의 시대를 헤
쳐 나가는 적절한 의장이었다고 할 수 있다.

　이처럼, 지리적 관심에 의해 촉발된 바다는 육당에게 있어 계몽사
상을 전파하는 통로로서 기능했다. 이런 맥락에서 바다는 봉건과 개
화의 점이지대에 놓이는 이중적 상태에 놓여 있었다. 그러나 중요한
것은 이런 미정형의 상태가 아니라 계몽사상이 유입하는 통로로서
기능하는 바다일 것이다. 그러한 구실, 곧 소통으로서의 의미를 구
현하는 것이 이 작품에서 배의 이미지이다. 육당은 바다를 넘나드는
배를 통해서 근대 지식과 문명을 조선에 실어 나르고자 했다. 그리
하여 중세 속에 잠들어있던 조선의 양반들을 일깨우고 계도하고자
했다. 그리고 그 중심에 바다를 설정해 놓았다. 따라서 그것은 문명
이 유입되고 지식과 문화가 들어오는 입구로서의 함의를 갖는다, 곧
계몽이 유입하는 통로로서 바다는 이렇게 육당에 의해서 새롭게 탄
생한 것이다.

3)계몽의 주체로서의 바다
　육당의 초기시에서 바다가 주목의 대상이 된 것은 그의 지리적 관

심에서였다. 한반도가 처해 있는 현실, 그리고 이를 바탕으로 조선의 정체성과 계몽의 방향을 결정해야했던 육당으로서는 이런 관심이야말로 지극히 당연한 것이었다. 그러나 육당이 지리에 대한 관심만으로 바다를 주목한 것은 아니다. 개화기라는 특수한 상황이 오히려 이에 대한 관심을 촉발한 것이라고 보는 것이 옳을 듯하다. 특히 이는 조선의 유학자들이 가졌던 중화사상과 서로 분리시켜 논의할 수 없다는 점에서 그러하다.

개화사상에 물들어있던 육당은 조선의 유학자들이 수구적 존재일 뿐, 개화나 그 너머의 세계에 대한 감각을 전혀 갖지 못한 존재로 판단했다. 중국 편향적인 사유에 물들었던 이들이 바다같은 것보다는 대륙 지향적인 것에 관심을 가졌던 것은 당연한 일이었을 것이다. 그 중심에 자리하고 있었던 것이 중화사상이었음은 잘 알려진 일이거니와 그러나 노쇠한 청나라나 이를 바탕으로 한 중국 편향이 더 이상 조선의 정체성을 이끌어갈 힘으로 기능하지 못했음은 자명한 일이다. 개화주의자 육당이 이에 무감각할 수 없었던 것은 당연한 일이며, 근대 문명의 통로로 육지를 대신하여 바다를 주목하게 된 것도 이 때문이라 할 수 있다.

바다가 근대 문명의 통로가 된 것은 이렇듯 중화주의로부터의 탈피, 그리고 대륙중심적인 사유체계의 와해와 불가분의 관계에 놓여 있었다. 바다는 그에게 지리적 관심의 표명이었으며, 개화사상을 받아들이는 통로였고, 그의 계몽사상을 펼쳐나가는 수단이었다. 그것이 이렇게 다양한 양태로 구현되는 것은 그만큼 계몽해야할 대상이 복합적이었다는 사실과 무관하지 않을 것이다. 육당에게 바다는 계몽의 수단이자 매개였고, 어쩌면 그 자체로 기능했던 것이다. 여기서 바다에 대한 육당의 세 번째 사유가 형성된다. 바다가 곧 계몽의 주체라는 인식이다.

바다에 대한 육당의 그러한 의도가 가장 잘 드러나는 시가 「해에게서 소년에게」이다. 『소년』 창간호에 실린 이 작품에 대해서 그동안 많은 해석이 있어 왔다. 정형시의 정합성 여부라든가 새로운 형태의 신체시로 보는 것,[10] 혹은 잡지 『소년』의 부속 작품 정도로 이해하는 등 그 해석의 폭과 넓이는 상당할 정도로 축적이 되어 왔다. 그러나 이러한 연구 경향들은 자유시의 흐름이라는, 그리하여 근대시 형성의 계보학을 완성해보겠다는 야심찬 의욕들이 만들어낸 결과일 뿐, 육당이 의도했던 조선의 정체성과 계몽사상과는 하등 관계가 없는 논의들이었다. 육당에게 중요한 것은 시의 미학적 흐름에 있지 않았다. 그 스스로도 자신이 시인으로 지칭되는 것을 원치 않았다는 사실[11]이 이를 잘 말해준다. 그에게 중요한 것은 시의 미학적 장치가 아니라 사상의 전달 매개로서의 시의 기능적 가치뿐이었다.

1 처…ㄹ썩, 처…ㄹ썩, 척, 쏴…아.
　　때린다 부순다 무너 버린다.
　　태산 같은 높은 뫼, 집채 같은 바윗돌이나,
　　요것이 무어야, 요게 무어야,

---

10 어찌보면 「해에게서 소년에게」에게 쏟아진 많은 논의들은 작품의 형태성에 주어졌다. 이 작품 속에 구현된 율격이 정형성을 갖는가 혹은 자유성을 갖는가에 대부분의 논의의 초점이 있어온 것이다.

11 육당은 『소년』2년 4권(1909.4)에 발표한 「구작삼편」 말미에 다음과 같이 적고 있다. "나는 천품이 시인이 아니다. 그러나 시대의 흐름이 나로 하여금 시인이 되게 하였다. 처음에는 매우 완고하게 저항도 하고, 거절도 하였으나 결국엔 좌절하였다"고 했는데, 이는 단순한 겸양의 말이 아니라 사실 그 자체였다고 할 수 있다.

나의 큰 힘 아느냐 모르느냐, 호통까지 하면서,
때린다, 부순다, 무너 버린다.
처…르썩, 처…르썩, 척, 튜르릉, 콱.

2 처…르썩, 처…르썩, 척, 쏴…아.
내게는 아무 것 두려움 없어,
육상에서, 아무런 힘과 권을 부리던 자라도,
내 앞에 와서는 꼼짝 못하고,
아무리 큰 물건도 내게는 행세하지 못하네.
내게는 내게는 나의 앞에는.
처…르썩, 처…르썩, 척, 튜르릉, 콱.

3 처…르썩, 처…르썩, 척, 쏴…아.
나에게 절하지 아니한 자가,
지금까지 있거든 통기하고 나서 보아라.
진시황, 나팔륜, 너희들이냐.
누구누구누구냐 너희 역시 내게는 굽히도다.
나하고 겨룰 이 있건 오너라.
처…르썩, 처…르썩, 척, 튜르릉, 콱.

4 처…르썩, 처…르썩, 척, 쏴…아.
조그만 산(山)모를 의지하거나,
좁쌀 같은 작은 섬, 손뼉만한 땅을 가지고,
그 속에 있어서 영악한 체를,

부리면서, 나 혼자 거룩하다 하는 자,

이리 좀 오너라, 나를 보아라.

처⋯르썩, 처⋯르썩, 척, 튜르릉, 콱

「해에게서 소년에게」 1-4연

「해에게서 소년에게」가 발표되었을 때, 전통성과 근대성의 점이 지대 부분에 관심을 가졌던 많은 연구자들은 이 작품의 파격성에 다양한 의미를 부여하고자 했다. 새로운 형태의 시, 곧 신체시라든가 신시, 혹은 새로운 영역으로서의 정형시 등 연구자의 관점과 세계관에 따라서 이 작품은 다양한 면모를 보여주었다. 그러나 이 작품이 가지고 있는 가치는 형식적인 면이 아니라 내용적인 면에 있었다. 육당은 자신이 포지한 계몽사상을 어떤 형태로든 표출하고 싶었다. 그 기획의 일환이 종합교양잡지인 『소년』의 창간이었고, 그 연장선에서 「해에게서 소년에게」를 발표했다. 따라서 이 작품 속에는 육당이 펼쳐보이고자 했던 계몽사상이 다른 어느 작품보다도 분명하게 드러나 있다고 하겠다. 그 방향성을 제시하고 있는 것이 바다, 곧 파도의 모습이다. 이 작품에서 바다는 계몽의 통로나 지리적 관심이라는 막연한 상태에서 벗어나 그 스스로가 계몽의 주체가 되고자 하는 적극적 의지의 표명이 드러나 있다. 그러한 주체성과 의지가 이 작품의 진정한 가치가 아닐까 한다.

이 작품은 크게 두 부분으로 갈라볼 수 있는데, 이는 소재에 따른 구분에서 그러하다. 1-4연은 바다가 주된 제재로 되어 있고, 5-6연은 소년이 대상이다. 여기서 검토해야 할 것은 전반부이다. 우선 1연이 말하고자 한 것은 반대륙성이다. 육당이 관찰한 지리적 관심에서 대륙은 이미 멀리 떠나가 있었다. 그것은 중화주의의 대변자일 뿐이고 수구의 전형에 불과할 뿐이다. 그렇게 대륙, 곧 육지는 타파의 대상으로 구현된다. 따라서 버려야할 목표가 분명하기에 개화계몽에 대한 막연한 낙관주의로 들떠 있지 않은 것이 이 작품의 또 다른 특색이다.[12] 육당은 대륙을 "태산같은 높은산, 집채같은 바윗돌"이라고 했다. 거대한 보수, 낡은 수구를 이런 시적 의장으로 표현한 것은 일찍이 우리 시사에서 볼 수 없었던 부분이다. 그러나 대륙의 강고성도 계몽의 힘으로 덧씌워진 파도 앞에서는 한갓 미소한 존재에 불과할 뿐이다. 그러한 자신감의 표현이 "이것이 무어야, 이게 무어야." 하는 조소적 담론에 담겨 있음은 물론이다.

여기서 보듯 육당이 반근대의 대상으로 육지를 설정한 것은 매우 의미심장한 것이었다고 할 수 있다. 이런 의장은 파도와 육지의 대조라는, 지극히 뻔한 일상의 상식을 뛰어넘는 것이라는 점에서 그러하다. 그만큼 그의 개화계몽 사상은 의도적인 것이었고 기획된 것이었다.

2연은 1연과 달리 좀 더 소박하면서도 구체적인 계몽의 대상을 말하고 있다. 그 대상이란 바로 위계질서상 최상의 계층에 있었던 봉건 주체들이다. 바다의 권능 앞에 굴복해야할 대상들은 "육상에서 아무런 힘과 권을 부린 자"이다. 이들은 신분질서상 가장 앞에 놓인 층이고 중세의 권위를 대변하는 층들이다. 이는 적어도 권위의 타파이면서 근대의 이상이 요구하는 평등에의 요구가 아닐 수 없다는 점

---

12 김윤식은 이 작품을 두고 방향성 없는 맹목이라 했는데, 그러나 이 작품의 문면을 꼼꼼히 짚어보면 개화계몽에 대한 방향은 분명히 존재하고 있었다. 김윤식, 앞의 책, p.56.

에서 주목의 대상이 되는 것이기도 하다.[13]

　3연은 2연의 연장선에 놓이는 것이면서 타파해야할 대상이 구체적으로 명시되고 있다는 점에서 그 의미가 있는 경우이다. 여기서 언급되는 진시황이나 나폴레옹은 모두 중세이전 혹은 중세시대의 권위적 질서를 대변하는 인물들이다. 그러나 이런 거대한 힘들도 파도의 위세에는 숨을 죽일 수밖에 없다. 이렇듯 시대의 흐름, 역사의 객관적 필연성이 요구하는 질서들은 과거 권위를 상징하는 것들보다 훨씬 높은 위치에 있다. 그런 거대한 힘이야말로 육당이 추구하는 계몽의 본질이며, 조선의 개화를 이끌어나가는 추진력일 것이다.

　4연에서 언급되는 계몽의 대상은 보다 근대화된 주체들이다. 이렇게 말할 수 있는 근거는 "좁쌀같은 작은 섬, 손뼉만한 땅을 가지고"에서 유추해 볼 수 있다. 이들은 진시황이나 나폴레옹에 비하면, 위계질서상 보다 낮은 단계의 주체들이다. 역사의 발전법칙에 따르면, 근대의 이행기에 형성될 수 있는 소부르주아들의 성격에 가까운 존재들인 것이다.

　1연에서 4연에 이르기까지 육당이 의도했던 계몽사상은 소위 반근대적인 것들이다. 그럼에도 이들 대상은 매우 구체적이고 체계적으로 드러나 있다. 모호한 대상들의 타파나 막연한 낙관주의에 기댄 계몽의 이상을 노래한 것이 아니라는 것이다. 육당은 잡지 『소년』의 창간이 그러했던 것처럼, 이 작품을 통해서도 매우 의도적이고 기획적으로 계몽사상을 전파하고자 했다. 그러한 임무를 담당한 것이 바

---

13 이 시기에 쓰인 육당의 많은 작품에서 자유와 평등이라는 근대의 이성적 질서가 설파되는 것도 이와 밀접한 관련이 있는 것이라 할 수 있다.

로 바다였다. 따라서 그것은 봉건적 질서에 묻혀있던 거대한 성채를 무너뜨리는 도구이자 힘이었다.

3. 계몽의 대상이자 주체로서의 소년

1) 계몽과 교양의 대상

육당의 초기시에서 '바다'와 더불어 가장 중요시되는 소재가 되는 것은 '소년'이다. 육당이 의욕적으로 창간한 잡지의 제목이 '소년'인 것도 그가 의도한 함의가 무엇인가를 잘 드러내는 대목이라 할 수 있다. 계몽이라는 근대적 이상을 실현하기 위해서 '바다'가 그에게 필수불가결한 대상이었다면, '소년' 또한 이와 비견되는 대상이라 할 수 있을 것이다. 현시대에도 그러하지만 무릇 어떤 잡지가 창간되게 되면, 그 잡지가 나아갈 방향성을 제시해주는 것이 제사(題詞)이거나 창간사이다. 그런데 육당의 경우는 이 모두를 다 아우르고 있다는 점에서 주목을 요하는 경우이다. 제사뿐만 아니라 창간사에서도 이 잡지가 나아갈 방향이 '소년'과 관련되어 있음을 뚜렷이 밝히고 있기 때문이다.

나는 이 잡지의 간행하난 취지에 대하야 길게 말삼하디 아니호리라. 그러나 한마듸 간단하게 할 것은

「우리 대한으로 하야곰 소년의 나라로 하라 그리하랴 하면 능히 이 책임을 감당할도록 그를 교도하리라」

이 잡지가 비록 덕으나 우리 동인은 이 목적을 관철하기 위

하야 온갖 방법으로 써 힘쓰리라.

　소년으로 하야곰 이를 닑게 하라 아울너 소년을 훈도하난 부형으로 아야곰도 이를 닑게 하여라.[14]

　짧은 서문이긴 하지만 육당이 여기서 말하고자 한 바는 매우 다층적이다. 그 의미는 첫째, 우리 대한을 소년의 나라로 하자는 것, 둘째 대한을 소년이 주체가 되는 나라가 되도록 하자는 것, 그럴 경우 본인은 이들이 그러한 책임을 감당하도록 교도하겠다는 것, 셋째 이를 위해서 잡지 『소년』은 온갖 수단 방법으로 다 힘을 써서 돕겠다는 것, 넷째, 이 잡지의 구독대상은 소년과 소년을 훈도하는 부형이라는 것 등이다. 그런데 여기서 중요한 것은 조선을 소년으로 설정한 부분이다. 소년이란 유아기와 청소년기의 중간존재에 해당한다. 따라서 성장 가능성과 발전 가능성이 다른 어느 계층보다 활발한 주체들이라 할 수 있다. 발전가능성이라든가 성장 가능성이란 것, 곧 상승하는 주체가 갖는 의미가 무엇일까 하는 것이 중요할 터인데, 잘 알려진 것처럼 중세의 가치관에서 미래라든가 성장, 혹은 생산은 원리적으로 닫혀있다.[15] 반면 근대는 중세의 그러한 가치관과는 정반대의 위치에서 정립된다. 이런 맥락에서 미래로 향한 열린 가치관이야말로 근대성이 성립하기 위한 필요충분한 조건이라 할 수 있을 것이다.

14 1908년 11월, 『소년』 창간사,

15 이는 중세의 시간관과 밀접한 연관성이 있는데, 농경 사회의 순환적 시간성에는 미래라는 관념이 내포되어 있지 않다. A.J. Gurevich, Time as a problem of cultural history, CULTURES and TIME, The Unesco Press:Paris, 1976, p. 231.

근대가 미래적인 것에서 성립한다고 한다면, 육당이 발견한 소년의 의미는 매우 중요한 것이 된다. 소년이라는 이미지의 발견만으로도 육당은 충분히 근대주의자로서의 면모를 보여주는 것이기 때문이다. 그리고 육당은 소년을 단지 발견의 차원에서만 그치지 않고 이를 조선과 등가관계로 인식하고 있는데, 이는 조선의 근대화, 조선의 정체성을 만들기 위해 필생의 노력을 바친 그의 의도에 꼭 들어맞는 행위라 할 것이다. 머리말에서도 밝힌 것처럼, 그는 조선을 훈도할 수 있는 대상, 곧 소년으로 설정했다. 그런 다음 자신은 그러한 소년을 이끌기 위해 최선을 다할 책임이 있다고 천명했다. 이는 중세이행기에 흔히 드러나는 상승하는 부르주아지의 성격과 부합되는 것이고, 선각자라는 개화 시대의 계몽적 주체의 역할에도 부합하는 것이라 하겠다. 소년에 대한 그러한 이미지는 그의 대표작 가운데 하나인 「해에게서 소년에게」에서도 드러난다.

> 5 처…ㄹ썩, 처…ㄹ썩, 척, 쏴…아.
> 나의 짝될 이는 하나 있도다,
> 크고 길고, 너르게 뒤덮은 바 저 푸른 하늘.
> 저것은 우리와 틀림이 없어,
> 작은 시비 작은 쌈 온갖 모든 더러운 것 없도다.
> 조 따위 세상에 조 사람처럼,
> 처…ㄹ썩, 처…ㄹ썩, 척, 튜르릉, 콱.
>
> 6 처…ㄹ썩, 처…ㄹ썩, 척, 쏴…아.
> 저 세상 저 사람 모두 미우나,

그 중에서 똑 하나 사랑하는 일이 있으니,

담 크고 순정한 소년배들이,

재롱처럼, 귀엽게 나의 품에 와서 안김이로다.

오너라 소년배 입맞춰 주마.

처…ㄹ썩, 처…ㄹ썩, 척, 튜르릉, 콱.

「해에게서 소년에게」5-6연

「해에게서 소년에게」의 1-4연은 주로 바다에 관한 소재로 되어 있는 반면에, 5-6연은 바다와 대비되는 소재로 구성되어 있다. 5연은 바다의 상대역으로 하늘을 설정해놓고 있는데, 육당이 이렇게 설정한 이유는 하늘이 갖고 있는 광대성과 순수무구성에서 그러한 것이 아닌가 판단한다. 지리적 관심에 의해 육당이 바다를 인식의 첫 번째 대상으로 삼은 것은 그것이 갖고 있는 광대성과 무한무구성 때문이었다. 또한 그는 하늘의 순수무구성에도 주목했는데, 이는 「무제」에서 묘사한 바다의 이미지에서 쉽게 읽어낼 수 있다.

천만길 깊은바다

물결은 검으니라

그러나 눈비같은

흰새가 사모하야

떠나지 못하는걸

보건댄 내심까지

검어지 아니함을

미루어 알니로다

나혼자 깨끗하고
나혼자 흰것처럼
아래위 내외없이
흰옷만 입고매난
동방의 어느국민
너의도 그와같이
거죽은 검드라도
속을난 희어보렴

「무제」 전문

육당은 이 작품에서 바다의 겉은 검어 보이나 속은 희다고 했다. 그런데 2연에서 그는 "동방의 어느 국민"으로 암유된 일본을 겉은 희나 속은 검다고 비판한다. 동양평화를 내세우는 듯 하지만 실상은 침략자의 본성을 숨기고 있는 그들의 이중성에 주목하고 있는 이 작품에서 육당은 이와 대비되는 바다의 순수성을 말하고 있다. 하늘은 그러한 속성을 갖고 있다는 점에서 바다와 비견될 수 있다는 것인데, 사실 「해에게서 소년에게」에서 말하고자 하는 진정한 의도는 이런 비유가 아니라 6연에 제시된 소년의 이미지에 있다고 하겠다.

어쩌면 5연은 6연에서 묘사된 소년의 순수성을 강조하기 위해서 설정된 시적 의장에 불과할지도 모른다. 여기서도 미운 존재와 상찬의 존재는 극명하게 대비되는데, 이는 한편으로는 성장하는 주체에 대한 긍정적 전망과 조국에 대한 사랑의 음역의 내포를 더욱 상승시키는 효과를 가져오게 한다.

육당이 조선의 정체성을 인식하는 최초의 계기는 이렇듯 소년의 이미지에서 시작되었다. 그가 이 이미지를 조선에 덧씌운 것은 그것이 근대적 맥락에서 시도된 최초의 발견이었다는 점에서 그 의미가 있는 경우였다. 또한 그것은 근대를 여는 개방성뿐만 아니라 조국의 정체성을 만들어가고자 했던 육당의 세계관이 반영된 대상이었다는 점에서도 의의가 있는 것이었다. 그에게 처음 발견된 소년은 근대 그 자체이자 조선의 정체성이 만들어지는 도정이었기 때문이다.

2) 발전하는 주체, 성장하는 주체로서의 소년

육당은 조선을 계몽의 대상으로 판단했고, 그 구체적인 이미지로 소년을 설정했다. 소년은 미래로 향하는 전진하는 주체임을 감안하면, 계몽주의자였던 육당으로서는 매우 적절한 선택이었다고 할 수 있다. 막연한 개화가 아니라 구체적인 대상을 통해서 계몽의 방향성을 설정한 것은 그에게 득의의 영역이 아닐 수 없었다. 가령, 언어, 습속 등등을 계몽하고 이를 근대적 문화에 편입시키는 것도 이 시기 생각할 수 있는 시의적절한 계몽의 방법이 될 수 있었다는 점에서 그러하다. 그러는 한편으로 이는 매우 협소한 영역에서의 계몽이라는 점에서 그 한계 또한 분명히 가지고 있는 경우이다. 커다란 패러다임으로서 개화의 의미와 방향을 총체적으로 제시할 수 없다는 점에서 그러하다. 어떻든 새로운 시대, 곧 계몽 시대의 패러다임으로 소년을 제시한 것은 이런 맥락에서 의미있는 것이었다고 하겠다.

따라서 소년은 만들어질 수 있는 가능태로서 매우 가변적인 특성을 내포하고 있었다. 그것에 새로운 가능성을 부여하는 것은 육당의

몫으로 남아있게 되었다. 이제 조선의 개화계몽은 그의 의도에 따라,
곧 소년이 어떤 이미지를 갖고 형성되는가에 따라 달라질 운명에 처
해 있었던 것이다.

> 우리로 하여금 '풋볼'도 차고
> 우리로 하여금 경주도 하여
> 생하여 나오는 날쌘 기운을
> 내뽑게 하여라 펴게 하여라!
> 아직도 제주인 만나지 못한
> 태동의 저대륙 넓은 벌판에!!
> 우리로
> 우리로
> 우----리----로!!!
>
> 우리로 하여금 헤엄도 치고
> 우리로 하여금 경도도 하여
> 서방님 손발과 도련님 몸을
> 거칠게 하여라 굳게 하여라!
> 우리의 운동터 되기 바라는
> 태평의 저대양 크나큰 물에!!
> 우리로
> 우리로
> 우----리----로!!!

뚫어진 짚신에 발감게 하고
시베랴 찬바람 거스르면서
달음질 할이가 그누구 러냐?
나막신 같은배 좌우로 저어
볏발이 곧쏘는 적도 아래서

배싸움 할이가 그누구 러냐?
우리로
우리로
우----리----로!!!

「우리의 운동장」 전문

이 작품은 1908년 12월 『소년』 1년 2권에 실린 시이다. 그의 대표작 「해에게서 소년에게」가 이전호인 창간호에 실렸으니 이 작품은 소년에 대한 육당의 사유를 이해하는 데 좋은 사례가 된다고 할 수 있다. 육당은 이 작품의 제목 밑에 다음과 같은 설명 글을 붙여놓음으로써 그 자신이 갖고 있었던 개화계몽 사상과 소년의 이미지를 설파하고 있다. 곧, "삼면이 바다이니 우리나라의 소년아, 너희는 한순간이라도 꿈에서라도 은혜로운 나의 세계적 처지를 잊지 말지다."라고 하고 있는 것이다. 비교적 간단한 언급에 불과한 글이지만, 그러나 여기에 내포된 의미는 매우 강렬한 것이라 하겠다. 지리적 관심으로서의 사유와 개화계몽의 주체로서의 소년에 대한 인식이 바로 그것이다. 육당이 지리에 대한 관심이 깊었다는 것은 잘 알려진 일이거니와 그는 이를 바탕으로 조선의 정체성과 조선이 나아갈 방향성을 가늠하고 있었다.

육당은 조선을 봉건적 말미에서 허우적거리는 약한 국가로 인식하지 않았다. 그는 조선의 경우 삼면이 바다로 둘러싸여 있어서 나아갈 방향이 많고 또 선진화된 문명을 받아들이기에 매우 용이한 조건을 가졌다고 인식했다. 이런 지리적 조건을 그는 적극적으로 활용하고자 했고, 그 이용의 주체는 바로 소년이었다. 이에 이르면 육당의 소년은 막연히 계몽해야할 대상으로서의 수동적 존재가 아니라 변혁의 능동적 주체로 우뚝 올라서게 된다. 그리고 그것은 조국 그 자체가 아니라 조국을 전변시킬 변화의 적극적 주체로 거듭 태어나게 된다.

「우리의 운동장」 1연에서 육당은 풋볼을 차는 날쌘 기운을 펴서 대륙으로 나아가자고 했다. 아직도 제 주인 만나지 못한 저 대륙벌판으로 나아가서 그것을 우리의 것으로 하자고도 했다. 그리고 2연에서는 그 외연을 바다로까지 넓혀서 "서방님 손발과 도련님 몸을" 거칠게 하고 굳게 해서 "태평의 저대양 크나큰 물로" 나아가자고 했다. 육상과 해상을 아우르는 이런 폭넓은 사유는 그의 사상의 뿌리인 지리학에서 나온 것이다. 앞서 언급대로 그는 한반도를 대륙과 해상을 끼고 있는, 지정학적으로 매우 유리한 위치로 파악하고 있다. 이런 그의 자신감은 이 작품의 마지막 해설에서도 동일하게 드러난다. 그는 여기에서 "지금 세계 문명을 움직이는 중심은 태평양과 동아시아 대륙에 있다. 이 사이에 있는 우리 대한은 양쪽을 제압할 것을 생각하라"고 쓰고 있는 것이다. 여기서 알 수 있는 것처럼, 육당은 대륙과 해양의 점이지대에 놓여 있는 한반도를 불리한 위치가 아니라 매우 유리한 조건으로 해석하고 있는 것이다. 그는 그 중심에 소년을 올려 놓고 있다. 따라서 소년은 조선의 정체성을 확인해주고,

계몽을 수행할 수 있는 절대 주체로 올라서게 된다. 3연에서는 그러한 소년의 모습이 매우 적극적인 모습으로 그려진다. "뚫어진 짚신"이나 "시베랴 찬바람"을 딛고 나아가는 것이 소년이고, "나막신 같은배"와 "볏발이 곧쏘는 적도"를 헤치고 나아가는 자도 소년이다.

조선의 운명을 지고 나아가는 소년이기에 그는 매우 강건하고 거침없는 존재로 거듭 태어난다. 그것은 조선을 만들어가는 거대한 프로젝트를 수행하고 있는 육당의 모습일 수도 있을 것이다. 따라서 그는 거침없는 힘을 부리는 자이면서 윤리적, 도덕적으로도 선구적인 위치에 있는 자이기도 하다. 즉 계몽시대와 교양시대를 이끌어가기 위해서 소년은 신성성과 선험성을 담지해야 하는 존재로까지 격상되어야 했던 것이다. 그래서 다음과 같은 시에 내포된 소년의 이미지가 필요충분조건으로 제시되는 것이 아닐까 한다.

> 너희는 개백정은 되어도
> 밥벌레는 되려하지 말아라
> 너희는 거름장산 되어도
> 앵무새는 되려하지말아라
> 너에게 밥먹으라 입주신
> 하늘께서 손과발도주시되
> 입하나 주시면서 손발은
> 둘씩주신이치아나모르나
> 먹기도 적게하고 말까지
> 많이하지 아니할것이로되
> 할 수가 있는대로 손과발

놀리기는 쉬지아니하여서

주먹힘 튼튼하게 많거든

지구라도 때려부숴버리고

발길질 뻣뻣하게 잘커든

월중계도 보기좋게걷어차

아까운 일평생을 공연히

옷밥씨름 하는데쓰지마라

그러면 거름장사 개백정

되는편이 또한나으리로다

「밥벌레」 전문

이 작품에서 시인은 배부른 돼지가 되는 것을 경계했다. 그러는
한편으로 열심히 일하는 근면성을 강조했다. 이는 권면의 교훈이라
는 표면적 의미로 읽어서는 안될 것이다. 그것은 일시적인 것이 아
니라 항구적인 것이어야 하며, 또 지금 여기의 현실을 바꾸는 기본
동력이어야 하기 때문이다. 육당은 이 시기 전후로 다양한 형태의
산문을 써서 자신의 사상과 교양정신을 전파하게 되는데, 그 대표적
인 것 가운데 하나가 권면사상이다.[16] 이는 경우에 따라서는 진보적
의미에서 노동에 대한 신성성으로 생각할 수도 있지만, 보다 중요한
것은 근로하는 주체에 대한 새로운 사유이다. 여기에는 성장하는 자
아로서의 의미가 더 강하게 추동된다. 그것은 과정으로서의 소년의

16 근대를 여는 대표적 상징 가운데 하나가 자아인데, 그러한 자아를 뒷받침하는 것
이 발전사관일 것이다. 육당은 이를 주체가 감당할 수 있는 노력으로 이해한다. 그
대표적인 글이 1917년 7월 『청춘』지에 실린 「노력론」이다.

의미와도 부합되는 것인데, 이는 발전의 논리가 근대성의 사유구조 속에 편입된다는 점에서 매우 중요한 것이라 하지 않을 수 없을 것이다. 미래나 발전이란 사유는 근대라는 관념 속에서만 형성되는 계몽적 성격을 갖고 있기 때문이다.

실상 육당에게서 드러난 이 소년의 이미지는 역사발전의 단계상 상승하는 부르주아지의 성격과 매우 유사한 것이라 할 수 있다. 뿐만 아니라 이 이미지는 춘원의 『무정』에서 표명된 선구자의식이나 교사의식과도 좋은 대비를 이루고 있는 것이라 할 수 있다.[17] 『무정』은 잘 알려진 대로 춘원의 대표작이면서 계몽주의 소설의 결정판이라고 할 정도로 이 의식을 잘 드러낸 작품이다. 특히 이 작품의 기본축으로 되어 있는 교사의식은 그러한 선구성을 드러내는 좋은 사례가 아닐 수 없다. 지식을 매개하고 새로운 의식을 창출하는데 있어 가장 중심적인 역할을 할 수 있는 것이 교사이다. 이런 역할이 계몽을 필요로 하는 시기에 더욱 필요한 것임은 두말할 필요도 없을 것이다. 역사의 새로운 임무를 간파하고 이를 실천에 옮길 수 있는 가장 적극적인 주체가 교사라고 한다면, 육당의 소년 또한 춘원의 교사와 동일한 처지에 놓인 것이라 할 수 있을 것이다.

3) 민족주의적 대상으로서의 소년

소년은 육당의 초기시에서 매우 중요한 소재 가운데 하나이다. 이 이미지가 처음에는 계몽의 막연한 대상에 불과했지만, 시간이 흐르면서 근대를 열어가는 능동적인 주체로 바뀌게 된다. 수동적 대상이

---

17 이에 대한 전반적인 고찰에 대해서는 김윤식, 『이광수와 그의 시대』1,2, 솔출판사, 1999 참조.

아니라 현실을 변화시키는 적극적 주체로서의 소년으로 탈바꿈하는 것이 육당의 초기시에서 드러나는 소년의 모습인 것이다. 그런데 이런 소년의 이미지는 한일합방을 전후해서 소위 민족이라는 이념이 덧씌워지면서 매우 특이한 모습으로 변화하게 된다. 특히 제국주의의 아우라가 강렬해질수록 그의 소년 이미지는 철저하게 국수주의적 모습을 띠게 되는 것이다.

물론 소년이 곧 조선이고, 또 그것을 이끌어가는 주체로 거듭 변화하는 모습을 보이긴 하지만, 객관적 상황의 열악한 변화들은 그를 막연한 계몽의 기획자로 남겨둘 수는 없었을 것이다. 어떻든 한일합방을 전후하여 이 이미지는 민족주의적 색채와 더욱 강렬하게 결합하기 시작한다. 그렇다고 해서 육당의 세계관에 어떤 대단한 변화가 일어났던 것은 아니다. 그에게 조선은 자신의 육신 속으로 철저하게 녹아들어가 있는 궁극적 실체였기 때문이다. 따라서 계몽 대상으로서의 조선이나 제국주의에 대한 대타의식으로서의 민족주의는 육당에게 별개의 것으로 존재하는 것이 아니었다.

> 크고도 넓으고도 영원한태극
> 자유의 소년대한 이런덕으로
> 빛나고 뜨거웁고 강건한태양
> 자유의 대한소년 이런힘으로
> 어두운 이세상에 밝은광채를
> 빠지는 구석없이 던져두어서
> 깨끗한 기운으로 타게하라신
> 하늘이 붙인직분 힘써다하네

바위틈 산골짜기 나무끝까지
자유의 큰소리가 부르짖도록
소매안 주머니속 가래까지도
자유의 맑은기운 꼭꼭차도록

우리의 발꿈치가 들리는곳에
우리의 가진깃발 향하는곳에
아프게 앓는소리 즉시그치고
무겁게 병든모양 금세소생해
아무나 아무튼지 우리를보면
두손을 벌리고서 크고빛난 것
청하여 달라하게 만들것이오
청하지 아니해도 얼른주리라

판수야 벙어리야 귀머거리야
문둥이 절름발이 온갖병신아
우리게 의심말고 나아오너라
두르려 어루만져 낫게하리라
우리는 너희위해 화편가지고
신령한 밥티즘을 베풀양으로
발감개 짚신으로 일을해가는
하늘이 뽑은나라 자유대한의
뽑힌바 소년임을 생각하여라

「소년대한」 전문

　근대가 무엇인가를 물을 때 가장 일차적으로 답할 수 있는 것이 보다 개선된 삶의 조건일 것이다. 어떻게 사는가, 또 그러하다면 그러한 삶의 질은 어떤 것인가에 대한 물음이 근대성의 주요한 과제라 할 수 있는 것이다. 근대와 계몽을 이런 맥락으로 이해한다면, 인용시 「소년대한」이 의미하고자 하는 것이 무엇인가 보다 분명해진다. 시인은 이 작품에서 소년을 "크고도 넓은 태극"이라 했고, "빛나고 뜨거운 강건한 태양"이라고도 했다. 이런 비유에서 보듯 소년은 육당에게 절대적인 존재로 우뚝 서게 된다. 그런데 중요한 것은 이러한 존재가 할 수 있는 힘이랄까 역할에 있을 것이다. 소년이 나아갈 길, 해야할 일이 구체적으로 떠오르게 될 때, 육당에게 주어졌던 계몽의 방향성은 정해질 수 있을 것이다. 물론 그는 「해에게서 소년에게」에서 '바다'와 '소년'의 이미지를 통해 계몽이 나아갈 방향을 제시한 바 있다. 계몽의 통로로서의 바다와 계몽의 대상이 조선으로 설정됨으로써 그 방향이 어느 정도 정해졌기 때문이다.

　그런데 그러한 방향성은 「소년대한」에 오면 그 나아갈 목표가 보다 분명해진다는 특색이 있다. 1연에서 소년은 빛이 되어 어두운 곳을 밝게 비치라 했다. 그리고 조선의 산천과 각 개인의 소매안 구석까지 자유의 직분이 넘쳐나도록 하자고도 했다. 2연에서는 계몽의 발자국 소리가 들리는 곳에 "아프게 앓는 소리가 즉시 그치고", "무겁게 병든 모양이 금세 소생한다"고 했다. 소년에 대한 이런 전지전능성은 계몽주의자 육당의 사상이 여과없이 드러난 부분이라 할 수 있는데, 계몽의 기획이 탈미신화와 삶의 개선에 놓여 있다는 측면에서 그러하다. 소년을 개화의 주체이자 계몽의 주체라는 이런 시각은 근대의 긍정성을 절대 가치로 인식했던 김기림의 사상적 계보에 닿는 것이라 할 수 있다. 김기림이 근대의 계보를 과학의 명랑성에 두고, 과학의 가치를 절대적으로 신뢰한 것은 잘 알려진 일이다. 그는 과학의 힘, 곧 계몽의 힘으로 봉건적 유습을 타파하고자 했기 때문이다.[18]

3연은 계몽의 정신이 무엇이어야 하는지에 대해 매우 구체적으로 제시한 부분인데, 실상 이런 계몽사상은 과학의 전능성을 인지하기 이전의 사유라는 점에서 주목의 대상이 아닐 수가 없다. 과학의 명랑이라든가 전능성이 한국 시단에 본격적으로 등장하기 시작한 것이 20년대 후반임을 감안하면 육당의 선구성은 매우 놀랄만한 것이라 할 수 있을 것이다. 문둥이를 비롯한 불구의 존재들이 이를 딛고 일어설 수 있는 계몽의 모습은 전근대적 미신이 아니라 소년으로 포장된 근대정신 뿐이라는 것을 육당은 여기서 힘써 강조하고 있는 것이다. 그런 다음 그는 서양의 종교를 소년의 정신에 버금가는 힘으로 인식하기까지 한다. 그러나 이는 계몽의 정신이 반종교적 정서로 발생했다는 서구의 역사와는 배치되는 인식이라 할 수 있다. 계몽이 탈미신화의 과정이었다는 사실에서 알 수 있듯이 신비적 영역인 종교는 근대의 계몽정신과는 정반대의 가치에 서 있는 것이다. 그럼에도 불구하고 육당이 여기서 종교적인 힘을 끌어들인 것은 조선의 개화에 대한 그의 조급증이라 할 수 있을 것이다. 다시 말해 서구의 것이면 모두 앞선 것이었다는 무매개적 사유야말로 그런 심리 상태의 표본이기 때문이다. 어떻든 육당에게 조선의 계몽과 개화는 시간성을 다투는 시급한 문제였음은 분명한 사실일 것이다.

18 그의 이러한 기획은 해방직후 쓰인 「새나라노래」에서 극명하게 드러난다. 그는 이 시에서 과학의 힘으로, 곧 계몽의 힘으로 새나라를 건설하고자 하는 열망을 드러냈다.

백두산위 쌓인눈이 녹을때까지
벽해수의 고인물이 마르기까지
일시라도 옳지못한 바깥사람이

발붙이는 더러움이 있지않도록
손대이는 부끄럼이 나지않도록
우리처럼 힘과애를 말끔들여서
(중략)
불어오는 동남풍에 노랫소리가
따라가서 안들림이 애타지마는
다음말은 안들어도 대강알겠다

나는너를 축복하며 경의표하여
언제까지 그렇기를 참바라노니
그런본의 내게하라 부탁하노라

바다로써 몸을가린 대한반도는
이런소년 많이가진 대한반도는
크고좋은 직분가진 대한반도는

네가아니 대주재의 막내둥이냐
온전하고 깨끗한복 갖춰가져서
천상천하 짝이없는 광명이로다

「바다위의 용소년」 부분

육당의 초기시에서 자주 드러나는 소년의 이미지는 합일합방이 임박하면서 새로운 변화를 맞게 된다. 개화계몽에 대한 의지 보다는 외세에 대한 경계와 이를 힘으로 막아야 한다는 당위론이 앞서 있기 때문이다. 특히 소년의 이미지에 대한이라는 레테르를 붙이면서 민족주의적인 색채를 더욱 강화하기 시작한다. 「대한소년」, 「신대한소년」, 「대한소년행」 등 소년과 대한이 아주 견고하게 결합하기 시작하는 것이 이때부터이다. 이런 합성어의 등장 자체가 계몽보다는 저항의 의미가 보다 강화되었다는 것을 의미한다. 이는 그가 평생 간직했던 민족주의적 색채를 강화하는 역할을 한다고 하겠다.

「바다위의 용소년」은 1909년 11월 『소년』 2년 10권에 실린 작품이다. 이 시기에 이르면 조선의 정체성은 거의 사라지던 시기이고, 육당의 계몽의지도 많이 퇴색하던 때이다. 이러한 때 육당이 선택할 수 있는 경우의 수는 그리 많지 않았던 것이 사실이다. 우선, 가장 먼저 생각해 볼 수 있는 것이 "일시라도 옳지 못한 사람이/발붙이는 더러움이 있지 않도록" 경계하는 일 뿐이었을 것이다. 이런 자의식이 낳은 결과가 무엇일까 하는 것은 묻지 않아도 된다. 움츠러든 자의식, 호소에 가까운 외로운 음성만이 남아 있기 때문이다. 그런 절실한 음성을 마지막 4연들이 잘 보여주고 있는데, 여기서 주목할 것이 바다의 이미지이다.

앞서 살펴본 대로 바다는 근대를 받아들이고 나아가는 통로 역할을 했다. 그런데 여기에 이르면 바다의 그러한 기능은 사라져 있다. 육당은 이 작품에서 한반도가 바다로써 몸을 가렸다고 했다. 파도의 거친 힘에 의지해서 계몽의 의지를 실현하고자 했던 「해에게서 소년에게」에서 표명되었던 바다의 모습은 더 이상 찾아볼 수가 없는 것이다. 실로 바다에 대한 엄청난 이미지의 반전이 아닐 수 없다. 그리고 개화계몽에 대한 절대 믿음의 상실은 시적 자아로 하여금 더 이상 나아갈 방향성을 잃어버리게 만든다. 그런 방향성의 상실과 점증하는 외세의 위협은 대의명분만을 강조하는 호소로 울려나올 뿐이다. 그만큼 개화 계몽에 대한 그의 의지는 더 이상 발현되지 못하고 있는 것이다.

그러나 그러한 음성에 숨어있는 육당의 민족주의는 「해에게서 소년에게」를 쓰던 시기보다 더욱 절실한 것으로 표명하게 된다. 아마도 그러한 절실함이 육당의 사상을 만들어가는 데 있어 주요한 힘과 역동성이 되었음은 분명할 것이다. 그것이 바다와 소년을 버리고 산[19]을 찾게 된 근본 계기가 아닌가 한다. 따라서 소년은 바다와 육지 사이에 놓인 중간존재이면서 육당의 민족주의가 형성되는 매개항이라 할 수 있을 것이다.

4. 계몽주의자에서 민족주의자로

육당이 근대를 처음 접한 것은 일본 유학 체험에서 비롯되었다. 그는 이 체험을 통해서 계몽사상을 전파하고 조선의 정체성을 만들어가고자 했다. 그의 이러한 시각의 밑바탕에는 다음과 같은 이분법적 사고가 깔려있었다. 곧 조선은 미개하고 일본을 비롯한 서구의 열강은 개화했다는 도식이 그러하다. 물론 이런 시각이 크게 잘못된

---

19 정한모의 지적대로 육당은 이 시기부터 서정적 자아의 시선을 산으로 이끌고 올라간다. 정한모, 앞의 책 참조.

것은 아니다. 유구한 세월동안 봉건의 미몽에 갇혀있던 근대 지식인에게 근대 체험을 통해서 얻어진 이런 이분법적 사유가 자리 잡는 것은 전혀 이상한 것이 아니기 때문이다. 문제는 이런 이분법적 사고가 가져올 수 있는 사유의 조급성이다.

육당은 많은 사람들이 지적한 것처럼 근대를 전파하는 데 있어 지극히 낙관하고 있었고, 현재 조선이 처한 실정에 대해서는 애써 눈감으려 했다. 이상을 쫓다보니 현실에 대해서는 회피하고자 했던 심리가 깔려 있었던 것으로 보인다. 그러한 외면이, 토대가 부실한 현상인식으로 나타났는데, 지나친 낙관주의 사상이 바로 그것이다.

그러나 이러한 한계에도 불구하고 근대를 열고 터를 닦으려 했던 육당 사상의 중요성은 아무리 강조해도 지나치지 않은 것 또한 사실이다. 육당은 조선의 개화를 위해서 바다의 역능에 주목했다. 그가 바다에 관심을 둔 것은 지리적 관심 때문에 그러한 것인데, 한 국가의 정체성이 지리에 의해 형성될 수밖에 없다는 사실을 감안하면 이는 매우 탁월한 판단이었다고 생각된다.

육당에게 바다가 주목의 대상이 된 것은 크게 두 가지이다. 하나는 지리적 인식이고, 다른 하나는 현실적 인식이다. 삼면이 바다로 둘러싸여 있다는 그의 혜안은 실상 반대륙적 사고에서 기인한 바도 크기 때문이다. 전근대인들과 달리 그의 사고 속에 대륙은 더 이상 근대의 이상과 가치가 유입될 수 있는 통로로서 기능하지 않았다.

그리고 육당의 계몽사상에서 또 하나 주목할 것이 소년의 이미지이다. 그는 조선을 소년으로 설정하고, 이를 훈육하는 스승이 되고자 했다. 소년이 성장하는 주체, 발전하는 주체임을 감안하면 그의 이런 시적 의장은 매우 적절한 판단이었다고 할 수 있을 것이다.

육당은 평생 민족주의자적인 면모를 간직한 경우이다. 그의 이러한 사유가 개화 초기부터 형성된 것은 잘 알려진 일이다. 조선을 개화하고 계몽의 설계자로 자임하는 것 자체가 민족주의적 성향 없이는 불가능한 것이기 때문이다. 그런데 이런 민족주의의 형성이 신체시를 발표하던 단계에서부터 시작되었다는 점을 지적하지 않을 수 없을 것이다. 특히 전가의 보도처럼 생각하고 있었던 소년의 이미지에서 그의 민족주의 사상을 읽어낼 수 있다는 사실 자체가 그 사상적 깊이랄까 뿌리를 의미한다고 하겠다.

육당의 시에서 소년의 이미지는 후기로 내려올수록 강력한 민족주의 이데올로기와 결합하게 되는데, 이는 전적으로 객관적 상황의 열악성이 가져온 결과라 할 것이다. 그 단적인 예증이 되는 것이 소년과 대한의 굳건한 결합이다. 소년이 막연하고 추상적인 실체였다고 한다면, 대한과 결합된 '소년대한'은 그 구체적 방향성이라든가 이념성의 측면에서 한층 나아간 것이라 하겠다. 특히 한일합방 전후로 해서 시작된 그의 지리적 관심이 산으로 옮아가게 된 결정적 계기가 바로 소년 이미지의 변화에서 찾아진다는 사실에 주목해야 할 것이다. 민족주의가 강화되면서 바다라든가 소년과 같은 추상성들은 더 이상 설 자리를 잃고 구체적 지명을 내포하는 산으로 대치되고 있는 것이다. 이런 맥락에서 소년이미지의 변화는 육당의 사상을 추적하는데 있어 매우 중요한 시금석이 된다고 하겠다.

제4장

태백산 사상과 조선적 정체성

1. 신체시가의 변모

기념비적인 잡지였던 『소년』에 개화사상에 관한 일련의 글들과 작품들을 꾸준히 발표하던 육당은 1910년 전후로 약간의 변모를 겪게 된다. 이전 시가의 주된 소재가 '바다'와 '소년'이었던 것에 비하여 이 시기부터는 전연 다른 소재가 작품의 전면에 등장하고 있다. 이른바 '산이미지'의 등장이 바로 그것이다. 그러나 단순히 산이 아니라 '태백산'에 집중되고 있는 것이다. 이를 두고 국토에 대한 관심이라고 할 수도 있고, 개인 취향에 의해서 선택된 것이라 할 수도 있지만, 이후 보여주었던 육당의 사상을 염두에 둘 때, 이는 매우 주목할 만한 것이라 하겠다.

육당이 어떤 계기로 태백산을 시가의 소재로 이끌어 들인 것일까. 이미 몇몇 연구자들이 지적한 것처럼, 바다의 개방성이 아니라 산의 폐쇄성으로 자신의 시세계를 변화시킨 것인데, 그 원인을 민족적 위

기에 대한 대응양식에서 찾고 있거나[1] 혹은 무분별하게 추구된 개화
계몽정신이 어느 정도 방향성을 찾은 것으로 이해하기도 한다.[2] 다
시 말해 그것이 어떤 동기에 의해 시도되었든 궁극적으로는 "조선
정신의 발견"이며, 동시에 그것에의 회귀라고 하는데 있어서는 대부
분 동의하고 있다.[3]

　그는 왜 갑자기 태백산으로 올라가 조선정신을 찾게 되었을까. 소
년의 우렁찬 기상과 바다의 거침없는 물결을 통해서 근대 조선의 길
을 열어 보려고 가열찬 노력을 기울였던 육당이 이보다 역동성이 훨
씬 못 미치는 산으로 왜 시선을 돌린 것일까. 실상 이런 물음의 꼬리
표에 늘상 붙어있는 것 가운데 하나가 국가의 위기라든가 식민지 근
대라는 숙명이다. 그것이 근대인의 행동을 제한하고 있었던 사슬이
었고 육당 스스로도 이 고리로부터 헤어날 수 없었던 것은 자명한
일이었다. 그가 산으로 올라간 일차적인 계기는 아마도 당대인들의
숙명이었던 한반도의 현실에서 찾아야 할 것으로 보인다.

　그러나 바다와 소년을 통해서 조선의 개화계몽을 완성하려 했던
육당이 산으로 올라갔다고 해서 그의 처음의 시도가 완전히 바뀐 것
이라고는 할 수 없을 것이다. 바다와 소년, 그리고 산은 궁극적으로
모두 계몽의 기획과 동일한 것이기 때문이다. 계몽의 일차적인 과제
가 탈미신화, 중심화, 동일화에 있는 것이라면, 조선주의는 이타성과
동질성을 구분시켜주는 좋은 경계가 될 수도 있을 것이다. 그것은 곧
세계성에 대해 갖는 조선의 상대적 특수성이면서 그 특수성에 대해

---

1 정한모, 앞의 책, p.205.
2 김윤식, 『속 근대작가논고』, 일지사, 1981, p.57.
3 김학동, 「신체시와 육당의 선구적 위치」, 『최남선과 이광수의 문학』, 새문사, p.1-17.

서는 조선의 상대적 보편성을 갖는 것이기 때문이다. 조선의 특수성
과 보편성을 살리는 일이야말로 육당에게는 계몽을 완수하는 척도였
을 것이다. 그것이 산으로 올라간 두 번째 계기가 아니었을까 한다.

그리고 마지막 세 번째는 그의 필생의 과제였던 불함문화론과의
관련양상이다. 이 문화의 시초, 곧 어원론적 배경이 '붉'에서 시작되
는데, 그 중심이 바로 태백산의 '백(白)'이다. 육당이 신체시가에서
묘파했던 산의 형상이 주로 태백산에 집중되어 있는 것도 여기서 비
롯된다. 이런 묘사는 「경부철도가」나 「조선유람가」에서 보여주었
던, 조선의 명승지나 산천에 대해 백화점식으로 나열했던 방식과는
완전히 다른 경우이다. 그는 태백산을 한민족의 중심, 한반도의 중
심, 나아가 세계의 중심으로 우뚝 세워 놓고 있다. 그 높이는 위계질
서상 최상의 위치에 놓여 있는 것이면서 자신의 사유의 극점에 놓여
있는 것이기도 하다. 그로부터 나온 자신심과 우월성이 불함문화론
의 요체를 이룬다. 따라서 이 문화의 근저에 깔려 있는 것이 백(白)이
라 할 경우 태백산은 그 중심이 되는 것이라 할 수 있다. 그것이 그가
산으로 올라간 세 번째 이유이다.

2. 신체시에 나타난 태백산의 세 가지 의미

1) 근원으로서의 태백산

육당의 시가에서 태백이라는 제목으로 처음 등장한 작품은 아마
도 『소년』 2년 10권(1909.11)에 발표한 「태백범」일 것이다. 산이 아
니라 호랑이가 주된 소재이긴 하지만 어떻든 산의 명칭인 태백이 등

장한 것은 이 작품이 처음이 아닌가 한다. 그리고 「태백산가(1), (2)」
를 비롯해서 「태백산부」, 「태백산의 사시」, 「태백산과 우리」 등의 작
품들을 1910년 2월 『소년』 3년 2권에 집중적으로 발표한다. 그리고
이를 소재로 한 마지막 작품은 1910년 4월에 발표한 「태백의 님을
이별함」인데, 이 시는 다른 시들과 달리 산문시의 형태로 되어 있다.
그리고 제목에서 드러난 바와 같이 태백의 님을 이별하면서 쓴 것이
다. 그러나 이 이별의 정서가 태백산 사상을 포기한다는 뜻이 아니
고, 아마도 「세계일주가」를 쓰기 위해서 조선을 떠나는 자신의 소회
를 밝히고자 한 의도에서 그러한 것으로 보인다.

이렇게 본다면, 이 시기에 「태백범」을 포함해서 태백산을 소재로
쓰인 육당의 시가들은 대략 6편 내외이다. 적은 양이긴 하지만, 그러
나 작품 전체의 규모에 비춰보면 결코 소략하다고 할 수 없는 분량
이다. 게다가 하나의 대상을 소재로 이렇게 많은 시가의 형식이 제
작된 것이 예외적인 경우라는 점에서 더욱 그러하다고 할 수 있을
것이다.

육당의 관심이 바다에서 산으로 옮겨간 것은 매우 중요한 시심의
변화라 할 수 있다. 이는 대개 몇 개의 측면에서 이해할 수 있을 것이
다. 우선 지리적인 관심이다. 개화초기 그가 관심을 두었던 것이 지
리적인 것에 있었고, 그 연장선에서 바다를 비롯한 조선반도의 현실,
그리고 동북아를 비롯한 세계지리에 대한 앎의 의지로 표출된 것은
잘 알려진 일이다. 따라서 산의 경우도 바다가 그러했던 것처럼, 이
지리적인 관점에서 이해할 수 있을 것이다. 산 또한 지리적인 영토
나 범위로부터 벗어날 수 있는 것이 아니기 때문이다.

둘째는 산의 구체성이다. 육당은 「해에게서 소년에게」를 비롯한

일련의 시가와, 잡지 『소년』에서 보여주었던 개화의 방향이란 무척
공허한 것에 가까울 정도로 방향성이 없었던 것이 사실이다. 과연
어떤 것을 개화하고 계몽할 것이며, 또 시대의 힘으로 무엇을 이끌
어나갈 것인가에 대한 구체적인 목적성이 없었기 때문이다. 선언만
있었지 실천의 대상이 딱히 존재하지 않았던 것이다. 그런 막연한
이상을 바탕으로 "파도의 힘"에 기대어 그 저편에 놓인 것들을 일거
에 무너뜨리고자 하는 폭력성만이 존재하고 있었다. 물론 그 저변에
깔린 것이 조선의 개화와 무지 몽매한 민중의 계도에 있었음은 자명
한 일이지만, 작품 속에 표명된 구체적인 실제가 뚜렷이 드러나는
것은 아니었다. 그렇기에 초기 그의 개화사상을 두고 무목적적이고
무방향적인 것이었다는 비판이 제기된 것은 당연한 것이었다고 하
겠다.[4] 그런데 1910년 전후로 그의 개화사상은 바다로부터 육지, 곧
산으로 옮아오게 되는 것이다. 이런 변화야말로 계몽의 방향성이 뚜
렷이 정초된 것이라는 점에서 그 의의가 있는 경우이다.

　셋째는 조선주의의 구체적인 실현에서 그 시정신의 의미를 찾을
수 있을 것이다. 실상 1910년 전후의 시기에 접어들게 되면, 바다의
열린 개방성, 파도와 같은 역동성만으로 개화계몽을 외치기에는 현
실적 조건들이 매우 열악해져 있었다. 따라서 이런 위기의 순간을
타개하고 새로운 질서를 만들어나가기 위해서는 공허한 목소리가
아니라 보다 구체적인 대상이 필요하게 되었을 것이다. 그 대안으로
등장한 것이 구체적인 산의 이미지였던 것이 아닐까 한다. 넷째는
동질성이 적극적으로 필요한 상황의 대두이다. 계몽은 탈미신화의

---

4 김윤식, 앞의 글 참조.

전략 뿐만 아니라 동일한 공간, 동일한 의식에 대한 동질성의 욕구를 필연적으로 요구받는다. 물론 그러한 동질화에 대한 희구가 육당의 지리학에 내포되어 있었던 것이긴 하지만 막연한 지리적 관심만으로 계몽에 필요한 동일화의 전략이 모두 충족되었다고는 할 수 없을 것이다. 바다는 무언가 공허하고 구체적인 실체라든가 지명이 존재하지 않았다. 그런 모호성이 육당이 초기에 펼친 계몽의 한계를 말해주는 것이며, 객관적 상황의 변화는 더 이상 그런 모호성을 용인하기 어려운 지점에 이르렀다. 그런 필연적 요건들이 육당으로 하여금 구체적인 산에 대한 관심의 표명으로 나타난 것이라 하겠다.

> 한줄기 뻗친맥이 삼천리하여
> 살지고 아름답고 튼튼하게된
> 이러한 꽃세계를 이루었으나
> 우리의 목숨근원 이것이로다
>
> 숭고타 그의얼굴 광명이돌고
> 헌앙타 그허우대 위엄도크다
> 하늘에 올라가는 사다리모양
> 보지는 못하여도 그와같을 듯
>
> 그안화 볼때마다 우리이상은
> 빛나기 태양으로 다투려하고
> 그풍신 대할때에 우리전진심

하늘을 꿰뚫도록 높아지노나

억만년 우리역산 영예뿐이니
그의눈 아래에서 기록함이오
억만인 우리동폰 원기찼으니
그의힘 내려받아 생김이로다

그리로 솟아나는 신령한물을
마시고 난, 큰사람 얼마많으뇨
힘있는 조상의피 길이전하여
현금에 우리혈관 돌아다니네

「태백산과 우리」 부분

이 작품의 공간인 태백산은 우리 삶의 터전일 뿐만 아니라 우리의
생존조건을 제공하는 기본 토대로 구현된다. 따라서 그것은 숭앙의
대상일 뿐만 아니라 그로부터 모든 삶의 진실들이 펼쳐지는 장으로
묘사된다. 육당은 우리 민족의 근원이자 뿌리를 이렇듯 태백산으로
제시해놓고 있다. 우리는 거기서 솟아나는 신령스런 물을 마시고 살
아가고 있고, 여기서 뿜어져 나온 조상의 피를 길이길이 전하며 현
재의 우리 혈관 속으로 이끌어들이고 있다. 말하자면 태백산은 우리
의 역사이면서 현재의 삶을 이끄는 기본 토양이 되고 있는 것이다.
이처럼, 이 작품을 이끌어가는 기본 동인은 뿌리의식이다. 그리고
그 근원성 내지 시원성이 우리 민족의 정체성이며, 방향성으로 제시
되고 있다. 육당이 태백산에 대한 이러한 인식에서 제시하고자 했던

것은 계몽의 또 다른 전략이었다. 계몽의 정신이 시도하는 보편화의 전략도 중요하지만 그 안에서 하나의 통일성을 유지하는 동일화의 전략도 중요한 것이기 때문이다. 따라서 바다가 외부로 향하는, 혹은 외부에서 들어오는 보편화의 전략에서 추구된 것이라면, 태백산은 순전히 내부에서 뿜어져 나오는 동일화의 전략에서 나온 것이었다. 그것은 산을 통한 우리의 동질성 확인이고, 더 나아가 역사를 통한 동일성의 확보이다. 이를 통해서 육당은 계몽의 주체가 누구인가를 확인하고 이를 더 공고화시키는 기획으로 나아갔다.

뿐만 아니라 태백으로 표상되는 조선에 대한 확고한 인식은 조선을 이해하고 알아가는 과정이었던 지리적 관심의 연장선에서 이해할 수도 있을 것이다. 근대와 계몽의 전략이 국수주의라든가 민족주의의 확립에 두고 있음은 세계사적인 보편성이거니와 조선의 정체성에 대한 확인 작업이야말로 그러한 계몽의 전략과 무관한 것이 아니기 때문이다. 특히 뿌리에 대한 확고한 인식, 그리고 땅, 정신, 육체가 태백산을 정점으로 형성되었다고 하는 인식이야말로 동일화라는, 근대의 거대 담론과 밀접하게 연결된 것이라 하겠다.

2) 반제의식으로서의 민족주의

육당의 시에서 태백산의 등장은 단순히 소재의 변화에서만 그 의미가 한정되는 것은 아니다. 앞서 언급대로 그것은 동질성이라는 근대화의 전략과 불가분의 관계에 놓여 있었다. 조선이라는 특수성을 드러내기 위해서 구체적인 지명의 등장만큼 좋은 동일화 전략도 없을 것이다. 따라서 태백산은 단지 조선의 지명에서 그치는 것이 아니라 근대의 길을 열고 계몽의 전략을 구사하려는 육당에게 이렇듯 중요한 시의 소재로 자리 잡게 된다. 육당에게 산의 의미 또한 이렇듯 근대의 자장으로부터 비껴나는 것은 아니다.

그리고 태백산의 또 다른 함의는 시대적 환경에서도 찾아진다. 잘 알려진 바와 같이 육당이 활발하게 활동하던 시기는 이미 조선의 운명이 어느 정도 기울어져 있던 때이다. 막연한 선망과 벅찬 기대로 점철되었던 육당의 일본 체험, 곧 근대 체험은 동일한 형태의 모형이 조선에서도 가능하지 않을까하는 열정을 갖게 했을 것이다. 그것이 「해에게서 소년에게」가 보여준 낭만적 열정의 세계로 표현되었다. 그러나 조선의 현실은 육당의 가열찬 열정만으로, 근대의 길을 걸어가기에는 심각한 국면에 놓여 있었다. 나날이 저물어가는 국운과 근대화전략이 상호 모순 충돌할 수밖에 없는 냉혹한 현실을 직면했기 때문이다. 그러한 좌절이 어쩌면 그로 하여금 낭만적 열정을 거두어들이고 냉철한 자기인식에 이르게 한 계기가 되었을는지 모른다. 따라서 이런 객관적 현실에서 오는 한계상항이 그를 민족주의로 방향을 틀게 했던 것은 아닐까. 시대의 혼돈에서 중요한 것은 열정보다 각오일 것이다. 그런데 그런 결속을 가져오게 하는 힘은 동지의식, 곧 동일성의 열망에서 나온다. 그렇기 때문에 계몽의 전략 또한 민족주의와 전연 무관한 것은 아니다. 계몽의 기획이 민족이라는 특수성을 매개하지 않고는 성립할 수 없는 것이기 때문이다. 육당이 잡지 『소년』에서 보여주었던 계몽의 기획들은 모두 민족주의라는 경계를 초월해서 성립할 수 있는 것은 아니다. 그 세세한 항목들, 곧 구습의 타파라는 탈미신화 전략, 그에 따른 바다에의 지향성, 그리고 소년의 교양정신들은 모두 민족주의라는 거대한 틀 속에서 움직이는 것들이기 때문이다.

1910년 전후 강력히 체화되기 시작한 민족주의 의식은 계몽이 전제된 것이었다. 그러한 계몽의 아우라 속에 현실적이고 직접적인 현장과 만나게 된 것이고, 그 결과 그의 민족주의적 성향은 매우 강력한 자장으로 발산되기 시작했다. 그 역동적 힘의 매개가 되었던 것 역시 산이었다. 특히 태백산의 웅장한 형상과 거기서 뻗어 나오는 강력한 파장은 육당의 민족주의를 이끌어가는 거대한 수레바퀴와 같은 구실을 했다. 이런 맥락에서 육당에게 태백산으로 두 가지 의미를 갖는다. 하나는 찬양과 숭배의 대상이고 다른 하나는 외세를 배격하는 태백산의 구실이다.

지구의 산─산의 태백이냐?
태백의 산─산의 지구냐?
시인아 이를 묻지말라.
그것이 긴하게 찬송할것 아니다.

하늘면은 휘둥그렇고 땅바닥은 펑퍼짐한데.
우리님─태백이는 우뚝!

독립─자립─특립.

송곳?화저?필통의 붓?
영광의 첨탑!
피뢰침? 깃대?전간목?
온갖 아름다운 용이 한데로 뭉치어 된 조선남아의 지정대순의 큰 팔뚝!

천주는 부러지고 지축은 꺾어져도,

까딱없다 이 첩탑!

삼손(유대국 용사의 이름)이 쳐도, 항우가 달려도---구정을

녹여서 망치를 만들어가지고 땅땅땅 때려도,

까딱엇다 이팔뚝!

「태백산부」 부분

이 작품을 이끌어가고 있는 기본 정서는 찬사와 헌사이다. 근대시 최초로 참신하고 강력한 비유를 동원하여 태백산의 모습을 찬양의 대상으로 우뚝 세워놓고 있는 것이 이 작품의 특색이다. 그 결과 태백산은 "조선남아의 지정대순의 큰 팔뚝"으로 거듭 태어나 "구정을 녹여서 망치를 만들어가지고 땅땅땅 때려도" 끄떡없을 만큼 우람한 존재로 거듭 태어나게 된다.

태백산에 대한 이런 칭송의 정서를 민족주의와 분리하여 설명할 수는 없을 것이다. 민족주의는 단일성과 동질성이 확보될 때, 더 강력한 정서의 유대를 발휘하게 된다. 육당은 그러한 요인을 태백산의 위용에서 찾고자 했다. 그는 이 힘들이 우리 민족의 조율자 내지는 안내자 역할을 해줄 것으로 믿었다. 곧 "어두운 세상의 등탑이 되어 사람의 자식의 큰길을 비추어줄" 것으로 기대했던 것이다. 그러한 기대가 시대의 현실과 무관할 수 없음은 당연한 이치가 될 것이다. 그 결과 태백산은 동질성의 수단에서 다시 반외세의 첨병으로 새로운 변신을 하게 된다. 다음 작품은 그러한 도정을 잘 보여주고 있는 시이다.

하늘은 까---맣고, 휘---언하고, 한일자.

안하에 남이 없는 듯 엄전하게 우뚝.

끼룩소리는 사면에서 나지만,

그의 위에는 지나가는 기러기떼가 없다.

추웁다고 더웁다고 궁둥이를 요리조리하는 기러기.

아니 넘기나? 못넘나?

한손은 남으로 내밀어 필리핀군도의 폭우를 막고, 한손은 북
　　으로 뻗쳐 시베리아광야의 열풍을 가리는 그 용맹스러운상.

'우리는 대장부로다'!

내려지른 폭포－우거진 단풍－굳세고－빨갛고.

우리 과단성 보아라하는듯한 칼날같은 바람은,

천군만마를 모는듯하게 무인지경으로 지치라고 골마다 구렁
　　마다 나와서 한데합세하는도다.

'휘이익!휘이익! 내가 가는곳에는 떨고 항복하지아니하는자
　　---없지!휘이익!

그의 전체는 언제든지 끄덕없이 우뚝.

　　　　　　　　　　　　　　　　「태백산의 사시」 부분

　　태백산은 선망의 대상이면서 자연의 지배자이기도 하다. "추웁다
고 더웁다고 궁둥이를 요리조리 하는 기러기"를 좌지우지할 정도로
그것은 초자연적인 존재일 뿐만 아니라 "한손으로 필리핀군도의 폭
우를 막고", "다른 한손으로는 시베리아광야의 열풍"을 막아내는 전
지전능한 존재이기도 하다. 이렇듯 태백산은 자연의 주재자이면서
시대의 선도자로 거듭 태어나는 것이다. 물론 태백산의 무소부지한

전능의 상태는 강력한 민족주의 없이는 불가능한 사유이다. 그것은 '필리핀군도의 폭우'와 '시베리아광야의 열풍'으로 표상되는 제국주의에 대한 경계의식이 그 저변에 깔려 있기 때문이다. 여기에 이르러 비로소 육당이 포지하고 있는 태백산 사상이 궁극적으로 드러나게 되는데, 이는 애국계몽기인 개화기의 특수성을 떠나서는 성립하기 어려운 것이라 할 수 있다.

육당의 이러한 시각은 처음 태백산의 모습에 주목했던 「태백범」에서도 똑같이 나타난다. 여기서는 경계의 주체가 태백범으로 되어 있지만, 제국주의에 대한 사유는 동일한 것이었다. 제국주의와 분리하기 어려웠던 계몽주의, 어쩌면 그런 어정쩡한 상태가 개화기만의 특수한 민족주의를 만들었는데, 그 핵심에 놓여 있었던 것이 바로 태백산의 사상이었던 것이다. 이런 맥락에서 태백산은 육당의 민족주의가 싹트는 주요 인식성이라 할 수 있을 것이다. 막연한 국수주의나 공허하게 울리는 애국주의가 아니라 조선의 구체적인 지명, 곧 태백산에 대한 칭송과 예찬의 감각에서 길어 올려지는 민족주의야말로 이 시기 다른 어떤 사상보다도 설득력 있게 다가온 것이라 할수 있다. 이는 지명이 주는 친숙성과 구체성의 감각 때문에 가능한 사유라 할 수 있을 것이다.

3) 국토순례와 불함문화론의 시초로서의 태백산 사상

국토를 정령화시키고 자기화시킨 육당의 국토순례기들은 민족주의의 테두리 밖에서 논의할 수 없는 것들이다. 그는 이미 「심춘순례」의 서문에서 "조선의 국토는 산하 그대로 조선의 역사이자, 철학이며, 시이고 정신입니다. 단순한 문자가 아닌 가장 명료하고 정확하고, 또 재미있는 기록"[5]으로 국토를 정의한 바 있는데, 이런 발상은 그 어느 것보다 강력한 민족주의의 발현이라고 할 수 있을 것이다.

육당의 민족주의는 초기부터 형성되어 있었다. 이미 개화기의 신체시와 창가 속에 태백산 사상이 나타나고 있었기 때문이다. 육당이 본격적으로 국토 순례에 나선 것이 1920년대 중반이었다. 그리고 식민지 어용사관이 강요되던 시기도 이때부터이다. 이른바 일선동조론이나 식민지 정체성 이론 등등을 강요받던 시기인데, 특히 일선동조론은 1930년대 말의 내선일체 사상으로 나타나는데, 그것의 전사 구실을 하고 있는 것이 어용사관이다. 일본과 조선은 하나이며, 일본은 본가, 조선은 분가 정도라는 것, 그리하여 본가인 일본이 분가인 조선을 도와주고 지배하는 것이 당연하다는 것이 이 사관의 핵심 내용이다.

어느 특정 지역의 지배를 정당화할 수 있는 가장 확실한 근거는 자본과 뿌리론이다. 전자는 무력이나 협상에 의해 땅을 강제로 점유하고 이를 금전으로 보상해줄 수 있다는 것이고, 후자는 동일성의 근거를 제시하여 지배자와 피지배자를 같은 권역으로 묶어내는 논리이다. 그러나 과정은 달라도 결과는 모두 동일하게 현상된다. 이른바 저항의 근거를 말살하는 정당화론의 유포가 바로 그것이다. 이런 아우라 속에서 저항이나 민족주의의 논리가 설파되기는 매우 어려운데, 1920년대의 어용사관은 그러한 이질성을 묶어두는 첨단에 있었다. 따라서 이 사관의 전파야말로 또 다른 국권의 상실이라고

5 『심춘순례』, 앞의 책, p.1.

할 만큼 매우 위험스러운 것이 아닐 수 없었다.

육당이 불함문화론을 제기한 배경도 이 식민사관에서 촉발된 것이다[6]. 이 학설 또한 일선동조론과 마찬가지로 조선의 문화나 일본의 문화, 곧 동북아의 문화권이 하나라는 점에서는 의견을 같이한다. 그러나 그 근원이랄까 뿌리가 어디에 있는가하는 점에서는 커다란 차이점을 보이는 일선동조론은 일본에 그 근원이 있다고 주장한다. 반면에 불함문화론은 조선에, 특히 단군에 그 기원이 있음을 주장한다. 육당이 그 근거로써 내세우는 것이 단군사상의 핵심이자 태백산에서 기원한 백(白) 사상이다. 그는 조선이 불함문화권의 중심임을 알리기 위해 조선의 산하에서 쉽게 찾아볼 수 있는 백(白)자 계열의 산에 주목했다. 태백산이 그 중심 산이라는 것인데, 어떻든 이 '백'의 의미는 태양, 신, 하늘을 의미한다고 했다.[7]

'백'이 하늘이나 태양을 의미하고, 그것의 중심이 태백산 곧 조선이라고 한다면, 일선동조론은 더 이상 지지받을 수 없는 이론이 된다. 이런 맥락에서 태백산은 우리 민족이나 육당에게서 매우 신령스런 공간으로 제시될 수밖에 없는데, 이에 대한 사유의 단초가 태백산 계통의 시이다. 육당은 이를 통해서 다양한 상상력의 세계를 펼쳐보이고 있다.

> 지구면의 물이 다 마르기까지.
> 정의의 기록은 아직 이리라.

---

6 불함문화론에 대해서는 이 책의 후반부를 참조할 것.
7 『불함문화론』, p.30(확인)

그리하여 어두운 세상의 등탑이 되어 사람의 자식의 큰길을
　　비추어주리라.

태양이 잿덩어리 되기까지.
정의의 주인은 반드시 이리라.
그리하여 어미닭의 날개가되어 발발떠는 병아리를 덮어주리라.

아아 세계의 대주권은 영원히 이 첨탑---이 팔뚝에 걸린 노리
　　개로다.

하늘면은 휘둥그렇고 땅바닥은 펑퍼짐한데.
우리님 − 태백이는 우뚝

「태백산부」 부분

　육당은 인용시에서 태백산을 '첨탑'이라고 했고 '팔뚝'이라고도 했
다. 높이로서의 그것과 힘으로서의 그것이 어우러져 태백산은 전지
전능한 어떤 것으로 승화되어 묘사된다. 세계의 대주권은 영원히 이
첨탑에 있다고 함으로써 이 세상의 중심이 태백산에 있음을 명확히
했다. 뿐만 아니라 동북아의 중심이 태백산에 있고, 단군사상이 그 핵
심이라는 불함문화론의 내용을 넘어서서 세계의 대주권조차 태백산
의 영향아래 있는 것이라도 했다. 물론 이런 과장된 표현은 개화기라
는 특수성을 떠나서 설명할 수 있는 것이 아니다. 애국계몽기는 현실
을 넘어서는 이상화된 힘만이 절대적으로 요구되는 위기의 시대이기
때문이다. 그럼에도 이런 인식이 의미있는 것은 세계의 중심이 태백

산에 있다는 국수주의와 애국주의, 민족주의적 편견에의 함몰일 것
이다. 이런 편견마저도 의미있는 것이 개화기만의 특수성이다.

태백산을 이 세계의 중심으로 사유하는 다음의 시도 마찬가지의
경우이다. 이 작품은 1910년 초에 쓰인 것으로 보이는데, 앞서 언급
한 대로 제목의 성격상 육당이 세계일주를 떠나기 직전의 작품이라
판단된다.

> 대동 국면의 감시자로, 세계 평화의 옹호자로, 우리 강토의
> 정수로, 우리 역사의 체화로, 우리 민족 이상의 결정으로, 모
> 든 옳음의 활동력의 원천으로, 너의 면목은 위로 무궁에와 같
> 이 아래로 무궁에도 오직 빛날 것은 있으나 누가 흠집을 내겠
> 느냐
>
> 좋은 때에 너를 올려다보니 네가 막대한 동정을 주고 슬픈
> 때에 너를 치어다보니 네가 지상의 위로를 주도다
>
> 너의 앞에 있을 때에는 모든 감정과 조우가 다 혼연히 융화
> 하여 다만 방촌에 희망의 빛이 반짝거렸을 뿐이었도다
> 　　　　　　　　　　　　　　　　「태백의 님을 이별함」 부분

앞의 작품과 마찬가지로 여기서도 태백산은 전지전능한 모양으
로 구현된다. 곧 태백산은 "대동 국면의 감시자로, 세계 평화의 옹호
자로, 우리 강토의 정수로, 우리 역사의 체화로, 우리 민족 이상의 결
정으로, 모든 옳음의 활동력의 원천으로" 형상화되고 있는 것이다.

이런 맥락에서 태백산은 사유의 주체이고, 행동의 주체, 곧 세상의 중심이 된다.

일선동조론을 비롯한 식민사관이 1920년대 중반부터 시작된 것을 감안하면, 태백산에 대한 이런 사유는 매우 이례적인 것으로 비춰질 수 있다. 불함문화론이 식민사관에 대한 안티담론이라면 그 시초는 1910년대부터 시작된 것이라는 점에서 그러하다. 그 핵심이 태백산 사상이라고 할 경우, 이 시기 육당의 태백산 시가들이 갖는 시사적 위치를 짐작할 수 있게 한다. 비록 이 공간의 또 다른 주체자였던 단군 사상으로까지 나아가지는 않았지만, 세상의 주재자로서 태백산을 그 중심에 올려놓은 육당의 시도는 불함문화론의 시초라고 하기에 충분한 것이라 할 수 있을 것이다. 그것이 어떤 객관성과 철학성을 담지하고 있는가 하는 것은 별개의 문제이며 사실과의 정합성 문제 또한 별개의 문제이다. 조선의 역사와 주체성을 지키기 위해서 시도했던 것이 불함문화론의 의의라 할 경우, 개화기의 태백산 시가들은 그 형상화만으로도 충분한 시사적 가치가 있는 것이라 하겠다. 그것은 민족주의의 확대이면서 제국주의에 대한 경계이기도 했다.

3. 태백산 시가의 시사적 의의

1910년 전후, 그러니까 『소년』이 창간된 지 약 2년이 지나면서부터 육당은 시의 소재를 바다로부터 산으로 옮겨갔다. 그런데 이런 변화는 단순한 소재의 전이에서 그치지 않는, 매우 중요한 시의식의 변화를 담고 있었다. 바다가 개방성이라면, 산은 폐쇄성이라는 측면에서 그 의의를 찾은 경우도 있고, 개화의 구체적 방향성 찾기라는 점에서 그 의의를 찾은 경우도 있었다. 뿐만 아니라 민족주의라는 사상사적 과제에서 그 의미를 이해한 경우도 있었다. 그럼에도 이러한 평가들이 갖는 한계는 너무 단선적이고 직선적이었다는 점에서 찾을 수 있다. 실상 육당이 표방한 태백산 사상은 단순히 시의 소재상의 변화라든가 시의식의 사소한 변화에서 찾는 것은 매우 단편적인 의견일 것이다. 그의 소재선택은 계산적인 것이며, 단순한 취향에서 얻어진 것이 아니다. 뿌리깊은 민족주의의 의식의 발로이며, 세심한 상상력을 통해서 얻어졌다는 점에서 그 시사적 의의가 있는 경우라 할 수 있다.

우선 태백산은 한민족이라는 동일성을 확인시켜주는 매개였다. 계몽의 목표 가운데 하나가 동일성과 이타성을 구분시키는 일인데, 태백산은 그러한 경계를 확인시켜 주는 주요한 수단이었던 것이다. 그 배경에 깔린 것이 민족주의이다.

그리고 두 번째는 육당이 추구한 사상사적 과제에서 태백산이 차지하는 비중이다. 식민지 시대에 육당에게 있어 가장 큰 과제는 어용사관이나 식민사관에 대한 극복의 문제였다. 그의 필생의 과업이자 의욕적 작업의 결과였던 불함문화론이란 이 범주에서 자유로운 것이 아니었다. 그런데 이 사상의 시초가 태백산 사상에서 비롯되었다는 것은 잘 알려진 일이다. 그리고 그 저변에서 이 사상을 노래한 것이 태백산 계열의 시가였다. 따라서 이 작품들은 민족의 뿌리 사상이나 단순한 민족주의의 발로였다는 사유를 뛰어넘는, 매우 중요한 사상사적 과제를 담아내고 있었다. 익히 알려진 대로 육당의 불함문화론은 일선동조론에 대항하기 위해서 마련된 것이었다. 조선

의 현실과 민중을 우롱하고, 조선의 지배를 정당화하고자 기획된 것
이 일제 식민사관의 요체였기 때문이다. 이에 대한 저항의 담론이
육당의 역사에서 잘 드러난 바 있거니와 그 핵심에 자리하고 있는
것이 불함문화론이다.

그런데 단군을 중심으로 놓는 이 빛나는 문화론이 1920년대에 갑
자기 준비된 것이 아니라는 사실이다. 그 이론적 단초가 되는 사유
들을 육당은 이미 1910년대부터 표명하기 시작했다는 점에서 그 의
의가 있는 경우이다. 바로 태백산 계열의 시가들이 그것이다. 육당
은 이들 작품을 통해서 태백산을 우리의 중심, 동북아의 중심에 놓
았을 뿐만 아니라 세계의 중심으로까지 위치시키기도 했다. 물론 이
런 숭배의 정서가 시대의 정황과 분리하기 어려운 것은 사실이지만,
그러나 중요한 것은 식민사관에 대항하는 그의 사상적 거점이 이미
훨씬 이전부터 마련되고 있었다는 점의 확인일 것이다. 이런 준비성
이야말로 육당 사상의 선구성을 말해주는 것이기도 하거니와 식민
지 근대를 극복할 수 있는 가장 위대한 거점이었다는 점에서 그 의
미를 찾을 수 있을 것이다. 결국 육당의 작품에서 태백산 계열의 시
가 중요한 것은 이 때문이라 할 수 있다.

제5장

조선적 특수성으로의
시조와 그 음역

O

1. 육당과 시조

육당이 시조에 본격적으로 관심을 갖기 시작한 것은 대략 1926년 전후이다. 문학에 관한 그의 담론들이 수적으로 많지 않긴 하지만, 시조에 관한 글들이 이때 몇 편 나왔고 시조 작품 또한 활발히 발표된다. 「조선국민문학으로서의 시조」가 1926년 『조선문단』 5월호에 게재되었고, 그 다음호에 「시조 태반으로서의 조선 민성과 민속」이 게재되었다. 뿐만 아니라 그의 대표 시조 창작집인 『백팔번뇌』가 상재된 것도 이때이다. 이 시기 들어 시조 작품과 시조에 관한 글들이 집중적으로 발표된 것은 어떤 이유 때문일까.

1920년대는 문예 미학적으로 혼돈의 시절이었다고 할 수 있다. 3·1 운동 직후 일본 제국주의는 무단통치를 포기하고 문화정치를 표방하게 된다. 거세게 일어났던 3·1을 목도하면서 무력으로는 더 이상

한반도를 억누르고 지배하기는 어렵다는 사실을 인정한 탓이다. 이 정책에 편승해서 수많은 잡지, 신문이 창간되었고, 그 여백의 장들을 문화나 문학들이 차곡차곡 채워나가고 있었다. 문화의 홍수시대라 불리울 만큼 수많은 사조와 사상 또한 유입되기 시작했다. 그러한 물결은 오히려 개화기에 이루어졌던 다양한 사상들 못지않을 만큼 많았고 격정적인 것이었다. 그 결과 그동안 지탱되어 왔던 문화의 정체성 등이 의심받기 시작했다. 이런 혼효현상은 이미 여행이라는 형식을 통해서, 혹은 계몽의 정신을 통해서 조선이라는 커다란 그림을 그려왔던, 그리하여 조선의 아이덴티티를 만들어왔던 육당에게 심각한 위협으로 받아들여졌다. 뿐만 아니라 문화계와 지성계를 풍미하기 시작했던 계급주의 문화사상도 육당에게는 무시 못 할 충격으로 다가왔을 것으로 판단된다.

　새로운 문화가 들어오고 이를 토대로 해당 지역의 실정에 맞는 새로운 문화 패러다임이 형성되는 것은 당연한 일이겠지만, 조선심을 추구해왔던 육당의 입장에서는 이질적 사조의 거침없는 유입은 감당하기 힘든 것이었다. 이런 맥락에서 육당의 시조부흥론을 카프문학의 반대 입장에서 바라보는 것은 일견 타당한 일일 것이다[1]. 육당역시 이와 비슷한 견해를 피력한 적이 있다.

　　요사이 이른바 신경향을 표방하고 진보 사상을 가지고 있다는 사람 가운데 일종의 '조선 부정'이라고 할 작은 열병(熱病)이 있다. 그 진정한 병의 원인은 따로 있기도 하겠지마는,

---

1 김용직, 『한국 현대시 해석, 비판』, 시와시학사, 1993, p.308.

또한 시대 분위기에 혼탁한 의식이 자아에 있어서 잠시 눈멀고 귀 어두워진 상태를 나타낸 것으로도 볼 수 있다.[2]

마르크시즘의 목표 가운데 하나가 국수주의의 배격임은 잘 알려진 일이다. 노동 계급의 당파성이 절대적 가치로 표명되기 때문에 민족주의와 같은 종파주의가 수용되지 않는 것은 당연한 일이기 때문이다. 육당은 계급문학자들이 조선을 부정하고 있다는 것으로 이해했고 또 이들 그룹을 문화에 무감각한 신인으로 취급했다. 신인의 감각이 구세대와 맞서 있다는 전제하에서 그러한 것인데, 육당은 이들을 조선에 관한 무관심, 전통에 대한 무관심 내지 조국의 정체성과는 무관한 자들로 인식하고 있는 것이다.[3]

육당은 카프 신인들에게 중요했던 프롤레타리아 사상이나 부르주아 의식과 같은 계급이데올로기의 획득과 같은 것에는 관심이 없었다. 그것은 단지 사상의 문제일 뿐 육당이 일관되게 추구했던 조선심이나 조선혼과는 별개의 문제로 인식했다. 카프 문인들이 내세우는 중요 테제가운데 하나는 국수주의의 배격이다. 노동계급성의 당파성이라는 보편성에 관심을 두고 있던 이들에게 한갓 지역주의에 불과한 조선의 아이덴티티는 배격의 대상이 될 수밖에 없었다. 그러나 조선이라는 영토와 사유의 테두리를 구축하면서 국가 만들기에 앞장섰던 육당으로서는 카프 문학자들이 주장하는 국수주의의 배격은 용인될 수 없었다.

2 최남선, 「조선의 구원상」, 『최남선 한국학총서』14, 경인문화사, 1013, p.224,
3 윗글, p.227.

조선심에 대한 육당의 탐구가 카프 문학이 추구하는 이념성과 배치될 수밖에 없었음은 자명한 일인데, 실상 카프의 그러한 사유들은 근대성의 제반 논리에도 모순되는 것이었다. 근대의 기획이 계몽에 있음은 당연한 일이거니와 그 이면에서 추구되었던 운동 가운데 하나가 민족주의에 대한 부각이었다. 근대 국가의 모델이 영토와 민족, 언어에 집중되었던 것은 잘 알려진 일이다. 그러나 근대성의 사유구조 속에 편입되었던 마르크시즘은 이에 대해 매우 모순적인 태도를 취하고 있었다. 물론 근대의 제반 양상과 사유가 모두 동일한 형태로 나타나는 것은 아니지만 어떻든 근대의 일차적인 과제가 계몽에 있음은 잘 알려진 일이다. 뿐만 아니라 그 기획의 일환이 우선 국가 정체성의 확립에 있는 것 또한 사실이다. 그러나 근대를 생산관계에서만 탐색하고 있는 마르크시즘은 국수주의라든가 민족 정체성에 대한 확립에 대해서는 매우 소극적인 편이었다. 이런 현상은 계몽의 과정에서 비춰 보면, 매우 예외적인 현상이 아닐 수 없을 것이다. 근대란 일차적으로 민족의 형성과 그에 기반한 국가 형성에 일차적인 목표가 있었기 때문이다.[4]

근대는 새로운 것이고 전위적인 것이며, 실험적인 것이다. 따라서 여기에 편입된 모든 것들은 가변적인 것과 휘발적인 속성에서 찾아진다. 그러나 가장 전위적인 것의 이면에 비전위적인 것도 근대의 새로운 양상임을 부정하기 어렵다. 실험적인 것의 이면에 전통적인 것들이 동일한 가치로 혹은 대등한 위치로 현상됨은 그 명백한 증거

---

4 비록 근대에 대해 이중의 함의를 내포하고 있었어도 생산관계를 근대의 주된 특징으로 내세운 마르크시즘은 근대성의 새로운 양상이었다. 근대 이전과 이후를 구분 짓는 토대 가운데 생산관계의 변화만큼 획기적인 것도 없었을 것이다.

이기 때문이다. 근대성의 이면에는 반근대성의 특징들이 동일한 양
과 질로 담보된다[5]. 이는 근대를 전통으로의 복귀에서 탐색한 엘리
어트의 사상과도 맞물리는 것이라 할 수 있다.

전통이 단지 수구적이고 보수적인 감각으로 사유되지 않은 이상
그것을 반근대성의 영역으로 가두어둘 수만은 없을 것이다. 전통이
야말로 현대를 의식하지 않는 곳에서는 성립할 수 없기 때문이다.
따라서 전통을 근대성의 한 양상으로 수용할 수 있다면, 육당의 시
조론은 근대의 사유 구조 밖에서 바라보아야할 하등의 이유가 없어
지게 된다. 그것 역시 근대성의 또 다른 양상이기 때문이다. 1920년
이라는 시기, 식민지 근대성이 어느 정도 자리 잡던 시기에 육당의
시조론이 갖는 의의, 시조론을 제기하는 의도를 이런 맥락에서 풀이
해야할 것이다.

그리고 또 하나 조선심을 추구하고자 했던, 혹은 조선주의를 만들
어오던 육당에게 시조 양식이 갖는 의미이다. 어쩌면 육당이 시조를
가장 보존하고 선양해야만 할 가치로서 주장했던 이유는 이 조선심
의 부활과 밀접한 연관관계가 있었을 것이다. 육당은 시조를 국민문
학으로 지칭했다. 민족문학이라는 용어가 매우 낯선 시기, 혹은 그

---

5 로버트 마틴 애덤스(김용권역), 「모더니즘은 무엇이었는가」, 『해외문예』 3권,
1979. p.103.
　애덤스는 모더니즘의 특성 가운데 하나를 과거의식에서 찾는다. 그는 그러한 예
로써, 1910년의 제1차 세계 대전과 보어 전쟁의 혼란한 상황에서 찾고 있다. 그는
여기서 과거적인 것이 부활되고 있는 예를 5가지 작품에서 들고 있다. 1)피카소의
가장 유명한 큐비스트 회화인 「아비뇽의 아가씨들」이 선사문화에 두고 있는 창작
배경, 2)원시성에 뿌리박고 있는 스트라빈스키의 「봄의 의식」, 3) 과거의 의식 속
에 뿌리내린 엘리어트의 「황무지」, 4)과거 기행을 다룬 파운드의 「캔토스」, 5)조이
스의 오디세이에 바탕을 둔 일련의 작품들이 그러하다. 이런 논리에 의하면 현대
성과 과거성은 동전의 앞뒤와 같은 동일한 것이라 할 수 있다.

이데올로기성이 명확히 규정되지 않은 시기에 육당이 언표했던 국민문학이란 곧 민족문학의 또 다른 이름이었다.

물론 국민문학 자체에 이데올로기성이 없는 것은 아니다. 그러나 문학일반, 특히 그것이 비평계 일각에서 흔히 통용되고 있는 계급적인 색채와는 무관하다는 뜻이다. 다만 여기서 문제되는 것은 육당이 시조를 두고 왜 국민문학이라고 했으며, 그럴 경우 국민이라는 함의는 어떤 것이었는가 하는 점이다. 그가 국민문학이라고 한 것은 국민을 조선과 동일한 의미에서 사용한 것으로 보인다. 그럴 경우 국민이란 조선의 백성이 될 것이고 국민문학이란 조선의 문학이 될 것이다. 따라서 육당이 국민이란 용어를 표나게 강조한 것은 개항이후 조선만들기의 연장선에서 기획된 것임을 알 수 있게 된다.

그러나 중요한 것은 그 용어에 있는 것이 아니라 국민문학으로서 시조가 갖는 의미랄까 개념에 있다고 하겠다. 이는 문학사적 가치뿐만 아니라 육당 자신에게 다가오는 가치의 문제이기도 하다. 우선 육당은 시조를 다음과 같이 정의하고 있다.

> 시조는 조선인의 손으로 인류의 운율계에 제출된 시 형식의 하나다. 조선의 풍토와 조선인의 성정이 음조를 빌어 소용돌이치는 일대 형상을 구현한 것이다. 음파 위에 던져진 조선이라는 자의식의 그림자이다. 어떻게 하면 자기 자신 그대로를 가락 있는 말로 그려낼까 하여 조선인이 오랜 동안 여러 가지로 애를 쓰면서 오늘날까지 도달한 막다른 골이다. 조선심의 방사성과 조선어의 섬유 조직이 가장 밀도 높은 압축 상

태로 표현된 '공든 탑'이다.[6]

육당은 시조를 조선심과 조선어가 가장 잘 결합된 양식으로 보고
있다. 여기에는 역사와 전통, 그리고 생활습속이 자연스럽게 녹아들
어 있다고 했다. 곧 정신과 양식이 분리되지 않는 동일한 양식이 시
조라는 것이고, 그러하기에 그것은 우리 민족만이 소유한 고유 시가
양식이라는 것이다.

육당은 시조의 그러한 성격을 생리론에서 찾는다. 생리란 취미 이
상의 어떤 것이다. 취미가 한갓 도락의 수준에 그친다면 그것은 유
희 이상의 차원을 넘지 못한다. 그러나 생리적인 것이란 본래적인
것이어서 체질과 분리하기 어려운 것이다. 육당은 시조를 생리적인
차원에서 받아들인다. 그는 그러한 특질을 내포하고 있는 시조의 가
장 중요한 특성 가운데 하나를 리듬의식에서 찾고 이 율격의식이 조
선의 생활 습속 그 자체임을 밝히고 있다.

　　조선인의 음악 생활도 남들처럼 그 생활의 가장 첫 번째 사
실로부터 기원하는 것으로, 곡조에 의하는 의사 발표 방법은
극히 오랜 옛날로부터 존재하였음은 두말할 것 없다. 진작부
터 악기도 있었고 가곡도 있어서 두 가지가 혹은 단독으로 혹
은 제휴하여서 그 향상의 길을 진행하였다. 그러나 그들은
'노래'를 주로 하는 미의 향락자였으며, '노래'를 통해 우주를
감각하는 자들이었다. 일체의 예술적 욕구를 다만 '노래' 한

---

6 「조선국민문학으로서의 시조」, 『총서』 13, pp.8-9.

가지에서 만족할 기회를 만들고자 했고, 그리하여 그것을 얻
은 자들이었다. 이것은 그들이 품어 지니고 있던 우주관과 인
생관으로부터 나온 당연한 귀결이요, 생활 경험의 최고 통일
원리에서 나온 당연한 현상이었다.[7]

　이글에 의하면, 조선인은 노래를 통해 미를 향유했고, 노래를 통
해 우주를 감각했다는 것, 따라서 일체의 예술적 욕구를 노래에서
충족하고자 했다는 것이 조선인의 기본 생활 습속이었다는 것이다.
그러한 노래의 배경이 곧 시조 형식을 탄생시켰고, 그러기에 시조
야말로 가장 조선적인 것이고, 조선인의 정서를 잘 대변하는 양식이
된다는 것이다.
　이런 생각을 바탕으로 육당은 「조선국민문학으로서의 시조」에서
시조의 우위성이랄까 그것의 조선적인 특수성에 대해 좀 더 발전된
언급을 하고 있는데, 특히 다른 장르와의 대비 속에서 이를 밝히고
있는 점이 이채롭다. 두 가지 점에서 이를 비교하는데, 하나는 스스
로와 상응하지 않는 시심이란 허수아비에 불과하다는 것, 그리고 소
설과 희곡은 과정 속에 있는 장르라고 이해한다.[8] 육당의 이러한 진
단은 점증하는 외래문화와 위협받는 조선주의에 대한 그 나름의 대
응방식이었던 것으로 이해된다. 전자에서는 점증하는 외래문학이었
던 카프문학과 모더니즘 등을 비판하기 위한 사상적 거점이 들어가
있고, 후자에서는 완결성에 대한 시조의 장르적 특성에 대한 자부심

---

7 「시조 태반으로서의 조선 민성과 민속」, 『총서』13, p.17.
8 최남선, 「조선국민문학으로서의 시조」, 앞의 책, p.8.

이 녹아들어가 있다. 이 논리에 의하면, 육당은 시조이외의 양식에
대해서는 전부 비조선적인 범주로 간주하고 있는 듯하다. 조선심의
부활을 자신의 사상적 거점으로 두고 있는 육당으로서 이런 판단은
어쩌면 당연한 것이라 할 수 있겠는데, 그러한 사유 자체가 경우에
따라서는 반제국주의적인 태도와 어느 정도 관련되어 있다고 판단
된다. 외래사조란 것이 전부 외부, 특히 일제의 토대 위에서 수용되
고, 전래된 사실을 감안하면 이는 충분히 납득할만한 일이 된다. 어
떻든 시조 이외의 양식은 창작자의 의식이나 정서와 상응하지 않는
부조화의 양식이며, 그것은 당시 거대한 물결로 다가오는 카프문학
에 대한 간접적인 비판이 될 수도 있을 것이다. 정서의 조응이라는
육당의 강력한 메시지가 카프에 국한될 수밖에 없었던 것은 외래적
양식이나 의식에 뿌리를 둔, 이 단체가 표방하는 당파성과 조직성이
여타의 문학단체나 문학관과는 비교할 수 없는 자장으로 그 힘을 발
휘하고 있었기 때문이다.

그리고 두 번째는 소설을 비롯한 다른 산문과의 양식적 차별로서
의 시조 양식에 대한 우위성의 확보이다. 서사양식은 역사의 객관적
필연성이라는 논리에 따르게 되면, 생성하고 있는 장르, 발전하고
있는 미완성의 양식이다. 역사의 상대성이나 개방성을 받아들여 탄
생한 것이 산문 양식이고, 지금 여기의 현실은 계속 발전하는 상태
에 놓여져 있기 때문이다. 이러한 논리는 하나의 완성된 실체로서
시조가 갖는 우위성을 증거하는 육당 나름의 자신감에서 나온 것이
라 할 수 있다. 그것은 산문양식이 발전하는 과정에 있는, 곧 지금 여
기의 현실 속에서 움직이고 있는 장르라는 것이다. 육당은 소설을
비롯한 산문 장르를 근대가 낳은 기형적이고 생명력이 짧은 양식으

로 이해한다. 이를 세계라는 범주로 그 외연을 넓히게 되면, 그리고
발전하는 양식과 대비하면, 시조양식의 세련성이나 완성도는 산문
양식의 그러한 과정성을 뛰어넘게 된다. 정제된 유기적 형식이란 미
완성의 존재들보다 우위에 있는 것이 사실이다. 시조는 그러한 위치
에 있을 만한 것이고, 그런 위치만으로도 충분한 가치가 있다는 것
이 육당의 판단이다.

시조 형식에 대한 자부심은 육당에게는 반근대성에 대한 자의식
의 반영이었다. 점증하는 제국주의와 외세의 표정 등이 육당에게는
소설과 같은 서사양식과 등가관계로 인식되었다. 따라서 그러한 양
식에 대한 시조의 우위는 문학이라는 차원에서만 그치는 것이 아니
라 조선 문화가 갖는 전반적인 우위성을 일러주는 것이기도 했다.
육당의 한국학 연구가 이 세상에는 존재하지 않는 것을 찾아내서 그
것의 가치를 가장 높은 위치에 두는 것이었기 때문이었다.[9]

육당의 이러한 자신감은 조선이 상당한 수준을 갖춘 문화국이라
는 데에서 나온 것이다.[10] 이는 이 세상을 이끌어가는 중심이 조선
이며, 문학 역시 동일한 수준에서 이런 기능을 해야한다고 보는 것
이다.

조선이 상당한 문학국, 예컨대 민족의 독자적인 문학 전당
을 만들어 가진 국가라고 하려면 먼저 문학, 즉 민족 문학이
란 것에 특수한 정의를 하나 만들어 가지고 덤빌 필요가 있

---

9 류시현, 『최남선 평전』, 한겨레출판사, 2011, p.90.
10 「조선국민문학으로서의 시조」, p.8

다. 소설로든 혹은 희곡으로든 도무지 아직 발생기에 있다 할
것이지, 이것이오 하고 내어 놓은 완성품은 거의 없다고 할
수밖에 없는 게 섭섭하지만 사실이다. 그중 오직 한 가지, 시
에서 형식, 내용, 용법, 용도 등에서 상당한 발달과 성립을 가
진 한 가지가 있으니 이것이 시조다.[11]

　이런 열정은 단군을 조선 제일의 사상, 아니 동아시아 제일의 사
상으로 올려놓은 단군 연구와 동궤에 놓이는 것이 아닐 수 없다. 육
당의 단군 연구가 단순히 국수주의의 차원이 아니라 보편의 차원에
서 이루어진 것이라는 점에서 그러하다. 단군은 한민족의 고유명사
가 아니라 동아시아의 보통명사라는 것이 육당이 이루어낸 단군 연
구의 요체인 것이다.[12]

　　조선인은 세계에서 조선이라는 부분을 맡은 사람이요, 조
선이라는 광맥을 파내라고 배치된 사람이요, '조선'이라는 것
에 표현되는 우주 의지의 섬광을 주의하여 붙잡을 의무를 짊
어진 사람임은 문학에서도 시에서도 똑같을 따름이다. 조선
인에게 태운 세계란 것은 요컨대 조선이라는 세계와 조선을
통해서의 세계니, 세계를 당기어다가 조선으로 접속해 들어
가려는 것이나 혹은 거꾸로 조선을 잡아 늘여서 세계로 몰
입시키는 것이나 외형은 어떻든간에 실질로 말하면 조선인

11 위글, p.8.
12 전성곤, 『근대 조선의 아이덴티티와 최남선』, 제이앤씨, 2008, p. 148.

에게는 동일한 일의 양면일 따름이다.[13]

시조가 조선 이외의 다른 장소에서는 존재하지 않는 양식임을 감안하면, 반근대성의 대항담론으로 시조만큼 좋은 장르도 없었을 것이다. 그것은 조선만의 고유한 양식이며, 조선 이외의 곳에서도 유일한 양식이었다. 시조야말로 세계성과 근대성에 맞설 수 있는 조선만의 독특한 양식이었던 것이다. 시조의 고유성이 곧 조선의 고유성이었고, 세계성이었다. 따라서 육당에게 시조는 근대성과 반근대성, 고유성과 세계성이 공존하는 양면적인 가치를 갖고 있었다.

다음으로는 정형률 편향에서 드러나는 육당의 정서이다. 1920년 대를 특징짓는 담론 가운데 대표적인 것이 소위 정형률 우위 현상이다. 물론 이 율격이 이 시기만의 특징이라고는 할 수 없을 것이다. 이미 알려진 대로 개화기는 이전 시기를 능가하는 정형률의 우위 현상이 있어 왔기 때문이다. 이 리듬의 강화가 계몽의 사상과 분리하기 어려운 것이었음은 자명한 일이거니와 1920년대에 다시 이를 능가하는 정형률의 우위현상을 목도하게 된 것이다. 특히 민요조 형식으로 대표되는 전통 율격의 도래는 이 시기만의 독특한 문화현상으로 받아들여졌다. 이 리듬의 유행이 전통적 가치의 부활이나 자유시형의 실패와 어느 정도 상관관계에 놓여 있음은 부인하기 어려울 것이다. 그것은 자유율의 모험이 더 이상 실험의 형태로 계속 지속될 수 없는 상황과 맞물려 있었기 때문이다.

---

13 최남선, 「조선국민문학으로서의 시조」, p.12.

실상 육당이 정형률 편향을 보인 것은 사실이긴 해도 그가 이 시형에 특별히 관심을 갖고 있었다거나 의도적으로 이를 차용한 흔적은 보이지 않는다. 다만 그에게 중요했던 것은 형식이 아니라 계몽의 내용이었기 때문이다. 가령, 개화사상이나 계몽사상의 내용과 그것의 전달 방식에 관심을 두었을 뿐 새로운 시형식에 대한 특별한 자의식은 없었던 것으로 보인다. 그럼에도 불구하고 육당이 정형률의 기능에 대해서 전연 무시한 것은 아니다. 「해에게서 소년에게」를 비롯한 그의 시형식들이 대부분 정형률로 이루어졌기 때문이다. 그가 의도하지 않았을 뿐 그의 문학 세계를 이끌어간 것은 전부 율문체 양식이었고, 그 가운데서도 정형적 리듬에 가까운 것이었다.

어떻든 육당은 시조의 특수성을 조선만의 고유성에서 찾은 것처럼 시조가 가지고 있는 율문의 형식에서도 그 가치를 인정한 듯이 보인다. 하나는 이 율격이 가지고 있는 반복의 형식에서 다른 하나는 전달의 효과에서이다. 반복은 사상의 주입에 효과적이고, 또 전달의 형식에서도 탁월한 기능적 가치를 발휘한다. 육당은 조선심의 부활을 필생의 과제로 생각한 터였다. 그러한 사상을 개진하고 이를 독자에게 전달하기 위해서는 수용의 측면을 고려하지 않을 수 없었을 것이다. 이런 임무들은 시조 속에 내재한 정형률만으로도 충분히 수행할 수 있는 것이었다. 시조는 이렇듯 육당에게 조선주의의 부활을 위해서 없어서는 안 될 절대 가치로 자리 잡았다.

2. 『백팔번뇌』의 의미구조

『백팔번뇌』는 육당의 개인 시조집이자 한국 최초의 개인 창작 시조집이다. 1926년 간행되었으며, 총 111편이 실려 있다. 백팔번뇌란 인간이 지닌 백 여덟 가지의 번뇌란 뜻을 담고 있으며 불교에서 나온 용어이다. 육당이 시조집의 제목을 이렇게 붙인 것은 그가 불교 신자여서 그런 것도 아니고 또 시조집의 내용이 불교의 사상과 관련이 있어서 그런 것도 아니다. 인간이 할 수 있는 최대의 고민 혹은 그 가능태들이 모두 백팔번뇌에 포함된 것인데, 육당이 자신의 시조집의 명칭을 이렇게 붙인 것은 그 자신이 당면하고 있었던 사유의 일단을 담아내기 위해서였다. 그런데 그 고민의 형태는 인간의 본질이나 육체와 같은 생리적인 것이 아니었고, 또 인간적 실존에 관한 것도 아니었다. 그것은 그가 끊임없이 추구해왔던 사유, 곧 조선심과 불가분의 관계에 놓여 있는 것이었다. 말하자면 조국에 대한 고민을 종교적 차원으로까지 끌어올린 것이 『백팔번뇌』의 본령이었던 셈이다.

『백팔번뇌』는 3부로 구성되어 있는데, 제 1부는 동창나무 그늘, 제 2부는 구름 지난 자리, 제 3부는 날아드는 잘새 등등이다. 그 각각의 특징들은 님 때문에 끓인 애를 읊은 36수, 조선 국토 순례의 축문으로 쓴 36수, 인두삼척에 제가 저를 잊어버리는 36수로 등 총 108수로 되어 있지만[14], 그러나 실질적으로는 111편이 실려 있다.

저자의 설명에서 알 수 있듯이 『백팔번뇌』는 모두 조선주의 혹은

---

14 『백팔번뇌』 서, 『총서』12, p.3

조선의 아이덴티티를 만들고 있는 시편들로 구성되어 있다. 조선학의 정립과 그 탐색을 필생의 과업으로 삼은 육당에게 시조는 득의의 영역이었다. 문학분야에서 그것은 조선을 대표하는 양식이었을 뿐만 아니라 세계성이나 근대성에 맞서는 적절한 양식이었기 때문이다. 이 시조집의 발문을 썼던 이광수 역시 이점을 부정하지 않는다.

> 시조와 육당은 국어와 주시경과 같은 관계가 있다. 시조를 국문학의 중요한 영역으로 소개한 이가 육당이요, 시조의 형식으로 새로운 사상을 담아 처음 지은 이도 육당이다.[15]

이광수의 언급처럼 시조는 고시가의 범주를 탈피하고 육당에 의해서 근대에 새롭게 태어난 양식이다. 그것은 근대성의 표명이면서 조선의 정체성을 드러내는 중요한 수단이었다. 이광수의 말대로 시조 양식은 유희가 아니라 새로운 사상을 담지한 채 탄생한 것이다. 구시가의 형식을 이어받으면서 새로운 내용을 담고 시조는 근대에 이르러 새로운 얼굴로 탄생한 것이다. 이런 의의를 담고 있는 것이 근대의 시조 양식이고, 육당의『백팔번뇌』라고 한다면, 그는 이 그릇에 무슨 내용을 담고자 했을까.

1) 님의 탄생과 그리움의 시학

『백팔번뇌』는 육당이 펼친 사색의 고민에 의해서 만들어진 작품집이다. 세계성에 맞서는 조선의 양식을 탐색하는 과정에서 이 시조

---

15 위책, p.90.

집이 탄생한 것이다.

> 그가 이 번뇌에 이름을 붙이려 한 것이 그의 시조다. "시조
> 로 표현 못할 것은 없소"하는 것이 육당의 지론이거니와 육
> 당은 시조에서 자기의 번뇌를 표현할 가장 좋은 그릇을 발견
> 한 것이다. 그래서 육당은 시조를 짓는다. 그러니 시조를 108개
> 모아 놓은 것이 『백팔번뇌』다.[16]

조선학과 조선혼의 가열찬 탐구가 만들어낸 것이 시조의 발견이
었고, 이런 맥락에서 보면 신체시와 창가는 시조를 만들어내기 위한
하나의 도정으로 이해하는 것도 가능할 것이다. 육당이 관심을 두었
던 것은 정신과 혼의 문제였지 결코 형식에 관한 것이 아니었다. 따
라서 자신이 포회했던 계몽의식을 드러내기 위해서는 신체시의 형
식이 필요했고, 조선의 정체성을 이해하고 알리기 위해서는 창가의
형식이 필요했을 뿐이다. 그러나 계몽은 전망이 존재할 때, 유효한
사상일 뿐 그것이 부재할 때는 그 실효성이 의심받을 수 없게 된다.
개척해나가야 할 방향이 중요한 것이 아니라 이에 맞서 싸우는 힘과
열정이 더 필요하기 때문이다.

그러나 이들 양식과 달리 시조는 그러한 벽들에 대해서 저항하고
대항하기 위한 좋은 수단이었다. 뿐만 아니라 점점 소멸해가는 조선
의 정체성을 되살리기 위해서는 조선만의 예외성이 필요했다. 그런
특수성의 극점이 세계성으로 나아가는 지름길이었을 것이다. 시조

---

16 위책, p.90.

의 형식이 그러한 것이기에 내용 속에 이에 부합하는 사상을 담아내
는 것 또한 당연하지 않겠는가. 육당의 그러한 사상을 잘 대변하고
있는 것이 『백팔번뇌』의 1부를 장식하고 있는 동청나무 그늘이다.
육당은 이 부분의 도입 글에서 그런 자신의 사유를 다음과 같이 잘
밝히고 있다.

> 여기 뽑은 시들은 그를 따르고 그리워하고, 그리하여 님께
> 가까워졌다가 멀어지기까지의 내 마음을 그대로 그려낸 것이
> 다. 조금이라도 엄살을 끼우지 않고, 에누리없이 쓴 것이
> 다. 매번 붓을 들고는 너무도 글쓰는 재주가 없음을 한탄하였
> 으나, 내 마음의 만분의 만분의 일이라도 시늉만 내어도 다행
> 이라 여기고 적고 고치던 것이다.[17]

이 글에서 밝히고 있는 바와 같이 이 부분의 주제는 님이다. 시인
은 님을 따르고 그리워하고, 또 그 님에 가까워지기도 하고 멀어지
기도 하는 마음을 그대로 그려냈다고 했다. 뿐만 아니라 자신의 표
현능력을 의심하면서도 님에 대한 마음만은 올곧게도 창출해낸 것
이라 했다. 말하자면 시조라는 형식을 님의 모습이라든가 그 실체에
무매개적으로 접근하고자 했다는 것이다.

위하고 위한 구슬
싸고 다시 싸노매라

17 『전집』12, p.6.

때 묻고 이 빠짐을
님은 아니 탓하셔도

바칠 때 성하옵도록
나는 애써 가왜라.

(중략)

미우면 미운대로
살에 들고 뼈에 박혀

아무거나 님의 속에
깃들여 지내고저

애초에 곱게 보심은
뜻도 아니 했어라.

(중략)

안 보면 초조하고
보면 섧이 어인일가

무섭도 않건마는
만나서는 못 대들고

떠나면 그리울 일만

앞서 걱정하왜라.

「궁거워」부분

이 작품은 『백팔번뇌』의 서시에 해당하는 「궁거워」이다. 제목이
시사하는 바와 같이 이 시는 육당의 시세계가 지향하는 방향과 의미
를 알려주는 좋은 작품이라 할 수 있다. 그가 여기서 노래한 시의 소
재는 님이다. 시적 자아는 님에게 줄 구슬을 정성스럽게 가꾸워서
받치려 할 정도로 절대적인 존재로 현상된다. 님은 단순히 나를 위
한 보족의 존재가 아니라 절대적 존재이기 때문이다.

그러한 님의 존재는 다음 연에 이르면 내 삶의 일부 아니 전부로
육박해들어오게 된다. 이른바 생리적인 존재로 시적 자아와 겹치
게 되는 것이다. 그것은 나와 분리될 수 없는 영원의 어떤 존재로까
지 승화된다. 따라서 님과의 분리된 삶은 상상하기 어려운 것이다.
만약 그러한 상황이 도래하게 되면, 작품의 내용처럼 님은 그리움의
대상으로 당연히 떠오르게 되는 것이다.

육당의 시세계에서 님의 존재랄까 그것의 부각은 매우 예외적인
일이 아닐 수 없다. 특히 개화기 이후 전개된 육당의 시적 모험을 감
안하면 더욱 그러하다고 하겠다. 개화기에 그가 시도한 것은 영웅에
대한 철저한 탐색이었다. 스스로가 월등한 우등생이 되거나 영웅이
되어서 미몽의 상태에 놓인 조선과 조선 민중을 개화시키는데 계몽
의 목표를 두었기 때문이다. 스스로가 앞으로 나아가는 선지자임을
자임했기에 그 앞에 놓인 것은 거칠 것이 없었다. 계몽의 '파도'소리
는 자신 앞에 놓은 사물들을 모두 쓸려 나가도록 했다. 곧 영웅 앞에

는 숭배하여야할 대상도, 또 그리워해야할 대상도 존재하지 않았던 것이다.

그러나 1920년대는 개화기와는 전연 다른 모습으로 다가왔다. 육당이 스스로 계몽의 주체임은 여전했지만, 그러나 계몽해야할 대상은 존재하지 않았다. 계몽의 대상들은 계몽의 다리를 건너지 못하고 불구화된 모습으로 저 멀리서 손짓하고 있었을 뿐이다. 하나의 온전한 열매로 성숙하지 못한 실체만이 남아서 육당의 손짓을 비껴가고만 것이다. 마치 작별한 연인처럼 그는 멀리 멀리 떠나가 있었을 뿐, 자기화된 모습으로 다가오지 못하고 있었던 것이다. 1920년대 시의 소재가 님이었던 것은 여기에 그 원인이 있었다. 님이란 항상 그리움의 실체로 남아있을 수밖에 없었던 것이다.

어떻게 하면 저 멀리 떠나간 님을 붙들어 맬 수 있을 것인가. 육당이 가졌던 번뇌는 바로 여기서 시작된 것인데, 조국과 자아 사이에 벌어진 간극을 어떻게 붙들어 맬 수 있을 것인가에 대한 고뇌가 그것이다. 이러한 번뇌에 '님'을 결부시켜서 육당의 시조에서 '님'의 문학이 비로소 완성된다.[18]

님은 1920년대 우리 시가에 나타난 대표적 소재였다. 그것은 3·1운동의 실패가 낳은 격심한 자의식의 산물이었다. 그러나 시인마다 언표화했던 님의 형상화는 시인의 처지와 세계관에 따라 독특한 모양새를 취했다. 님의 시인이라 불리는 소월의 경우는 그것이 과거적인 님으로 제시되기도 했고, 이상화의 경우는 다가올 님으로, 혹은 맞이해야할 님으로 구현되었다. 그리고 불교적 세계관을 가졌던 만

---

18 박을수, 『한국시조문학전사』, 성문각, 1978, p.259.

해의 경우에는 과거, 현재, 미래 등으로 순환하는 님의 형국으로 나타났다. 이렇듯 이 시기에는 님을 어떤 시각에서 응시하느냐에 따라 그 모습이 다양하게 표출되었던 것이다.

1920년대의 시가에서 님의 모습이 이렇게 다양하게 구상화된다면, 이들이 추구했던 님과 육당의 님은 어떤 동일점과 차이점이 있을까. 이 물음은 님에 대한 작가의 태도와 관련되어 있는 것이면서 그들이 포회한 세계관의 문제와도 분리하기 어려운 것이라 하겠다.

우선, 이들에게 공통적으로 드러나는 님의 특성은 모두 사랑의 대상이라는 점이다. 그것이 시간상 과거적인 대상이든 혹은 미래적인 대상이든 이들이 모색했던 님의 정체는 모두 시적 자아와 분리하기 어려운 사랑 의식으로 묶여있다는 사실이다. 그렇기에 그러한 님과의 작별이 시적 자아에게 고뇌와 좌절로 다가오는 것은 당연한 이치가 아닐까 한다. 문제는 이런 동일성이 아니라 이들 시인마다 차별되는 비동일성으로서의 님의 특성일 것이다. 이것이야말로 님에 대한 이들의 사유와 현실인식을 일러주는 좋은 준거점이 될 수 있을 것이다.

육당 시에서 드러나는 님은 매우 즉자적인 성격을 갖고 있는 특성이 있다. 이는 무매개적이며 여러 중의성을 허용하지 않는 단순성이기도 하다. 그에게 님이란 곧바로 조국이기 때문이다. 님에 대한 이러한 성격은 발문을 썼던 홍명희의 글에서도 잘 나타난다.

> 육당은 님이 있다. 애틋하게 사랑하는 님이 있다. 12-13세 때에 사랑의 싹이 돋은 뒤로부터 나이 들면 들수록 더욱더 연연하여 차마 잊지 못하는 님이 있다. 그 님이 있지 않았더라면 육당은 염불에 몰두하고 극락을 추구하여 결국엔 되돌릴

수 없게 되었을지도 모른다. 육당의 님은 과연 누구인가? 나는 그를 짐작한다. 그 님의 이름은 '조선'이다. 이 이름이 육당의 입에서 떠날 때가 없건마는 듣는 사람은 대개 그 님의 이름으로 부르는 것을 깨닫지 못한다. 『백팔번뇌』에는 님이란 말이 하도 많아서 특히 문제가 되지만, 님을 사랑하는 근본 토대를 가졌다는 점에서 육당의 다른 작품도 다르지 않다[19].

이글에서 언급되고 있는 것처럼 육당의 님은 바로 조국이다. 님이 곧 조국이라는 이런 직접적 시상은 시어의 다의성을 부정하는, 그리하여 문학성의 효과에는 미달하는 것이긴 하지만 시의 의도성이랄까 사상의 직접성을 말할 때, 이만큼 좋은 표현법도 없을 것이다.

둘째는 님의 성격상 그것이 위계질서적인 범주로부터 벗어날 수 없다는 점이다. 조국은 상위의 가치체계에 속하는 것이다. 등가관계가 허용되지 않는 곳에서 수평적 사유는 불가능하다. 육당에게 님은 곧 조국이고, 그것은 상위의 질서에 속하는 세계라고 했다. 따라서 그러한 님이 찬양과 숭배의 대상으로 현현하는 것은 당연하다 하겠다. 이런 특성은 님에 대한 일방적 희생을 강요하는 만해의 님과도 다르고 도래해야말 미래의 어떤 존재를 노래한 이상화의 님과도 다르다. 이상화의 님이 미래적인 존재이기 때문에 희망적인 요소를 갖고 있는 것은 분명하지만, 육당의 경우처럼 찬양과 숭배의 대상이 되지는 못한다. 그것은 수직적 관계가 아니라 수평적 관계에서 만들어지는 님인 까닭이다.

---

19 홍명희, 「발문」, 『총서』12, p.85.

님 자채 달도 밝고
님으로 해 꽃도 고와

진실로 님 아니면
꿀이 달랴 쑥이 쓰랴

해 떠서 번하옵기로
님탓인가 하노라.

감아서 뵈든 그가
뜨는 새에 어디간고

눈은 아니 믿더라도
소리 어이 귀에 있나

몸 아니 계시건마는
만져도 질듯하여라

무어라 님을 할가
해에다나 비겨볼가

쓸쓸과 어두움이
얼른하면 쫓기나니

아무리 겨울 깊어도

응달 몰라 좋아라

「안겨서」 부분

육당에게 님은 숭배의 대상이다. 님이 있어서 달도 밝고 꽃이 피는 것처럼, 그것은 만물의 주재자로 그에게 우뚝 다가선다. 근대에 이르러 님, 곧 조국이 숭배의 대상이 된 것은 매우 중요한 발상이 아닐 수 없다. 20년대의 시인들에게 있어서 님은 그리움의 대상이었다. 그리움이란 결핍의 정서가 존재할 때 가능한 의식이다. 그러나 숭배란 그리움의 정서와는 정 반대의 위치에 놓인다. 그것은 결핍이 아니라 현재 채워진 존재에게서 우러나오는 정서이다. 그렇기에 이를 향한 시적 자아는 그 대상으로부터 오히려 부족한 부분을 벌충해나갈 수 있게 된다.

님을 숭배의 대상으로 본 것은 육당의 세계관에서 보면 지극히 당연한 결과로 이해할 수 있다. 그의 한국학 연구가 조선 찾기와 민족만들기에 있었음은 잘 알려진 일이거니와 그 중심에 놓여 있었던 조선심 실체에 놓여 있었기 때문이다. 또한 그것은 일제강점기 소위 부권상실의식과도 어느 정도 거리가 있는 경우이다. 앞서 언급대로 그리움이란 부재의식에서 촉발되는 정서이다. 그러나 조선 만들기에 전력투구했던 육당에게 조국의 부재란 상상할 수 없는 일이었다. 그에게는 물리적으로 존재하는 조선도 필요했을 뿐만 아니라 정신의 실체를 지배하는 조선, 세계성과 맞서는 조선, 일제와 양립하는 조선도 필요했던 까닭이다.

그러나 육당에게 조선은 상수적으로 존재하는 것이었다. 곧 그의 의식 속에서 조선이라는 실체는 잃어버린 적도 잊혀진 적도 없는 존재였다. 따라서 상실한 것이 없으니 당연히 그것을 찾거나 복원하는 일도 없을 것이다. 그러니 당대를 님이 상실된 시대로 규정할 이유도 없었을 것이다. 1920년대의 님은 육당에게 총체화되어 구현된다. 그것은 구체성과 직접성이라는 측면에서 그러한데, 이런 면에서 육당의 님은 소월의 그것보다 강렬하고, 만해의 그것보다 열정적이다. 뿐만 아니라 이상화의 님보다도 더 희망적이다.

2) 님을 구성하는 편린들

제1부가 님에 대한 것들을 노래했다면 2부는 님에 대한 세목들에 해당된다고 할 수 있다. 즉 1부가 님에 대해 관념적, 형이상학적 국면들을 이해하고 형상화했다면, 2부는 그 님의 구체적인 실체들, 그의 표현을 빌자면 조선을 형성하고 있는 '조선의 냄새들'이다.

> 조선의 산하와 거기 스미어 있는 묵은, 묵을수록 새롭고 향기로운 조선의 냄새는 그 어떤 것보다 끔찍한 내 마음의 양식이었다. 일일이 걸어서 이 신령한 땅들을 찾아다니면서 감격과 찬미의 제물로 드리는 축문이 여기 모은 몇 편의 시다. 그 땅에 찾아가서 이 글을 만들던 당시의 마음은 언제든지 내 생명의 목마름을 축이는 단비다.[20]

1부가 포괄적 의미의 조국, 곧 님을 노래했다면, 2부는 이 님을 구

---

20 『총서』12, p.25,

성하고 있는 구체적인 실체들에 대해 묘사한 부분들이다. 그러한 까닭에 조선만의 특수성에 대한 가열찬 탐색을 감행하던 육당에게 2부에서 묘사되고 있는 구체적 님의 대상들은 매우 특별한 의미로 다가온다. 님이 보편화된 주체이고, 어느 누구나 읊조릴 수 있는 보통명사임을 감안하면, 이에 대한 묘사만으로 조선의 특수성이나 고유성을 담아냈다고 보기는 어려울 것이다. 그것은 조선 이외의 지역에서 얼마든지 탐색 가능한 것이기 때문이다. 그러나 보편성에 맞서는 고유성 찾기가 육당이 추구한 조선학의 핵심과제였거니와 여기서 향유되는 대상들은 모두 그러한 목적에 부합하는 구체적 세목들이라 할 수 있다. 그것은 조선만이 가지고 있는 고유성에 대한 발견이면서 조선만들기, 조선알리기, 조선세우기라는 육당의 계획과 일맥상통하는 것이었다.

조선만의 고유성을 발견하기 위한 과제 가운데 하나로 창작된 것이 시조양식이었음은 앞서 지적한 바와 같다. 시조형식이 그러한 육당의 욕망에서 나온 것이라면 여기에 담겨질 내용 또한 그 연장선에 놓여 있음은 당연한 이치일 것이다. 따라서 『백팔번뇌』의 2부를 구성하고 있는 작품들은 어쩌면 육당에게 꼭 필요한 발언들이었을 것으로 판단된다. 여기의 구성 내용이 모두 조선의 특수성을 일러주는 항목들로 구성되어 있는 까닭이다.

2부의 대상들은 조선의 기원과 역사, 영토를 아우르는 모든 것들이 파노라마 형식으로 구성되어 있다. 민족의 기원이었던 단군부터 시작해서 조선의 역사, 조선의 영토 등으로 대부분 기술되어 있기 때문이다. 이 부분에서 세계성과 대립하는 고유성, 제국주의와 맞서는 조선의 특수성들이 육당의 정서를 통해 거침없이 뿜어져 나오고

있다. 그 대략의 주제들은 크게 국조 단군에 관한 것, 국토에 관한
것, 역사에 관한 것 등 세부분으로 유형화할 수 있는 바, 그 가운데
가장 주목되는 부분이 단군에 관한 부분이다.

아득한 어느 때에
님이 여기 나리신고,

뻗어난 한 가지에
나도 열림 생각하면,

이 자리 안 찾으리까
멀다 높다 하리까.

끝없이 터진 앞이
바다 저리 닿았다네,

그 새에 올망졸망
산도 둑도 많건마는,

엎드려 나볏들하다
고개들 놈 없구나.

몇몇번 비바람이
아랫녘에 지냈는고,

언제고 님의 댁엔
맑은 하늘 밝은 해를,

드러나 환하시려면
구름 슬쩍 걷혀라.

「단군굴에서(묘향산)」 전문

육당이 이 시집의 1부에서 묘파했던 님의 실체가 여기서는 단군으로 명시되어 나타난다. 시적 자아는 단군이 내린 곳을 찾아가 이를 확인하고 자신도 거기서 뻗어난 존재임을 이해한다. 그렇기에 시인 자신이 이곳을 찾을 수밖에 없는 필연이 있음을 이야기한다. 실상 육당의 사유에서 단군사상은 그의 조선학 연구의 요체라 할 수 있을 만큼 중요한 부분을 차지하고 있다. 이는 두 가지 측면에서 그러한데, 하나는 중화사상과 맞서는 조선만의 고유성이라는 측면에서이고, 다른 하나는 조선의 정체성을 확보하는 측면에서이다. 특히 후자의 국면은 일본 제국주의와의 사상적 대결에서 매우 중요한 부분을 차지하는 것이었다. 그 단초는 단군을 보편 명사의 차원으로 승화시키는 일이었다. 육당은 단군을 조선만의 고유성으로 이해하지 않았다. 만약 그것이 조선의 고유성에서 그친다면 그의 단군론이 편협한 국수주의나 배타성의 영역을 벗어나지 못했을 것이기 때문이다. 육당은 그런 오해와 편협성을 극복하기 위해 단군의 성역화를 시도했고, 보편명사로 만들고자 했다. 그 일환으로 그는 단군에 제사장이라는 샤마니즘적 속성을 부여하려 했다.[21] 이런 보편화 작업이야말로 단군 사상을 민족 고유의 차원에서 그치는 것이 아니라 그 외연을 보편적인 어떤 존재로 승화시키는 일이었다.

　단군에 대한 육당의 이러한 기획에 의하면, 인용시에서 말하고자
했던 단군론의 핵심이 무엇인지 드러나게 된다. 그것은 그의 시조학
이 그러하거니와 이 장르가 담고 있는 내용 또한 조선만의 고유성을
창출해내기 위한 의도로 기획된 것임을 알 수 있게 한다.

　　　흙 속에 깊이 들 때
　　　울며 섧다 했을렸다.

　　　드러나 빛나던 것
　　　다 사라져 없는 날에,

　　　버린 듯 파묻은 너만
　　　남아 홀로 있고녀.

　　　예술의 대궐 안에
　　　네가 있어 발이 되어,

　　　거룩한 우리 솥을
　　　세계 위에 괴었나니,

21 전성곤, 앞의 책, p.148. 육당은 단군에게 샤먼, 제사장이라는 기능을 부여해서 단
　군은 곧 조선이라는 고유명사에서 동아시아의 보편적 단군론, 곧 보통명사를 창
　출해내고자 했다.

남아야 아무것 없다
구차할 줄 있으랴.

두 눈을 내리깔고
엄숙하게 섰노라니,

선마다 소리 있어
우뢰같이 어울리매,

몸 아니 떨리시는가
넋도 녹아 가도다

　　　　　　　　　　　「강서 삼묘에서」 전문

　2부에서 육당이 단군 다음으로 관심을 두었던 분야가 역사 분야
이다. 역사란 그 자체만으로도 조선만의 고유성을 드러내는 좋은 양
식이었다. 따라서 조선의 정체성을 세우기 위한 전략의 일환으로 그
가 조선의 역사에 관심을 두는 것은 필연적인 결과였다. 그러나 육
당에게 중요했던 것은 역사 알기가 아니라 그것이 자리하는 곳에 있
다고 할 수 있다. 이는 그의 계몽의 전략과 어느 정도 상관관계가 있
는 것이었는데, 조선에 대한 이해를 위해 육당이 이 시기에 수행했
던 전략은 크게 두 가지로 모아진다. 하나는 조선 국토에 대한 순례
행위이고, 다른 하나는 거기서 얻어지는 조선혼의 앙양이다. 전자가
물리적인 영역이라면, 후자는 정신적인 영역인데, 물론 이 두 가지
가 전연 다른 차원에서 이루어진 것은 아니다. 이런 노력의 일환으

로 여러 국토순례기가 만들어진 것은 잘 알려진 일이거니와 인용시에서 표명도 정서 또한 그 연장선에서 이루어진 것이었다.

'강서 삼묘'란 잘 알려진 것처럼 고구려의 고분이다. 이 무덤이 문화적, 역사적 가치가 있는 것은 여기에 그려진 고분과 그것의 예술성이다. 이 고분이 표현하고 있는 살아있는 듯한 섬세한 선과 역동적인 색채감이야말로 고구려 미술의 극치가 아닐 수 없다. 이런 예술성에서 육당이 응시하고자 했던 것은 문화적 자부심과 그 정체성의 우월감이었다. 그의 그런 욕망은 "거룩한 우리 솝을/세계 위에 괴었나니"에 모두 표명되어 나타나 있다. 이런 전략은 세계성과 대립하는 조선의 고유성이 무엇인가에 대한 탐색전략으로부터 자유로운 것이 아니다. 육당에게 중요했던 것은 있는 그대로의 문화유산이 아니라 그것이 세계 속에 위치하고 있는 자리, 곧 고유한 가치의 세계였다.

『백팔번뇌』의 시조집에는 이렇듯 잠자던 조선의 장구한 역사가 부활하는 장이다. 그것은 단순한 재생이 아니라 근대 속에 편입된 사유의 양식으로 새롭게 떠오르고 있는 것이다. 거기에는 신라의 석굴암이 있고, 개성의 만월대도 있고, 백제의 백마강도 되살아나온다. 이런 부활이 곧 세계성과 맞서는 고유성이며, 소멸해가는 조선의 혼을 일깨우는 영혼의 샘과 같은 것이었다. 이렇듯 육당의 시조에서 조선의 역사는 새롭게 태어나 조선만의 고유성으로 거듭 태어나게 된다.

말 씻겨 먹이던 물
풀빛 잠겨 그득한데,

위화 섬 밖에
떼노래만 높은지고,

맞추어 궂은비 오니
눈물겨워하노라.

안뜰의 실개천이
언제부터 살피 되어,

흰옷 푸른 옷이
편 갈리어 비치는고,

쇠다리 검얼 아니면
다물 볼 줄 있으랴

굽은 솔 한 가지가
저녁물에 비치니,

추도님 활등인 듯
도통 어른 채찍인 듯

꿈 찾아 다니는 손이
놓을 줄을 몰라라

「압록강에서」 전문

2부 구름지난 자리에서 또 하나 주목해야할 시가들이 국토순례에 관한 기행시들이다. 그런데 이 시들은 단순한 지리적 확인이나 현장 답사의 의미를 넘어 우리 민족의 역사의식과 연결되고 있다는 점에서 주목된다. 육당의 지리시들은 크게 두 시기로 구분되는데, 「경부철도가」, 「세계일주가」와 같은 전기 지리시와 『백팔번뇌』에서 보이는 후기 지리시가 바로 그러하다. 전자의 시들이 조선 알리기와 세계 알기와 같은 계몽적 요소들이 짙게 나타난 반면, 후자의 시들은 그러한 계몽성과는 어느 정도 거리를 두고 있다는 점에서 차이가 있다. 물론 조선의 정체성과 그로부터 파생되는 자의식을 구분 짓기 위한 시도로 기획되었다는 점에서는 동일하다고 할 수 있다. 그러나 그 지향점은 현저히 다른 경우이다.

우선, 『백팔번뇌』에서의 지리시들은 조선의 영토와 역사가 결합되어 나타난다. 그것은 관념의 형태가 아니라 지금 여기의 현실과 만나는 실천의 장으로 만들어진다. 시인이 응시한 지금 여기의 국토는 현실이지만, 그는 이를 현실 그 자체로 인식하지 않고 역사와 연결시킴으로써 민족의 심연을 만들어간다. 이런 작업 의도가 조선심의 발굴과 그 앙양에 있음은 당연한 일인데, 이런 정서의 교차를 통해서 육당이 추구해왔던 조선심은 더욱 강렬하게 고양된다.

인용시 「압록강에서」가 말하고자했던 것도 이 음역인데, 시인은 지금 국토순례의 끝자락인 압록강변에 있고, 거기서 작금의 현실을 되돌아본다. "안뜰의 실개천이/언제부터 살펴 되어//흰옷 푸른 옷이/편 갈리어 비치는고"는 당대의 현실인식이다. 그러나 그의 사유는 그것이 단순한 회고의 정이나 반추 등과 같은 센티멘털에 머물지 않다는 데서 그 의미가 있는 경우이다. 그는 압록강의 물소리와 말소리에서 고구려를 세운 주몽을 떠올리기도 하고 요동벌을 수복코자 했던 최영의 흔적을 읽어낸다. 다소 과장되고 허황되어 보이기까지 하는 시인의 회고가 가치론적 맥락이 있는 것은 그가 지금껏 추구해 왔던 조선심의 연장선에 놓여 있다는 점 때문일 것이다. 마지막 연에서는 영토 확장을 시도했던 영웅들과 시인의 자의식이 오버랩 되면서 그의 조선주의는 극적인 상황을 맞이하게 된다. 특히 이 부분에서 최영의 현상을 인유한 것은 매우 의미가 큰 것인데, 이는 그가 조선의 역사 가운데 고려 시대를 가장 높이 평가한 것과 일맥상통하는 것이라 할 수 있다. 육당은 일찍이 조선의 역사를 탐구하는 자리에서 고구려의 고토 수복을 당면과제로 삼은 고려의 역사를 가장 높이 평가한 바 있기 때문이다.[22]

육당은 이 시조집의 2부에서 지역적 역사성을 세계성과 대립시키고자 했다. 조선의 역사는 세계성 속에서는 지역성이지만, 보편성 속에서는 특수성이었다. 세계성은 지역성을 압도하고 하찮은 것으로 국한시켜서 그 가치를 폄하하고자 했다. 그 대표적인 것이 제국주의의 논리이다. 육당은 그러한 편식증을 조선이라는 고유성으로 대결하고자 했다. 조선의 역사가 고유명사이면서 보통명사화시키는 것, 그것이 육당이 추구했던 한국학의 과제였다.

그 과제의 결과 가운데 하나가 시조양식의 발견이었다. 시조는 양식이기에 앞서 조선의 고유성이었다. 양식뿐 아니라 그 내용이 담아내고 있는 편린들이 조선의 역사였고, 조선심이었다. 조선의 정신과 영혼으로 무장되어야만 근대라는 바다에서 헤엄쳐 나올 수 있고, 제

22 그러한 사유의 일단이 가장 드러난 글이 「조선민시론」이다. 『총서』14, pp.158-195. 참조.

국주의가 압도하던 역사의 좌절에서 초월할 수 있었다. 그 구원자 역할을 한 것이 육당에게는 시조양식이었고, 그 속에 함유된 역사의 식이었다.

또 하나 국토에 대한 주요한 사고 체계 가운데 하나가 이른 바 모성의식이다. 흙과 관련된 시의 의장이 대개 모성적 상상력으로 구현되는 것이 현대시의 근본 특성이긴 하지만, 육당의 시조에서 이러한 국면들이 드러나는 것은 매우 선지적인 측면이라 할 수 있을 것이다.

> 인간에 발 붙이고
> 하늘 위에 머리 두어,
>
> 아침 해 저녁 달을
> 금은 한 쌍 공만 여겨.
>
> 번갈아 두 편 손 끝에
> 주건 받건 하더라.
>
> 돌아봐 백두러니
> 내다보매 한라로다.
>
> 천리에 마주보며
> 높은 자랑 서로 할 때,
>
> 셋 사이 오고 가는 말

천풍이라 하더라

어머니 내 어머니
아올수록 큰어머니,

따스한 품에 들어
더욱 느낄 깊은 사랑.

떠돌아 몸 얼린 일이
새로 뉘쳐집니다.

「천왕봉에서(지리산)」 전문

이 작품을 이끌어가는 요체는 유기체성이다. 육당은 이 작품에서 백두와 한라, 지리산을 하나로 묶고 이를 천풍이라 했다. 곧 이를 하늘의 바람이라 하고 땅을 어머니라고 했다. 한반도 전체가 하나이며, 그것이 바람과 땅의 아우라를 바탕으로 모성적 토대를 마련한다고 했다. 이는 전체가 하나인 유기체적 구조이며, 모성적 상상력이며, 천지인은 곧 하나라는 동양 사상과 분리하기 어려운 것이라 할 수 있다. 그만큼 국토는 하나이며, 그에 토대한 육당의 정신과 육체 또한 하나로 동일화되고 있는 것이다.

3) 개인성과 집단성의 대립

3부 날아드는 잘새는 앞의 작품들과 차이성을 가지면서 동질성을 갖고 있다. 우선 앞의 시조들과 차질되는 것은 개인의 서정을 읊은 시들이 상대적으로 많다는 점이고 비슷한 것은 님을 비롯한 조국에 대한 애정 등이 지속적으로 나타나고 있는 점이다. 육당 자신도 이들 작품의 서문에서 이 점을 그대로 밝혀두고 있다.

> 방을 현판을 일람각이라 하였으나, 옛사람처럼 높은 데 앉아서 낮은 데 있는 모든 것을 한눈에 내려볼 턱은 본디부터 없는 바였다. 그 중에 한가한 해와 달의 정취가 있고, 즐거이 근심걱정을 흘려 보내니 보잘 것 없는 경치나마 잠깐 등에 지고 한번 보고 가볍게 웃을거리가 꽤 적지 않았다. 일람각에서의 흥을 읊은 것을 중심으로 하되, 심심하면 일람각을 벗어나 세상과 거리로 나갔으니, 그곳에서 먼지 쐬고 흙칠하던 기록을 더하여 이 한 편을 만들었다.[23]

인용된 부분은 앞의 시조들과 다소 거리가 있는 듯한 시세계에 대한 해명인 바, 이런 언급은 어느 정도 사실인 듯 보인다. 우선, 자신의 시쓰기가 "옛사람처럼 높은 데 앉아서 낮은 데 있는 모든 것을 내려볼 턱은 본디부터 없는 바였다"고 했는데, 이런 시작 태도는 유유자적하거나 강호가도를 읊던 이전 시대의 시쓰기와는 구분된다고 하겠다. 시조의 형식이 유희본능에 주안점을 두었다는 사실을 감안하면 육당의 이런 고백은 봉건 시대의 그러한 시쓰기를 뛰어넘는 곳에 있음을 알게 한다. 시조는 공리적인 곳이나 비공리적인 곳 모두에서 창작되었다. 그러한 이중성이 시조 양식이 갖는 근본 특성이었

---

23 『총서』12, p.53.

다. 뿐만 아니라 시쓰기의 주체는 성리학에 바탕을 둔 집단의 주체에 가까운 성격을 가진 자들이었다.[24] 이들에게 개인의 서정을 기대한다는 것은 애초부터 불가능한 일이었다. 그런 집단성이 육당의 표현대로 '옛사람의 높은데'가 아니겠는가.

　이런 자의식을 바탕으로 육당은 자신의 시조작업이 한가한 해와 달의 정취를 읊고 가볍게 웃을 소일거리를 담아냈다고 했다. 그런 세계는 유교의 집단성이 아니라 개인의 서정에 가까운 것이다. 이런 서정이야말로 육당의 시조학을 성리학적 사유로부터 분리시키는 준거틀이었다 할 것이다.

　　　한나절 느린 볕이
　　　잔디 위에 낮잠 자고,

　　　맨 데 없는 버들개가
　　　하늘 덮어 쏘대는데,

　　　때 외는 닭의 울음만
　　　일 있는 듯하여라.

　　　드는 줄 모른 잠을
　　　깨오는 줄 몰래 깨니,

24 김윤식, 『한국 근대문학양식논고』, 아세아 문화사, 1990, p.89.

뉘엿이 넘는 해가
사립짝에 붉었는데,

울 위에 웅크린 괴는
선하품을 하더라.

뙤약볕 버들잎은
잎잎이 눈이 있어,

자라가는 기쁜 빛을
소복소복 담았다가,

바람이 지날 때마다
가물깜빡하더라.

「일람각에서」 전문

이런 세계를 지배하는 것은 집단 의식이 아니다. 그렇다고 성리학적 세계관에 물든 자들이 빠질 수 있는 강호가도의 세계도 아니다. 그 지향하는 세계나 분위기는 비슷할망정 기본 주조는 그것과 거리가 있다. 연군지사는 절대자가 건재할 때 가능한 의식이다. 여기서 뻗어 나오는 자의식이야말로 유유자적이나 은둔의 정서로부터 멀리 있는 것이 아니다. 그러나 인용시는 그러한 외연으로부터 보호받지 못한 자의 한가함만이 묻어나 있을 뿐이다. 이런 개인의 서정은 시조가 근대성의 맥락으로 자유롭지 않은 것임을 알게 해주는 대목이 아닐 수 없다. 그것은 창작주체의 문제이면서 집단성으로부터 어느 정도 자유로워졌음을 의미하는 것이다.

그러나 육당의 시조미학이 갖는 이런 특성은 극히 일부분의 성격에 국한되어 있는 것이고 실상은 앞서 노래했던 님과 조국과 같은 집단의 주제로부터 크게 앞서 나간 것은 아니다. 그것이 근대시조학으로서 갖는 육당 시조의 한계가 아닌가 한다.

> 한 겹씩 풀고 풀어
> 모조리 다 헤쳐버려
>
> 가만과 가리움을
> 씨도 아니 두옵기는,
>
> 님께만 벌거숭이로
> 난 채 뵈려 하왜라.
>
> 「님께만」 전문

3부의 시조들이 개인의 서정으로 구성되어 있다고는 하지만 그 이면들 들여다보면, 작품의 내면에서 그러한 개인성이랄까 개인 주체의 문제들을 만나기는 쉽지 않다. 님에 대한 끊임없는 그리움의 세계가 작품의 주조가 되어 있는 까닭이다. 님과 개인성의 상관관계는 조선시대 이래의 시조의 근본 주제였으며, 육당에게서도 그것은 중심주제로 자리 잡고 있는 것이다.

가시고 씻을수록
자국 어이 새로운가.

뿌리는 얼마완대
끊을수록 움 돋는고

이 샘 밑 못 막을세라
메우는 수 없고녀.

「창난 마음」 전문

이 작품에서 보듯 님에 대한 한없는 그리움의 세계가 3부의 시세
계임을 알 수가 있다. 육당이 이 시집에 수록된 작품들에 대해 한가
한 흥에 기반을 둔 것이라 했지만 실상은 이렇듯 집단의식으로부터
벗어나지 못하고 있다. 이는 그의 시조학이 갖는 장점이면서 한계이
다. 그는 시조를 개인의 유희차원에서 어떤 기능성을 갖는 것으로
발전시켰는가 하면, 전통적 성리학의 세계로부터 자유롭지 못한 모
습을 보여주었다. 육당 시조학의 이러한 국면들은 이 시기 시조부흥
론에 동참했던 정인보의 작품 세계와 동일한 것이라 할 수 있다. 반
면 개인의 서정을 새로운 내용으로 창출해낸 가람의 경우와는 사뭇
다른 국면을 보여준다. 가람은 전통적인 시조 양식을 개인의 서정과
결합시켜 새로운 양식으로 만들어낸 경우이다.

육당은 개인의 서정을 바탕으로 새로운 시조학의 가능성을 시도
하고자 했다. 일람각이라는 자신의 서재에서 일어나는 감흥을 바탕
으로 현대 시조가 나아갈 방향성에 대해 점검해보고 이를 실험화시

킨 것이다. 그러나 그의 시조들이 지향하는 근본 국면은 조국이나 님과 같은 집단의 주제였다. 따라서 개인의 서정을 시조의 내용으로 새롭게 시도한 것조차 그러한 음역을 벗어나기에는 역부족이었다. 그러한 한계가 님에 대한 어설픈 그리움의 세계로 나타난 것이다. 이는 육당 시조의 한계이면서 시조의 현대성이 풀어야할 숙제였다.

3. 육당 시조의 의의

육당의 시조는 기능성으로부터 출발했다. 그의 언급처럼 개인의 유희차원이 아니라 공리적인 차원에서 출발한 것이다. 여기서 공리성이란 육당이 탐색한 조선만의 특수한 형식이며, 세계성과 맞서는 양식이다. 조선의 정체성과 조선만들기를 필생의 과업으로 간직하고 있었던 육당에게 시조만큼 자신을 만족시켜줄 좋은 문학양식도 없었다. 그가 시조를 조선의 정신과 혼을 대변하는 형식으로 이해한 것은 바로 이런 이유 때문이다.

조선만이 갖는 유일한 형식이 시조였고, 또 그것의 그러한 특성 때문에 육당에게는 그의 사상을 펼치기에 가장 좋은 양식이 시조였다. 따라서 육당에게는 시조의 형식도 중요했지만 내용 또한 중요한 것이었다. 시조가 담고 있는 내용도 형식 못지않게 조선만의 것이어야만 했기 때문이다. 그 연장선에서 육당 시조의 대부분이 님과 조국과 같은 거대 서사에 집중된 것은 당연한 것이라 할 수 있다.

그러나 이런 의도에도 불구하고 그의 시조들은 몇 가지 측면에서 근대 시조학이 갖는 함량에 미달했다고 할 수 있다. 우선 육당의 시조들은 집단의 의식에 너무 집착함으로써 근대적 의미의 시조학을 발전시키고 개선시키기에는 어느 정도 한계가 있었다는 점이다. 그리고 개인의 서정을 담고 있는 작품들조차도 개인 서정을 담아내고 있긴 하되, 집단성을 벗어나지 못했다는 점에서 전통적인 유교 영향으로부터 자유롭지 못했다. 개인의 서정을 담고 있다는 측면에서 보면, 그것은 근대적 의미의 미적 자율성을 획득한 듯이 보이지만 가람의 경우처럼 근대성을 초월하는 양상으로는 발전시키지는 못했기 때문이다. 자아성과 자연성을 일치시켜서 근대적 의미의 개아를 상실하는 경지로까지는 나아가지 못한 것이 육당 시조학의 한계인 것이다. 그것이 근대성의 한 국면으로 편입되지 못하는 육당 시조의 장벽이었다고 할 수 있을 것이다.

그럼에도 육당의 시조학이 미적인 국면에서 추구된 것이 아니라는 점에서 이러한 비판을 비껴할 여지를 남겨두고 있기는 하다. 그가 서문에서 언급한 것처럼 시조를 유희 이상의 시조학으로부터 벗어나게 했다는 점은 긍정적으로 받아들여져야 할 것으로 보인다. 물론 조선시대의 시조의 역능이 성리학의 이상과 유희의 본능, 이 두 가지를 함유하고 있었던 바, 육당이 언급하고 있는 부분은 후자와 관련이 되어 있다. 이 부분은 집단의 이념과 구심성을 추구한 봉건적 시조의 성격을 육당이 어느 정도 계승한 경우이다. 그것은 바로 구심성과 집단의 이념과 관련되는데, 님으로 표상되는 조선의 실체는 연군으로 집약된 봉건시기의 시조학과 별반 다를 것이 없어 보이기 때문이다. 육당의 시조학은 그 연장선에서 근대적 의미의 집단성인 조국이나 님과 같은 조선의 혼을 담고자 했다.

육당의 시조는 구태의연하게 시대의 조류를 거스르는 듯한 느낌을 주어도 그가 추구한 한국학이라는 거대 서사의 관점에서 볼 때 결코 과소평가될 수 있는 성질의 것이 아니다. 조선만의 예외성과 특수성의 문학적 구현이 시조였고, 그러한 시조의 특색들이 육당의 사상과 절묘하게 결합됨으로써 육당의 시조학, 『백팔번뇌』가 탄생되었기 때문이다. 따라서 시조는 육당이 찾아낸 조선의 최고 장르이며, 세계성과 맞서는 특수성이었고, 제국주의의 통합성에 저항하는 고유성이었다는 점에서 그 의의가 있다고 하겠다.

제6장

조선의 정체성과 실천적
글쓰기로서의『백두산근참기』

1. 백두산에 오른 목적

『백두산근참기』는 육당이 37세 되던 해인 1926년 여름 백두산을 여행하면서 기록한 기행문이다. 물론 육당의 기행문은『백두산근참기』가 처음은 아니다. 그는 이미 1924년에 금강산 일대를 둘러본 다음『풍악기유』를 썼고, 비슷한 시기에『금강예찬』또한 상재한 바 있기 때문이다. 뿐만 아니라 전라도 지역의 역사유적을 둘러본 뒤에『심춘순례』도 쓴 바 있다. 글들의 발표순서에 따른다면,『백두산근참기』는 육당의 기행문 가운데 거의 마지막에 놓인 것이라 할 수 있다.

한편, 육당은『백두산근참기』를 쓸 무렵 그의 조선학의 근간이었던『단군론』을 동아일보에 연재하고 있었다. 따라서 단군론과 백두산 여행과의 관련성은 어느 정도 배태되어 있었던 것이라 하겠다.

그런 연관성은 실제로 『백두산근참기』의 핵심적 내용으로 자리 잡는다.

육당이 백두산 여행에 참가하게 된 것은 동아일보와 박한영 선사와의 인연이 많이 작용한 듯 보인다. 이 여행은 압록강과 백두산 일대에 대한 박물탐사를 기획한 동아일보 측의 요구에 따른 것이었는데, 이 시기에 육당은 여러 방면으로 동아일보와 밀접한 관계를 맺고 있었다. 그의 사유를 담은 글들과 기행문들이 이 신문에 계속 연재되고 있었기 때문이다.[1] 그 가운데 대표적인 것이 『단군론』이다. 육당은 이미 이 글을 연재하면서 동아일보와의 관계를 공고히 하고 있었던 터이기에, 이 신문이 주관한 백두산 탐사기획에 자연스럽게 합류하게 되었던 것이다. 당시 불교계의 원로이자 민족주의자들의 사상적 지주였던 박한영 선사의 참여 또한 많은 영향을 끼쳤다. 육당과 박한영은 불교적 인연으로도 가까웠을 뿐만 아니라 이 시기 동일한 민족주의적 성향으로 말미암아 매우 깊은 유대관계를 형성하고 있었다. 이런 것들이 계기가 되어 육당의 백두산기행이 이루어지게 된 것이다.

그러나 이 기행이 이루어진 보다 중요한 계기는 육당 자신의 내적 필연과 외부적 환경이 자연스럽게 만난 결과라고 보는 것이 훨씬 설득력이 있을 것이다. 어째서 그러한가. 실상 국토답사의 목적 가운데 하나는 지리적 관심의 연장일 것이고, 다른 하나는 불함문화의 사상적 원류인 백(白)에 대한 탐구의지일 것이다. 그 백사상의 근원이 바로 백두산에 있었던 까닭이다. 셋째는 그의 사상적 보증수표였

---

[1] 육당은 송진우의 권고로 이 시기에 동아일보 객원 논설위원이 되어 사설을 고정적으로 쓰고 있었다.

던 민족주의 의식에서 찾을 수 있다. 근대의 길을 내고 조선의 미몽 상태를 일깨우기 위해 육당이 가장 먼저 관심을 기울인 곳은 지리학에 대한 관심이었다.『소년』창간호가 바다특집으로 기획되었거니와 그 일차적 목표는 조선반도의 지리적 경계 확인과 민족에 대한 가열찬 열정의 확인이었다. 그런데 그러한 목표들은 모두 근대 사회의 필연적 요구였던 앎이라는 지식과 민족주의 지향이라는 근대적 과제와 분리하기 어려운 것들이었다.『심춘순례』의 서문에서 피력한 것처럼 그 핵심 요건이 바로 국토에 대한 탐사였다. 따라서 1920년대 걸쳐 중점적으로 이루어졌던 육당의 국토 기행은『소년』시대부터 자리 잡은 지리적 관심과 분리하기 어려운 것이었다.

두 번째는 백사상의 완성이라는 측면이다. 동아시아권을 하나로 묶는 육당의 '불함문화론'은 1920년대 중반에 완성된 것이지만, 그 뿌리는 이 이전부터 시작된 것이었다.『소년』창간호 시기에 보여주었던 지리적 관심은 그 시초에 불과한 것이었고, 그 이후 집요하게 탐색해 들어갔던 단군과 태백산에 대한 관심은 모두 '불함문화론'을 탄생시키기 위한 단초들이었다. 육당이 조선의 산하에 '백'자가 들어간 산이 많다는 점에 주목하여 '불함문화론'을 창안해 낸 것인데, 백두산은 그러한 자신의 사상을 확인할 수 있는 좋은 대상이 아닐 수 없었다. 그는 그의 표현대로 한반도의 시원이자 민족의 발원지인 백두산에 대한 탐색을 통해서 자신의 백사상을 완성시키고자 했다. 그리고 그러한 탐사를 민족주의를 강화하는 인식적 수단으로 받아들인 것임은 당연한 일이었을 것이다.

이런 것을 모두 충족시켜줄 만한 곳으로 백두산만한 장소도 없었을 것이다. 그가 이 탐사에 적극적으로 참가하여 '근참'(覲參)이라는 레테르를 붙일 정도로 순례적 의식을 드러낸 것도 이런 의도와 무관하지 않다. 그만큼 육당에게 백두산을 비롯한 국토 기행은 매우 소중하고 숭고한 것이었다. 잘 알려진 『심춘순례』의 서문은 그러한 그의 시각을 잘 대변해주는 좋은 사례라 할 수 있을 것이다.

> 조선의 국토는 산하 그대로 조선의 역사이자, 철학이며, 시이고, 정신입니다. 단순한 문자가 아닌 가장 명료하고 정확하고, 또 재미있는 기록입니다. 조선인 마음의 그림자와 생활의 자취는 고스란히 또렷하게 이 국토 위에 박혀 있어, 어떠한 풍우라도 마멸시키지 못한다는 것을 나는 믿습니다.(중략) 조선 국토에 대한 나의 신앙은 일종의 애니미즘일지도 모릅니다. 내가 바라보는 그것은 분명히 감정이 있으며, 웃음으로 나를 대합니다. 이르는 곳마다 꿀 같은 속삭임과 은근한 이야기와 느꺼운 하소연을 듣습니다. 그럴 때마다 나의 심장은 최고조의 출렁거림을 일으키고, 실신할 지경까지 들어가기도 한두 번이 아니었습니다.[2]

조선의 국토는 육당에게 모든 것이 담겨져 있는 총체로 다가온다. 그것은 단순히 삶을 충족시키는 물리적인 대상으로만 다가오지 않는다. 한나라의 역사와 정신, 철학이 모두 담겨져 있는 정신적인 총체이다. 그렇기에 그것에 대한 뚜렷한 인식과 확인이야말로 명쾌하게 구획되지 않은 조선의 경계, 역사의 경계, 인식의 경계를 보다 분

2 『심춘순례』, pp.1-2.

명하게 해 주는 수단이 될 것이다. 관념보다는 실제가 보다 중요했고, 또 이를 통해서 그에게 결락되었던 사상적 결손을 벌충하는 수단으로 인식했다. 그런 객관적 필연성이 다음과 같은 진술로 나오는 것은 지극히 당연한 일이었을 것이다.

> 곰팡내 나는 서적만이 이미 내 식견의 웅덩이가 아니며, 한 조각 책상만이 내 마음의 밭이 될 수 없게 되었습니다. 도리어 서적과 책상에서 불구가 되어버린 내 소견을 절대 진리의 상태로 있는 살아 있는 문자, 커다란 책상 즉 조국의 국토에서 교정(矯正)받고 보양(補養)을 얻지 않을 수 없음을 통절히 느꼈습니다. 묵은 심신을 시원히 벗어 던지고, 자유로운 공기를 국토여래(國土如來)의 상적토(常寂土)에서 호흡하리라 하는 열망은, 이리하여 시시각각으로 나의 가슴을 태웠습니다[3].

백두산 답사를 비롯한 육당의 기행 목적을 이 글만큼 잘 보여주는 것도 없을 것이다. 그가 의도했던 것은 죽은 지식이 아니라 산 지식이었고, 관념으로 존재하는 사유가 아니라 살아 움직이는 사유였다. 이런 의식은 자신이 갖고 있었던 지식에 대한 확증을 국토순례를 통해서 얻고자 했던 의도에서 비롯된 것이다. 모호하고 불확실성으로 남아있는 자신의 얕은 지식을 국토에 의해 교정받고 보양하고자 했던 것, 그것이 국토순례의 가장 중요한 목적이었다.

---

3 위의 책, pp.1-2.

백두산 기행이 산지식의 획득과 자신의 사상을 벌충하고 확증하려는 의도에서 기획된 이상, 그것은 기행문 일반의 성격과 어느 정도 달라질 수밖에 없었을 것이다. 기행문은 현장답사와 거기서 얻어지는 감흥 등 주관적 정서가 주를 이루게 된다. 그리하여 굳이 사실이 아니어도 서술자가 대상으로부터 얻은 정서를 감상적으로 기술하면 어느 정도 설득력을 얻게 된다. 곧 객관적 실체가 주관적 감흥을 압도하는 형국은 곧잘 발생하지 않는다는 뜻이다. 그러나 『백두산근참기』는 이런 기행문이긴 하되, 그러나 기행문의 일반적인 성격과는 거리가 있다. 앞서 언급처럼 이 기행의 가장 큰 의도는 사실 확인이라든가 사상 확증과 같은 보다 실증적인 토대 위에 놓인 것이다. 그리고 그러한 사실로부터 육당 자신이 품고 있었던 지식을 확인하고 이를 일반화시키는 일이었다. 그렇기에 『백두산근참기』는 사상기(思想記)에 가까운 육당의 사유서였고, 민족의 심연을 탐색하는 신화기(神話記)같은 성격을 내포한 것이었다. 뿐만 아니라 그것은 여행기로 쓴 조선학의 보고서이기도 했다. 이를 완성하기 위하여 육당은 백두산에 오른 것이다.

실제로 육당은 『백두산근참기』에서 백두산에 오른 이유를 크게 두 가지로 설명하고 있다. 하나는 의지할 데 없는 비렁뱅이로서의 의식, 곧 떠돌이 의식이고, 다른 하나는 국토의 거룩한 자태에 인사 드리기 위한 참배의 의도가 있었다고 했다.[4] 의지할 데 없는 의식, 곧 뿌리 뽑힌 의식이란 국권의 상실과 밀접한 관련이 있을 터인데, 이는 식민지 지식인들 사이에 간헐적으로 표현되는 부권상실과 밀접

---

4 『백두산근참기』, p.184.

한 관련이 있는 것이었다. 춘원에게 자리 잡은 고아의식이 육당에게
는 비렁뱅이 의식으로 나타나고 있었던 것이다. 이런 결핍감을 춘원
은 선구자의식으로 승화하고자 했고, 육당은 백두산의 신화기호로
서 승화시키고자 했다. 신화란 현실을 초월하는 것이면서 경우에 따
라서는 현실에 가장 강력한 자장을 끼치는 것이기도 하다. 그런 아
우라가 육당에게 국토 숭배의식으로 표명되는 것은 어쩌면 자연스
러운 일일 것이다. 국토라는 감각되는 대상, 물질적인 현실이야말로
정신적 공허감을 메워주는 가장 좋은 계기이기 때문이다.

2. 현실 인식과 확인으로서의 백두산 기행

육당이 백두산에 오른 것은 앞서 언급대로 하나는 상실의식이고,
다른 하나는 민족주의 의식의 발로에서였다. 그렇다면, 그가 생각한
것처럼, 백두산은 과연 그에게 결핍된 그러한 자의식을 벌충해줄 수
있는 대상이었을까. 실제로 『백두산근참기』를 꼼꼼히 읽어보면 육
당의 그러한 원망이 결코 과장된 것이 아님을 금방 확인할 수가 있
다. 그는 백두산 답사를 통해서 현장 확인과 신화적 감수성을 바탕
으로 자신에게 결핍되었던 의식들을 충분히 채워 나가고 있기 때문
이다.

이런 문제의식을 토대로 육당이 백두산 답사를 통해서 가장 확인
하고 싶었던 것은 민족에 대한 의식, 보다 정확하게는 민족에 대한
근원의식이었을 것이다. 민족에 대한 의식이 희박했기에 국권을 상
실했던 것이고, 그 과정에서 민족의 테두리 혹은 경계의식은 더욱

약화되어 갔다는 것이 육당의 판단이다. 그는 우리 민족에게 있어서
이 근원의식이 취약해진 까닭을 다음 두 가지로 들고 있다. 하나는
신라에 의한 통일이고, 다른 하나는 백두산에 대한 망각이다. 다음
의 글은 이를 잘 확인해주고 있다.

> 반도의 통일이 불행히 남쪽 변방 신라의 손에 이루어져 고
> 구려 편의 문헌이 쇠잔하여 다 없어져 남아 있지 않고, 또 강
> 토상에는 백두산이 오랫동안 반도 인민의 이목에서 떨어져
> 지내게 되면서, 백두산에 관한 일체 전승이 모두 희미하게 가
> 려짐에서 말미암음이 크다. 그러나 백두산이 다시 반도 인민
> 에게로 돌아온 지도 이미 오랜 세월인데, 무엇보다 먼저 상기
> 되어야 할 이 중요한 문제가 이때까지 무심하게 버려졌음은
> 민족의 나태하고 게으름도 지극하다 할 수밖에 없다.[5]

신라중심의 통일이 역사에 근거한, 백두산에 대한 실제적 망각이
라면, 이 이후 펼쳐진 백두산에 대한 희미한 의식들은 관념적 망각
에 해당한다. 그런데 후자의 경우는 우리 민족이 저지른 게으름의
탓에서 오는 것이라고 육당은 판단하고 있다. 실상 외세 중심에 의
한 삼한의 통일이 불구화된 것이고, 또 그에 따른 북방지역의 상실
은 우리 민족이 겪은 역사적 비극임은 틀림없다 할 것이다. 문제는
고려이후 끊임없이 전개된 북방영토에 대한 복구의지에 관한 것이
다. 그것이 우리 민족 속에 내재한 근원에 대한 의식, 곧 백두산에 대

5 위의 책, p.125.

한 인식이었을 것인데, 민족의 성소인 백두산이 다시 우리의 수중으로 왔을 때, 우리 민족이 보여준 나태함과 게으름이야말로 민족의식을 희석화시킨 근본 요인이라고 본 것이다.

육당은 그 단적인 사례 가운데 하나를 백두산정계비에서 찾고 있다. 그는 이 정계비 문제를 지나온 과거가 아니라 현재에도 유효한 진행형의 문제로 인식하고 있다. 우리 민족에게 백두산정계비가 조선과 청나라의 국경을 구획하는 매우 중요한 문제였다. 그럼에도 그 결말이 이해당자인 조선의 동의 없이 이루어진 것이라는 점을 육당은 에둘러 강조하고 있다. 어떻든 만주를 성지로 묶고 사람을 통금시킨 청나라가 실질적인 지배를 하지 못한 지역이 간도지역이었다. 반면 조선인들은 생계수단의 일환으로 이 지역에 진출하여 이곳을 오랜 시간동안 삶의 근거지로 만들었다. 경계가 불분명하고 삶의 주체들이 대다수를 차지하고 있는 간도의 현실을 감안하면, 이 지역의 국경문제는 매우 예민한 상태에 있었을 것이다.

그러나 국경문제가 본격화되었을 때, 조선의 대응은 매우 무능력하고 실망스럽기 그지없다는 것이 육당의 판단이었다. 청의 목극동은 패기만만했고, 조선의 관료들은 늙고 무능했다고 생각했다. 이를 교묘히 이용한 것이 청의 관리였던 목극동이었던바, 그는 조선의 관리들이 이 지역에 오는 것을 원천적으로 막았고, 그 결과 조선은 하급관리를 보내게 되는 어처구니없는 일을 저지르고 말았다는 것이다.

백두산은 인접국이었던 한·청의 경계라는 측면에서도 중요한 지역이기도 했지만 육당 개인에게는 자신이 개진한 조선학의 뿌리가 백두산이라는 점에서 더더욱 중요한 문제였을 것이다. 따라서 백두산은 육당에게 결코 양보될 수 없는 절대 선과 같은 것이었다.

백두산정계비를 둘러싸고 진행된 경과를 육당은 다음과 같이 정리하고 있다. 가장 큰 쟁점은 토문에 대한 해석에서 시작되었다고 보는 것인데, 그것이 어디이냐에 따라 국경이 토문으로 되는가, 아니면 두만으로 되는가가 결정되었는 바, 이는 백두산이 온전하게 우리 것이 되느냐, 아니면 반쪽만의 것이 되느냐의 문제가 달려 있는 것이기도 했다. 익히 알려진 대로 백두산정계비는 소위 동위토문(東位土門)의 글자에서 비롯되었는데, 토문을 두만강으로 보느냐 아니면 두만강과는 전연 다른 별칭으로 보느냐가 쟁점이 되었다. 청나라는 토문을 두만강의 별칭으로 보았고, 조선은 쑹화강의 지류인 토문강으로 보았다. 곧 토문이 두만강과는 별개의 것이라는 것이 우리 측의 주장이다.[6]

이런 논란은 실상 이론적인 차원의 것이고, 관념적인 차원의 문제에 국한되는 것이라 할 수 있을 것이다. 보다 중요한 것은 정계비가 놓인 위치와 그것 속에 담겨져 있는 진정한 의도랄까 함의에 놓여 있을 것이다. 여기서 답사의 중요한 목적 가운데 하나인 역사와 현장의 만남이 얼마나 중요한가 하는 것이 드러나게 된다. 실상 이런 접근이야말로 서적과 책상에 의한 지식적 접근이 아니라 조국의 국토에서 교정(矯正)받고 보양(補養)받고자 했던, 육당의 중요한 답사 목적이 실현되는 것이 아니었을까. 육당이 직접 관찰한 정계비에서 교정받은, 백두산정계비와 그에 따른 국경문제의 진실은 다음과 같은 것이었다.

6 위의 책, p.225.

정계비가 있는 분수령에서 보면, 서쪽의 발원지가 압록임
에 대하여, 동쪽의 발원지는 분명 동북으로 쑹화 강으로 회합
하는 토문강의 상원(上源)이 두만강 60-70리 밖에서 비로소
발원하는 것인즉, 설사 목극등의 진의는 토문이 두만을 가리
킴에 있었다 할지라도 정계비를 분수척(分水脊)으로 하는 압
록강원의 상대물은 분명한 토문강이요 두만강은 얼토당토
아니한 것이었다. 또 청측에서는 토문이 도문(圖們), 통문(統
們), 두만(豆滿) 등과 한가지로 여진어의 만(萬)을 의미하는
'두멘'의 역자로, 토문(土門) 즉 두만임을 언어학적으로 주장
하였다. 그러나 토문의 어원이 음에 있는 것이 아니라 뜻으로
부터 온 것임은 토문강원(土門江源)의 탐구로 말미암아 명백
하게 되었었다.[7]

육당의 이러한 해석은 관념적 지식을 초월하는 것에 놓은 것이라
하겠다. 실제 현장에 대한 답사 없이 이런 자신감 있는 결정을 할 수
있는 것은 가능한 일이 아니다. 어떻든 간도 문제가 어느 쪽으로 귀
속되느냐에 따라 백두산의 운명이 갈라지게 되었다. 곧 온전한 조선
의 땅으로 되는가, 혹은 반쪽만의 것으로 조선의 땅이 되는가가 결
정되는 것이었다. 육당도 이 점을 분명히 하고 있었는데, 간도 문제
는 "백두산 하나가 왔다 갔다 하는 관계만으로도 무엇하고도 바꾸지
못할 중요한 의의가 있다"[8]고 판단하고 있었기 때문이다.

7 위의 책, pp.225-226.
8 위의 책, p.229.

정계비와 관련한 육당의 사유가 민족주의 의식과 분리하기 어려운 것임은 분명한 일이다. 조선과 청의 문제인식은 그 단적인 표본이거니와 이는 일본에 대한 자신의 사유와도 분명 연계되어 있었기 때문이다. 그것은 1920년대 이후 고조되었던 육당의 강렬한 민족주의적 색채로부터 벗어날 수 없는 것이었다. 일본은 강한 자신들의 힘을 믿고 간도 문제에 접근했지만 약한 조선에게 정말로 알뜰한 선물을 했다는 비아냥이 바로 그것이다. 곧, "약하다는 조선인의 손에서는 강할 수 있기까지 지지를 얻어온 이 문제가 강하시단 일본인의 손에 들어가자마자, 약할 수 있기까지의 물러나 굽힘을 나타낸 표본적 사실로, 이것을 오래도록 기억하여 보자"[9]고 함으로써 일본에 대한 강렬한 대타의식을 표명하고 있는 것이다. 독립선언서를 쓴 육당에게 일본에 대한 강렬한 민족주의적 의식은 지극히 당연한 일이거니와 이것은 적어도 1920년대 중반의 시대적 맥락에서는 매우 유효한 시각이라 할 수 있을 것이다. 이는 1940년대 전후로 펼쳐졌던 육당의 변모와 어느 정도 대비되는 부분이었다. 텍스트는 온전히 고정된 채로 움직이지 않는다. 민족에 대한 그의 의식은 20년대적 상황에서 매우 유효한 것이었고, 이는 40년대의 상황에서도 동일하게 적용되는 것이라 할 수 있을 것이다. 시기에 따라 강도는 다를 수 있지만 언급만으로도 충분한 가치가 있는 것, 그것이 텍스트의 유연성이 아닐까 한다. 어떻든 백두산 답사를 통해서 펼쳐지는 육당의 민족주의적 색채는 매우 강렬한 것이었고, 여기서 얻은 지식은 그의 사상을 대변하는 정점이었다고 할 수 있을 것이다.

9 위의 책, p.230.

육당은 백두산정계비 문제를 통해서 조선의 실체와 뿌리 혹은 경계를 확인했을 뿐만 아니라 자신의 민족주의 사상도 확인했다. 이는 외적인 시각에서 조선의 존재를, 혹은 현실을 파악한 결과이다. 뿐만 아니라 조선인을 포함해서 육당 자신이 처한 현재의 상황 또한 이해하는 계기가 되었다. 물론 육당이나 조선의 입장에서 정설로 굳어진 백두산정계비를 새롭게 이해하고, 이를 자기화하는 것이 이 답사의 목적은 아니었을 것이다. 앞서 언급대로 그가 백두산에 오른 것은 안주할 곳 없는 자신의 처지에 대한 위안과 국토의 거룩한 자태에 인사하기 위한 것이었기 때문이다. 그러나 이는 표면적인 목적일 뿐, 그가 얻고자 한 백두산 기행은 좀 더 다른 곳에 놓여 있었다.

그에게 역사에 대한 고증도 중요했지만, 민족의 정체성을 확보하는 문제가 보다 중요했을 것이다. 그 연장선에서 육당에게는 백두산 기행을 통해 그의 사상의 핵심인 불함문화론을 확인하고 완성하고자 한 의도가 가장 큰 것이었다고 해도 과언이 아니다. 그것은 백두산이 동방문화의 핵심에 자리하고 있었기 때문이다. 실제로 육당도 『백두산근참기』 서문에서 이점을 분명히 밝혀놓고 있다.

백두산은 한마디로 개괄하면 동방 원리의 화유(化囿)입니다. 동방 만물의 가장 커다란 기댈 대상이요, 동방 문화의 가장 긴요한 핵심이요, 동방 의식의 가장 높은 근원입니다. 동방에 있어서 일체의 중추가 되는 기관이 되어 만반을 잘 되도록 주선하여 운화하고, 일체의 심장이 되어 만반을 조건 없이 베풀어 퍼져 통하게 하고, 일체의 생명분(生命分)이 되어 만반(萬般)을 되살려 윤택하게 하고 왕성히 새롭게 한 자가 백두산입니다. 기왕에 그러한 것처럼 현재에도 또 장래에도 영원히 헤아리기 어려울 공덕의 소유자가 그이입니다.[10]

육당이 말하고자 한 동방문화란 불함문화이고, 그 핵심이 백두산 사상이다. 그렇다면 육당이 그토록 강조해마지 않았던 동방문화란 무엇인가. 우선, 그것은 중국 중심의 남방문화, 그리고 인도를 중심으로 하는 문화와 또다시 정립되는 제3의 문화이다. 특히 아시아 동쪽에 자리한 삼국을 대변하고 그 중심에 놓인 것을 육당은 동방 문화라고 판단했다. 그가 이렇듯 동방 문화를 강조하게 된 배경은 잘 알려진 바와 같이 일본 학자들에 의해 시도된 단군 부정론 때문이었다. 그들은 일연의 『삼국유사』에 등장하는, 조선의 단군기원설을 부정함으로써 조선인의 뿌리나 근거지를 말살하려 했다. 그들은 그 대안으로 기자조선이나 위만조선 기원설을 한민족의 근원으로 제시함으로써 민족정체성마저 부정하고자 했을 뿐만 아니라 조선인들은 애초부터 자립성을 유지할 수 있는 능력조차 없는 민족으로 평가절하고자 했다.[11]

육당은 일본 학자들의 그러한 논리에 맞서 단군의 역사성을 증명하고자 했을 뿐만 아니라[12] 보다 넓게는 백두산을 중심으로 하는 밝(白) 문화를 새로이 정초함으로써 동북아의 새로운 문화권을 주장하기에 이르렀다. 그것이 불함문화이거니와 그 중심에는 단군이 놓여 있었고, 단군 중심의 불함문화권에 일본지역을 포함한 동북아지역

---

10 위의 책, p.3.
11 『불함문화론, 살만교차기』(2013), p. 3.
12 그 대표적인 저술이 바로 『단군론』이다.

전체를 모두 포섭시킴으로써 한민족 중심의 문화권을 만들어내고자 했다. 물론 상호 교차하는, 곧 일체화될 수 있는 이 논리가 내선일체의 빌미를 주기도 했다. 그러나 어떠하든 간에 육당의 독창적인 불함문화는 아시아의 문명사와 조선 중심의 새로운 질서를 사상사적으로 새로이 창출하고 정립시킬 수 있는 이론적 근거를 마련했다는 점에서 매우 신선하고 의의있는 작업이었다.

육당에 의하면, 백두산은 동방문화의 중심에 있었다. 백두산은 "동방 만물의 가장 커다란 기댈 대상이요, 동방 문화의 가장 긴요한 핵심이요, 동방 의식의 가장 높은 근원"이고, "동방에 있어서 일체의 중추가 되는 기관이 되어 만반을 잘 되도록 주선하여 운화하고, 일체의 심장이 되어 만반을 조건 없이 베풀어 퍼져 통하게 하고, 일체의 생명분(生命分)이 되어 만반(萬般)을 되살려 윤택하게 하고 왕성히 새롭게 한 자"[13]이기도 하다. 이렇듯 백두산은 육당에게 있어서 선험적으로 존재하는 그 무엇이다. 그것은 지금 여기의 현실을 초월하는 어떤 것이고, 또 미래의 예기를 보장받을 수 있는 절대적인 어떤 것으로 구현된다.

육당은 조선의 과거와 현재, 그리고 미래를 대신해줄 대안으로서 백두산의 본질에 대한 거침없는 상상력을 들이댄다. 과거는 회고의 형식으로, 현재는 반성의 국면으로, 그리고 미래는 다가올 새천년의 꿈으로 기억해내는 것이다. 따라서 백두산은 그에게 조선의 과거와 현재, 그리고 미래를 이해하고 현재의 결핍을 보장받을 수 있는 알파와 오메가 역할을 한다. 그 처음에 놓인 것이 백두산에서 얻어지

13 위의 책, p.3.

는 사실 확인이었다면, 두 번째 놓인 것이 인식의 정초이다. 특히 개화 초기부터 형성되었던 그의 조선학이 실상은 백두산에서 거의 완성되었다고 해도 과언이 아닐 정도로 육당은 여기서 자신의 사상을 확인하게 된다.

육당의 불함문화론을 이끄는 핵심은 익히 알려진 대로 이른바 붉(白)사상이다. 백두산의 '백'자가 그러하거니와 조선의 지명에서 가장 많이 발견되는 것이 이 글자이다. 육당은 이에 주목하여 붉을 어원학적으로 고찰하고 그것이 조선의 지명에서 가장 많이 산재되어 나타나는 명칭임을 밝혀낸 바 있다.[14]

> 백두산은 건국자 곧 단군이 발상한 곳이라 하며, 그네의 생명이 여기서 점지되고, 그네의 영혼이 이리로 귀탁함을 믿으며, 그네의 지도자가 여기에서 나오고 그네의 부활하는 힘이 여기에서 솟음을 말하여, 없던 것도 백두산에서 생기고, 못 될 것도 백두산으로 되고, 낡은 것은 백두산에서 새롭고, 넘어진 것은 백두산에서 일어난다 하니, 이는 실로 동방 반만년 역사의 사상적 배경으로 이 지방 전 민중의 마음의 수수께끼를 해석할 유일한 열쇠인 것이다. 그는 이러한 산을 '붉은'이라고 부르니, 백두산의 고명(古名) '불함(不咸)'은 실로 이 고어의 역음(譯音)인 것이다. 그런 이 '붉은'산의 성스러운 지주(支柱)인 것이 무엇이냐 하면, 실로 '도로'라는 대도(大道) 묘리(妙理)이었다. '도로'로써 항상 새롭고 일여(一如)하고 구주

14 그것을 집대성한 것이 육당의 『불함문화론』이다.

(久住)하고 영원히 즐거운 절미망언(絕理亡言)의 지극한 도
가 거룩한 생명의 무서운 강인으로써 동방에 은혜를 주어
왔다.[15]

육당이 백두산에서 확인한 것은 불함문화의 실체와 본질이다.
곧 필생의 연구과제였던 이 문화에 대해서 현장에서 확인하고 이
를 벌충하는 일을 답사라는 실천적인 행위를 통해서 이루어내고
있는 것이다. 육당이 답사라는 현장 체험을 통해 자신의 사상을 이
해하고 확인하는 작업은 이후 국토답사를 통해서도 계속 이루어진
다. 특히 금강산 기행을 바탕으로 쓴 『풍악기유』는 붉사상과 ᄃᆞᆨ
리의 의미를 아주 자세히 그리고 정치하게 논의하고 있는 것이 그
반증이다.[16] 이런 사실을 목도하게 되면 육당에게 있어서 국토에
대한 현장 답사는 살아있는 지식을 보급하고 확인시켜주는 원천임
을 알게 된다.

인용문의 언급대로 백두산은 단군의 발상지이다. 그러한 까닭에
그것은 한민족의 근원이며, 새로운 것과 낡은 것들이 혼용되어서 전
연 다른 질서를 만들어내는 생명의 저장소 같은 구실을 한 것으로
파악한다. 단군이 한민족의 뿌리이고 근원적 조상이라면, 백두산은
그러한 원천을 배태시킨 보다 시원적인 것이 된다. 여기서 원초성이
란 생명의 근원을 만들어내는 무정형의 지대와도 같은 것이 된다.
이런 인식을 바탕으로 그가 백두산 기행에서 가장 주목의 대상으로

15 위의 책, pp.309-310.
16 『풍악기유』, 경인문화사, 2013, pp.85-188.

바라본 것이 바로 천지이다.

육당은 천은 곧 하늘을 의미하며, 온갖 만물이 이곳으로부터 발원했다고 본다. 따라서 그에게 천이란 곧 하늘이면서 이 세상의 온갖 만물을 생성해낸 전지전능한 그 무엇과도 같은 것이 된다. 그는 조선 일체의 지주는 백두산이고, 백두산의 지주는 천지이고, 천지는 조선 최대의 신비라고 영탄했다.[17] 그러한 천이란 그에게, 아니 조선인에게 다음과 같은 역능을 갖는 것으로 구현된다. 모성적 상상력이 개입된 천(天) 사상으로의 승화가 바로 그것이다.

> '천'은 초특(超特)하게 생긴 '큰 어머니(그레이트 마더)'이었다. 이 어머니에게서 조선의 국토가 생산되고, 조선의 인종이 생산되고, 조선의 풍물이 생산되고, 조선의 법들이 생산되었으며, 신화의 뿌리도 여기 박혀서 그 쌍둥이인 종교와 역사가 다 그 하나의 갈라져 나온 것에 지나지 못하며, 사회의 고동도 거기 박혀서 그 두 날개인 풍속과 문화도 그 하나의 분파로부터 생긴 것에서 벗어나지 아니한다.[18]

민족주의자인 육당이 백두산 천지에서 이런 영탄에 젖는 것은 놀라운 일이 아니다. 민족의 근원이 무엇이고, 동방문화의 연원이 무엇인가를 탐색해 들어가는 육당에게 이렇듯 구체적인 실체로 다가오는 객관적 근거야말로 그로 하여금 황홀경에 빠지게끔 하기에 충

---

17 『백두산근참기』, p, 255.
18 위의 책, p. 257.

분한 것이었을 것이다. 육당은 왜 이렇게 천지에 대해서 거침없이 육박해 들어가서 무매개적인 주관적 황홀의 상태가 되었던 것일까.

우선 무엇보다 중요한 것은 사실이라는 측면에서일 것이다. 천지라는 실체, 거기서 발원한 단군이라는 존재의 확인이야말로 육당에게 초월적, 관념적 수준을 넘지 못하고 있었던 조선학을 객관화시킬 수 있는 좋은 계기였을 것이다. 당시 육당의 뇌리에서 떠나지 않았던 문제가 일본인들에게서 시도되고 있었던 단군 부정론이었다. 그들은 『삼국유사』에 기록된 단군을 허구에 기초된 것이라고 치부함으로써 단군의 실체를 인정하지 않았고, 더 나아가 한민족의 근원까지 매우 모호한 것으로 희석화시키려 했다. 경우에 따라서는 기자조선이나 위만조선을 끌어들여 한민족은 애초부터 자율성에 근거한 민족이 될 수 없었음을 공공연히 강조하기까지도 했다.[19] 그것이 식민통치의 합당한 이데올로기로 삼았던 식민사관의 뿌리임은 두말할 필요도 없을 것이다.

따라서 모호성이나 관념성에 대한 대항담론 가운데 구체성만큼 좋은 대안도 없을 것이다. 단군이나 천지에서 발원하는 한민족의 근원에 대한 탐색이 하나의 사실로 전제될 경우 이에 저항하는 담론과 맞설 수 있는 가장 좋은 기제가 될 것이다. 그리하여 육당은 천지의 존재의의가 구체적인 사실이라는 점을 다른 무엇보다도 강조한다. 그가 인도나 중국의 고전설에 나오는 대설산이나 곤륜산의 설화들이 궁극적으로는 모두 사실에 기초한 것이 아닌, 가공의 것에 근거

---

19 육당은 일본인들의 단군부정에 대해 『불함문화론』에서 조목조목 비판한 바 있다. 그러나 이러한 비판 역시 어떤 구체적인 근거를 뚜렷하게 제시할 수 없었다는 점에서 육당에게도 매우 난감한 일이 아닐 수 없었던 터였다.

를 두고 있음을 애써 강조한 것도 이런 이유 때문이다.

　　이것은(인도나 중국의 설화-인용자주) 다 신앙상의 말이요 전설적인 말일 뿐이지만, 우리 백두산의 천지만은 지리상으로는 우리가 시방 눈으로 직접 보는 바 저러한 실제 있는 것이요, 역사상으로는 온갖 문화의 원천으로 가릴 수 없는 실적(實跡)이 드리워 있는 적확한 사실이다.[20]

　육당의 이러한 언급은 자신감의 표현이다. 특히 근대 초기부터 그의 보증수표로 되어 있는 지리학에 대한 관심이 백두산 답사에서도 그대로 드러나고 있음은 매우 의미심장한 일이 아닐 수 없다. 백두산과 천지는 지리적 사실이고 이에 근거한 붉사상과 단군 신화가 모두 객관적, 과학적인 사실영역이라는 점을 밝힌 것만으로도 육당에게는 매우 의미있는 일이었을 것이다. 이 사실영역에 대한 확인이 바로 천지의 실체이다. 그에게 천지는 대모(大母)로서의 역능을 갖는 것이고, 그 연장선에서 한반도와 한민족의 뿌리였다.

　　조선 일체의 지주(支柱)가 백두산이라 할진대, 백두산의 지주는 이 천지요, 조선 최대의 신비이게 하는 자는 이 천지가 있기 때문인 것이다. 조선인의 천은 백두산이다. 그런데 백두산의 천됨은 실로 천지로 해서이다. 천지라고는 하여도 그것이 지(池)라는 것은 아니라, 천(天) 그것이다. 천의 표상으로

20 위의 책, p.252.

조선인의 신앙을 지은 대신체(大神體)가 실로 저 천지라는 천
이다. 조선이라는 강해(江海)를 형성해 가지고 있는 천 가지
흐름 만 가지 갈래를 거두어 올라가 보면, 어느 가닥 하나가
거기 가 닿지 않는 것 없는 저 천지를 누가 이르되 한늪이라
하고 말랴.[21]

인용문에서 알 수 있는 것처럼, 천은 조선의 기원이자 뿌리이며
중심이다. 모든 것이 이로부터 생성되었고, 성장했다. 따라서 한민
족을 구성하고 있는 것 가운데 어느 하나라도 그 시원을 따라가보면
모두 천지에 이르게 된다고 한다. 모든 길이 천지로 통한다는 것, 그
것이 육당이 백두산 천지에서 획득한 지식의 구경이다.

그가 조선 일체의 지주가 백두산이고, 백두산의 지주는 천지라고
한 이유가 여기에 있다. 그 연장선에서 그는 조선 최대의 신비가 천지
라고 영탄의 정서를 숨기지 않았다. 천지는 조선의 근원이자 백사상
의 원천이기 때문이다. 그는 조선이 천지에서 시작되고 완성되었다고
했다. 그러한 음역이 바로 육당에게 다가온 천지의 궁극적 의미이다.

3. 새로운 예비 질서로서의 백두산 기행

육당이 『백두산근참기』를 통해서 얻고자 했던 것은 일차적으로
조선의 뿌리에 대한 확인이었다. 그는 이 답사를 통해서 조선의 처

21 위의 책, p.258.

한 현실을 이해했고, 자신이 펼치고자 했던 사상의 원천에 대해 인지했다. 그러나 이 모든 것보다 그가 얻었던 가장 큰 소득은 백두산과 천지, 붉사상 등이 관념으로 존재하는, 초월적인 어떤 세계가 아니라 지금 여기의 현장에서 펼쳐지고 있는 구체적 사실이었다는 점의 확인이었다. 그것은 일인들이 부정하고자 했던 단군신화의 현대적 복원이면서 민족적 자부심의 확인이기도 했다.

이와 더불어 육당이 이 답사를 통해서 얻고자 했던 것은 과거에 있었던 사실의 단순한 확인에 있었던 것만은 아니다. 이를 바탕으로 현재, 혹은 미래에 대한 새로운 예기를 얻고자 했던 것이 보다 큰 동기가 아니었을까. 회고와 확인만으로 현재의 불합리한 질서가 개선되는 것도 아니고 또 일제 강점기라는 견고한 억압이 이를 통해서 해방되는 것도 아니라는 점에서 그러하다. 육당은 이 기행을 통해서 확인이라는 정체성보다는 현재와 미래를 새롭게 열어나갈 수 있는 보다 어떤 가능성에 대해 보다 큰 무게를 두었던 것으로 판단된다.

앞서 언급대로 육당이 백두산 기행에 나선 일차적인 목표는 의지할 데 없는 비렁뱅이 신세를 위로받기 위해서라고 했다. 뿐만 아니라 국토의 거룩한 자태에 경건의 마음을 갖기 위해서 라고도 했다. 여기에 덧붙여 자기 자신을 알아야 한다는, 내성적 목적도 잠재되어 있는 것이라고도 했다. 이는 탐사의 목적 가운데 하나라고 했던, 큰 과거도 모르면서 큰 나라를 어찌 세우나[22]하는 반성적 테제와 밀접한 관련을 갖는 것이기도 했다. 육당이 말한 큰 과거란 물론 백두산

---

22 위의 책, p.136.

에 대한 망각을 의미하는 것이다. 그가 판단하기에 백두산은 조선의 산하를 구성하는 일부분이 아니라 조선의 모든 것이 함축되어 있는 신화이며, 역사이며, 사실로 구현되는 실체이다. 따라서 백두산을 망각하는 것은 곧 조선의 모든 것을 잃어버리는 일과도 같은 일이 된다. 그가 큰 과거를 모른다고 한 것은 바로 백두산에 대한 인식적 가치와 사실적 가치를 상실했다는 것과 동일한 의미라고 할 수 있을 것이다.

육당은 민족의 근원이 희미해진 까닭 가운데 하나로 백두산에 대한 망각을 들었다. 이런 맥락에서 본다면 그가 백두산을 답사한 것은 단순히 과거적 사실을 복원하고 이를 확인하는 수준에서 그치는 것이 아니라고 할 수 있다. 뿐만 아니라 그의 조선학의 근거인 단군 사상과 붉사상을 이해하고 이를 확증하는 차원에서 시도된 것이라고 할 수도 없을 것이다. 이렇게 말할 수 있는 근거는 다음과 같은 구절 때문이다.

> 온갖 각각 다른 그를 말미암아서 대동(大同)해지지 아니하면 아니될 것이요, 온갖 서로 들어맞지 않는 모가 그를 말미암아서 원만하게 성취되지 아니하면 아니될 것이요, 온갖 사악하고 더러움이 그를 말미암아서 정화되지 아니하면 아니될 것이다. 온갖 검정칠한 것이 단군의 원심(圓心)에서 깨끗해진 뒤가 아니면 아무 갱생의 일을 말하지 못할 것이다.(중략)
> 어허, 저 천지! 소극적으로 보면 구조선(舊朝鮮)의 빨래 솥이요, 적극적으로 보면 신조선(新朝鮮)의 용광로인 저 천지! 깨끗해진 영광의 새 조선이 저리로부터 나올 것을 생각하고

는 낮추낮추 고개를 그리로 숙이고 깊은 생각과 마음속 기도를 오래오래 하였다.[23]

이 인용문을 보면, 육당이 백두산에 오르고자했던 근본 의도 가운데 하나를 읽게 된다. 그것은 새로운 조선의 건설, 곧 독립국가 건설에 대한 의지의 표명이다. 이런 그의 의도를 받아들인다면, 『백두산근참기』는 제2의 독립선언서라 할 수 있을 것이다. 실상, 『백두산근참기』를 포함한 일련의 답사기들은 현장에서 쓰여진 독립선언서라고 해도 틀린 말은 아닐 것이다. 기미독립선언서가 선언하기 위해 만들어진, 행사적 국면의 글이라 할 수 있다면, 국토기행을 통해서 얻어진 여행기들은 현장에서 쓰여진 일상적 독립선언서라고 해도 무방한 경우라 할 수 있다. 육당은 국토여행을 통해서 지나온 과거를 일깨우고 새롭게 나아갈 미래를 개척해내고자 했다. 그러한 길의 도정에 놓인 것이 바로 백두산기행이었던 것이다. 그는 천지의 개벽 사상을 바탕으로 구조선의 낡은 질서를 녹여내고 신조선의 새로운 기운을 얻어내고자 했다. 이를 통해서 현재의 질곡을 극복하고 새로운 국가질서에 대해 대망했다. 그가 천지를 생성의 근원인 큰어머니로 본 것은 이 때문이다. 따라서 백두산과 천지는 과거의 실체이면서 현재진행형으로 다가오는 문제이기도 하다.

저기서 단군이 나오셨겠다. 저기서 대륙의 3제국이 나왔겠다. 만광(萬光)의 빛인 '붉은'도 저기서 나왔겠다. 만력(萬力)

---

23 위의 책, p.306.

의 힘인 '슬은'도 저기서 나왔겠다.

　나온 것만 해도 어마어마하고, 나오는 것만 해도 엄청나지만, 이제부터 나올 것이 다시 얼마일지는, 나올 그것에 견주어 나온 그것이 실상 구우(九牛)의 일모(一毛)일 것을 생각하며, 이때까지 지나온 것은 실상 검부러기요, '부정치기'요, '정말'과 '알짬'은 실상 이제부터 나올 것을 생각한다.

　온갖 신비가 저리로부터 나오고, 나와서 쉬지 않고 그침이 없을 것을 생각하면, 조화의 대문인 저것을 어떻게 다만 늪이라 하며, 거령(巨靈)의 입인 저것을 어떻게 다만 늪이라 하며, 꼭 닫힌 대법성해(大法性海)의 방긋이 열어 놓은 저 구멍을 어떻게 다만 늪이라 하고 말랴![24]

육당의 관점에서 보면, 천지는 생성의 근원이다. 한민족의 모든 것 뿐만 아니라 소위 불함문화권으로 묶일 수 있는 동아시아의 모든 것이 여기서 발원이기도 했다. 그러나 넘쳐나고 흐를 정도로 많이 생성되었다고 하더라도 그것은 구우일모(九牛一毛)에 불과할 정도로 아주 사소한 것이었으며, 앞으로 형성되고 만들어질 것들은 이제보다 더 중요한, 현재진행형의 것들이라 할 수 있다.

　천지에 대한 육당의 이러한 희원은 새로운 질서에 대한 예비의식에서 비롯된 것이다. 그것은 현재의 불온을 딛고 다가올 미래에 대한 유토피아 의식이라 할 수 있다. 여기에 민족주의자로서 조국독립에 대한 의지가 깔려 있음은 당연하다 할 것이다.

---

24 위의 책, p.250.

육당은 백두산 답사를 통해서 현재의 우리와 미래의 우리를 확인했다. 또한 자신의 사상적 근거인 붉사상의 근원과 불함문화의 원천이 천지에 있음도 이해했다. 이런 맥락에서『백두산근참기』는 다음 몇 가지로 그 의의를 정리해 볼 수 있겠다. 하나는 백두산기행을 비롯한 일련의 국토순례가『소년』이후 그의 대표적 아이콘이었던 지리적 관심의 연장선에서 이루어졌다는 점이다. 그의 지리학이 근대의 터로 나아가는 통로였다는 점, 민족주의의 새로운 장을 여는 매개였다는 점에서 의의가 있는 것이거니와 백두산 여행은 그 정점에 놓여 있는 것이었다. 둘째는 육당 사상의 핵심인 붉사상과 불함문화의 실천적 확인이었다. 앞서 언급대로 답사는 현장의 실제적 지식을 통해서 관념적 지식이 갖는 한계를 넘어서는 도구적 행위의 일환이었다. 그는 이 답사를 통해서 자신의 사상을 확인하는 계기로 삼았다. 셋째는 새로운 질서에 대한 열망의식이다. 육당은 답사라는 형식을 통해서 민족의 현실을 이해하고자 했을 뿐만 아니라 거기에 잠재되어 있었던 닫힌 정신을 일깨워 세우고자 했다. 답사라는 실천적 행위가 정신에 대한 새로운 환기이거니와 그는 이를 통해서 지나온 과거를 이해하고 새로운 미래를 예기하는 자기결단을 하게 된 것이다. 그 매개로 기능했던 것이 '천'(天) 사상이었고, 그 구체적인 실체는 바로 '천지'였다. 천지는 과거의 때를 씻어내고 새로운 질서를 만들어내는 원천 역할을 한다는 것이 육당의 판단이다.

육당은『백두산근참기』를 통해서 독립된 국가의 이상형을 보고자 했다. 그것이 어떤 것이어야 한다는 구체적인 실체에는 이르지 못했지만, 민족의 테두리가 굳건히 지켜지는 모형이었다는 점은 분명하다 할 것이다. 이런 면에서 그는 민족주의자로서의 면모를 유감없이 드러내었다고 할 수 있을 것이다. 뿐만 아니라 그는 이 답사를 통해서 소멸했던 과거의 역사를 불러일으키고 망각되었던 백두산의 실체를 현재화시킴으로써 민족의 나아갈 방향을 모색했다. 그 방향이 현재의 부정성을 극복하는 것임은 당연한 것이거니와 이런 맥락에서 『백두산근참기』는 발로 쓰여진 제2의 독립선언서라고 할 수 있을 것이다. 표면적으로 드러나 있지는 않지만 그러나 반만년 역사의 권위가 깃들여진 조국의 강토에 새로운 혼을 주입시킴으로써 그는 새로운 독립을 준비하고 꿈꾸고자 했던 것이다. 그것이 백두산 기행을 통해서 얻은 지식이며, 『백두산근참기』를 쓴 근본 의의가 아닌가 한다.

육당 최남선 문학 연구

- 근대의 길을 내고 민족을 발견하다 -

제7장

「자열서」 연구

– 한국의 제퍼슨인가, 혹은 변절자인가

○

1. 육당학의 전제 – 텍스트와 환경의 유기적 관계

한 인물의 행적이나 사상에 대해 평가를 하는 것은 쉬운 듯 하면서도 매우 어려운 일이다. 그것은 시대의 문맥에 따라 그 인물의 과거 행적이 새롭게 조명될 뿐만 아니라 앞으로 전개될 상황에 의해서도 그것들이 자유롭지 않기 때문이다. 뿐만 아니라 당자가 행한 행동이나 그가 남긴 흔적, 가령, 텍스트의 의미도 고정된 것이 아니어서 하나의 기준에 의한 재단, 곧 흑백논리로 재단하는 것은 매우 어려운 일이 아닐 수 없다.

그럼에도 후대의 사가들은 과거 인물들과 행적에 대해 현재의 시점이나 혹은 고정된 잣대를 여과 없이 들이대기도 하고 또 엄격한 윤리적 기준을 요구하려 든다. 이런 이분화된 논리들이 수많은 범법자들을 양산해내었음은 물론이거니와 현재에도 그러한 모험들은 간단없이 진행되고 있다. 그 결과 불운했던 과거의 역사와 더불어 수많은 범죄자들, 민족 반역자들이 본인의 의도와 무관하게 만들어 졌고, 또 그 반대의 측면에서는 우상화의 작업이 동시에 이루어지기 도 했다. 역사의 저변에 흐르는 윤리의 외침들이 크게 울려 퍼질 때 마다 근대의 견고한 성채들은 서서히 와해되었던 것이다.

우리가 윤리라는 준열한 잣대를 곧추 세울 때, 언제나 문제되었던 것 가운데 하나가 일제 강점기의 역사와 그 속에서 활동했던 여러 인사들의 행적이었다. 한편으로는 도덕적 염결성에 의한 절대적 기 준을 통과한 사람들만이 저항 문인이라는 반열에 들 수 있었고, 이 기준에서 멀어지게 되면 현실추수자이거나 시대를 용납한 협력자, 변절자로 낙인찍혔다. 여기에 더 엄격한 기준을 적용하면 흔히 받아 들여지던 저항문인의 레테르도 과감하게 벗겨져 버리곤 했다[1]. 그렇 다고 이런 비판적 사유가 불온한 현실에 저항하며 자신의 모든 것을 내던진 독립투사들의 자기 희생 정신을 폄하하고자 하는 것은 절대 아니다. 이들에게 보내는 최대의 존경과 건국 공로의 가치에 대해서 는 아무리 강조해도 지나치지 않기 때문이다.

그러나 이런 양립성이 가져올 수 있는 오해와 그릇된 판단이 전적 으로 받아들여져서는 안 된다는 사실은 강조되어야 할 것으로 판단 된다. 여기에는 다음 두 가지 전제가 당연히 뒤따라야 한다고 본다. 하나는 국가와 개인의 문제에서 파생되는 것이고, 다른 하나는 저항 행위가 갖는 궁극적 의미와 관계된다. 전자의 경우는 과도한 윤리성 의 문제가 수반되는데, 우선 국가와 개인의 문제는 상호보족적인 관

---

1 오세영, 「윤동주 시는 과연 저항시인가」, 『20세기 한국시인론』, 월인, 2005.

계에서 성립한다. 뿐만 아니라 여기에는 정치적인 것까지 함의된다. 국가의 경우 개인의 모든 것, 국민의 제반 요건을 보호해야할 의무가 있고, 개인이나 국민 또한 그 역의 의무가 지워지게 된다. 이들의 관계는 엄격히 상호적인 호혜관계를 유지해야만 그 유기적 긴장관계가 성립한다. 그러한 관계의 한 단면을 보여주는 것이 한일합방의 경우이다. 이때 조선이라는 국가는 외세에 파산해버린 나머지 개인을 보호하지 못했다. 국가가 지켜주지 못한 개인이 그 국가를 위해서 지나친 희생과 헌신을 요구당하는 것이 당위라든가 윤리라고 몰아붙일 수 있는 것인가. 실상 이런 아이러니로부터 자유로울 수 있는 개인과 국가란 존립 가능할 수 있는 것인가. 그리고 다른 하나는 보이는 상대에 대한 투쟁의 문제이다. 그에 대응하는 방식이 적극적인가 소극적인가 하는 것이 이 질문의 요체인바, 지금까지는 전자의 경우에만 과도한 헌사가 주어졌을 뿐 그 나머지에 대해서는 애써 외면하는 것이 사실이었다. 심지어 윤동주의 경우도 그 스스로에게 내포되었던 전정한 가치마저 폄하되지 않았던가. 이런 사실을 목도하게 되면 우리는 지금까지 너무 지나친 윤리나 도덕성의 미망에 갇혀 있었던 것이 아닌가 하는 회의에 젖어들게 된다. 가령, 외부 현실과의 완벽한 단절을 통해 일제 강점기의 혹독한 현실을 비껴가고자 했던 영랑과 그의 작품을 두고 저항성과는 무관한 것이었다고 말할 수 있을 것인가,[2] 아니면 계급혁명을 통해 민족해방을 꿈꾸었던 카프의 구성원을 두고 비저항성을 지향한 대표적 사례로 귀결시킬 수 있단 말인가.

---

2 송기한, 「현실과 순수의 길항관계」, 『한국현대시사탐구』, 다운샘, 2005.

　일제 강점기를 경험했던 문인치고 그 현실을 순순히 용인하고 자
신만의 위안을 추구한 시인이 과연 얼마나 있을까. 시련이 깊으면
깊을수록 그 저항의 강도가 비례하거나 아니면 내면 깊숙이 잠재하
는 것은 아닐까. 그러한 내면을 두고 후세의 평가자들은 너무 엄격
한 윤리적 잣대만을 들이대는 것은 아닐까. 이런 물음 앞에 자유로
울 수 없는 존재 가운데 하나가 바로 육당 최남선이다. 그는 누구도
부인하지 못할 정도로 조선의 근대화와 민족 정체성 확보에 있어 뚜
렷한 족적을 남긴 인물이다. 그는 잘 알려진 대로 「기미독립선언서」
의 초안을 완성해서 한국의 토마스 제퍼슨이라는 칭호를 얻고 있기
도 하고, 일제말의 모호한 텍스트와 행동으로 말미암아 변절자의 굴
레를 아울러 뒤집어쓰고 있는 복합적 인물이다. 한 인물을 두고 이
렇게 극단적으로 상반되는 평가가 내려지는 것은 그 유례를 찾기 힘
든 일이거니와 그런 양면성이야말로 파행화된 한국의 근대사가 보
여준 비극이라 할 수 있을 것이다.

　그러나 중요한 것은 어느 하나의 행동이나 어귀, 혹은 담론의 단
편적 흔적으로 한 인물의 전부를 평가하는 것이야말로 재단비평의
오류를 벗어날 수 없다는 점이다. 인물을 둘러싼 환경이 유기적이고,
그 환경에 의해 생산된 텍스트들 또한 그 관계망으로부터 자유로울
수 없는 것이 현실이기 때문이다.[3] 현실과 텍스트, 현실과 행동의 유
기적 혼융이야말로 현대의 이데올로기적 환경이 부여하는 최대의

---

3 이런 관점을 견지하면서 육당의 텍스트를 읽어낸 전성곤의 관점은 매우 유효한 것
　으로 판단된다. 그는 텍스트란 한 사회와의 유동적인 관계에서 탄생하는 것이기
　때문에, 당대의 시대적 문맥에서 텍스트를 읽어내야 그 텍스트의 본질적 함의에
　보다 정확하게 접근할 수 있다고 했다. 전성곤,『근대조선의 아이덴티티와 최남
　선』, 제이앤씨, 2008.

복합성이자 유연성일 것이다. 텍스트는 환경과의 자유로운 교감 속에서 탄생한다. 비평하고자 하는 잣대를 미리 정해놓고 텍스트를 평가하는 것은 그 텍스트가 함의하는 본질에 제대로 육박해 들어갈 수가 없다. 육당의 행적이나 그가 남긴 텍스트를 평가하는 데 있어서도 이 원칙은 지켜져야 하리라고 본다. 아니 육당뿐만 아니라 일제강점기를 살았던 모든 문인들에게도 이러한 사실은 똑같이 유효하다. 그럴 경우 그들에게 부당하게 덧씌워졌던 잘못된 판단이나 그릇된 선입견이 해소되고 정당한 복권이 이루어질 수 있을 것으로 판단된다.

2. 참회록으로서의 「자열서」

조선의 해방은 어느 날 갑자기 온 것이기에 그것은 조선의 모든 사람들에게 매우 당혹스러운 경험이 되었다. 준비된 해방이 아니라 하늘에서 툭 던져진 해방이야말로 조선의 앞날을 예단키 어려운 난맥상 그 자체였기 때문이다. 좌우익의 대립이나 민족진영 내부의 분열이야말로 그 갑작스러움의 결과가 가져온 단적인 예증이 아닐 수 없다. 그러나 그 경로야 어떠하든 간에 결과는 이승만의 독립촉성회가 해방 공간의 정치적 주인공이 되었고, 이후의 모든 것들은 이 노선이 지시하는 대로 움직여 나아갔을 뿐이다. 그 대표적인 사례 가운데 하나가 바로 1948년 9월에 제정된 반민족행위처벌법의 제정과 그에 따른 반민족특별위원회의 활동이었다.

해방 공간에 놓인 가장 중요한 당면과제 가운데 하나를 꼽으라면 단연 친일파의 청산문제라 할 수 있을 것이다. 이는 민족 자존심의 문제이며 민족정기의 문제이기도 하고 새나라의 정체성과 관련된 문제이기도 한 것이기에 다른 어느 요인보다도 우선시되는 문제였다. 1948년 대한민국 정부가 출범하자마자 곧바로 제정한 것이 반민족행위처벌법이었던 것도 이런 사정을 잘 대변해주는 것이었다. 이 법의 제정은 개인의 윤리 문제를 포함하여 공적인 윤리, 더 나아가 민족의 윤리를 여과하는 근본 장치였다고 하겠다.

그러나 이런 거대한 이상과 목적에도 불구하고 이 법의 한계는 분명한 것이었다. 정치의 주인공이 되었던 이승만의 노선이 친일분자들을 포섭하고 있는 것이어서 이 법이 나아가야할 방향이란 어느 정도 정해져 있었기 때문이다. 실제로 이 법에 의해 구성된 반민특위가 제대로 가동되지 못했을 뿐만 아니라 제대로 처벌받은 사람도 없었다. 그러나 그 결과가 어떠하든 간에 형식적으로나마 이 법에 저촉된 인사들이 있었던 것은 당연한 일이거니와 최남선의 경우도 여기서 예외가 아니었다. 그는 60세가 되던 1949년 2월, 그러니까 반민족행위처벌법이 시행된 이듬해 2월 반민족행위처벌법으로 서대문형무소에 수감되는 신세가 되었다. 그러나 다른 인사들과 마찬가지로 그의 감옥 생활 역시 오래 지속되지 않았다. 이해 3월에 일제 말기 자신의 행적, 보다 정확하게는 친일 행적에 대한 자신의 반성을 적은 「자열서」를 특별재판소에 제출한 뒤 한 달 만에 보석으로 풀려났기 때문이다.

육당의 석방과 더불어 반민특위의 활동 또한 오래 지속되지 못했다. 반민특위는 그해 8월 제대로 된 친일의 찌꺼기들을 여과시키지 못하고 활동을 종료했기 때문이다. 36년이라는 긴 세월동안 행해졌던 미묘한 문제들을 제대로 밝혀내기 위해서는 적어도 몇 년에 걸쳐 이루어져야 할 일들이 1년도 채 안 되는 활동만으로 종료되었다는 것은 그만큼 이 특위의 역할이 형식적인 측면에 국한되었다는 반증이라고 하겠다. 국민의 눈을 적당히 속이는 차원에서 종료함으로써 정치의 주인공들만을 위한, 친일에 대한 면죄부 역할로 그 임무를 다한 것이다. 이런 맥락에서 보면, 육당의 「자열서」는 과거 친일행적에 대한 면죄부 내지는 석방을 위한 요식 행위에 불과했다는 것을 알 수 있다.

육당의 「자열서」는 이후 1949년 3월 10일 《자유신문》에 발표됨으로써 세상에 공개되었다. 반민특위 재판장에게 보내진, 탄원의 형식을 취한 「자열서」는 육당 자신의 참회록 내지는 반성문이라는 형식을 떠나 우리 문학사에서 갖는 의의는 매우 지대한 것이라 할 수 있다. 우선, 이런 내성의 글 자체가 우리 문학계에서는 매우 드문 일이라는 점에서 그러하고, 또 일제 강점기 자신의 행적에 대해 참회의 형식으로 쓰여진 글이 희소하다는 점에서 그러하다. 이런 형태의 글로 가장 먼저 손꼽아 볼 수 있는 것이 채만식의 「민족의 죄인」이다. 채만식은 이 작품에서 세 가지 인물 유형을 내세우면서 친일의 문제를 짚어나갔다. 하나는 자기신념에 따라 절필한 인물, 둘째는 강요에 의해 친일적인 문필활동을 한 인물, 셋째는 경제사정으로 친일적인 기자로 끝까지 남아 있어야 했던 인물 등등을 설정한 다음, 생존의 조건을 우선시할 것인가 아니면 모럴을 우선시할 것인가의 대립으로 인물들의 갈등을 풀어나가고 있다. 물론 그 속에 내재된 감각이란 철저한 자기비판만이 민족에 대한 죄의식으로부터 벗어날 수 있는 지름길임을 내포하고 있다. 그리고 다른 하나는 벽초 홍명희를 둘러싼 유명한 '봉황각 좌담회'이다,[4] 이 좌담회의 기본 성격도 채만식이 「민족의 죄인」에서 제시했던 생존조건과 모럴 사이의 대립이었던바, 강고했던 일본 제국주의에 대한 타협의식과 그에 따른 솔직한 자기비판만이 해방 공간이 요구했던 모럴의 수준에 이르는 것으로 이해했다.

그러나 육당의 「자열서」는 채만식의 「민족의 죄인」이나 '봉황각 좌담회'에서 문제시되었던 소위 생존의 조건과 모럴의 감각 사이에 놓인 갈등과는 전연 무관한 것이었다. 물론 그 이면에 놓인 것이 이 두 감각의 사이에서 갈등하는 치열한 대결의식이었을지언정 적어도 표면상으로는 이 둘의 관계가 명백하게 드러나지는 않는다. 그것이 어쩌면 「자열서」만이 갖는 특징이라고 할 수 있는데, 육당이 초지일관하게 이 글에서 주장하고 싶었던 것은 일본에 대한 전투의식과 민족에 대한 뚜렷한 자의식이었다. 그는 여기서 어떤 경우라도 현실 조건과 모럴의 팽팽한 긴장관계에 대해서는 아무런 답변을 내놓고 있지 않기 때문이다. 채만식이 말했던 생존조건과 임화가 언급했던 소위 촌부의식과 일상에의 타협이란 무엇을 말하는 것인가. 그것은 다름 아닌 친일에 대한 긍정이 아니겠는가. 현실의 열악성이 그들로 하여금 어쩔 수 없이 친일환경을 수용할 수밖에 없었다는 논리야말로 친일에 대한 엄연한, 그리고 솔직한 수긍이었을 것이다. 물론 「자열서」의 문맥이 그러하지 않았기에 육당을 윤리의 엄결한 늪으로부터 자연스럽게 일탈시키고자 하는 의도는 전혀 없다. 역사는 드러난 현실과 텍스트만이 우리에게 말해주는 것이기에 이를 왜곡할 수도

---

4 『대조』, 1946,1.

없고, 또 부재한 사실을 존재하는 것처럼 포장할 수 있는 것도 아니기 때문이다.

이런 전제하에서 육당이 「자열서」에서 말하고자 했던 것은 무엇인가를 탐색해 들어가야 할 것이고, 또 이글로부터 어떤 의미를 얻을 수 있는가의 목적만 달성하면 그만이다. 우선 그가 말한 「자열서」의 내용이 무엇인지 살펴보자.

육당이 「자열서」에서 말한 친일에의 혐의 혹은 오해는 크게 다섯 가지로 요약된다. 첫째는 관변단체인 조선사편수회에 가입한 것이고, 둘째는 역시 관변단체였던 중추원참의에 참여한 사실을 이야기했다. 셋째는 제국주의의 합리화를 위해 건설되었던 만주국과 그 이데올기적 실천을 위해 설립되었던 만주건국대학의 교수로 간 행위, 넷째는 학병권유를 위해 일본으로 떠난 행위, 다섯째는 단군을 무고하여 일본의 내선일체 사상의 이론적 근거를 제시했다는 것 등등이다.[5] 이를 바탕으로 그는 다음과 같이 변명함으로써 안팎으로 쏟아지는 비난의 화살을 피해가고자 했다. 우선 조선사편수회에 가입한 것은 학문연구와 봉록에의 필요성 때문에 그러한 것이지만, 조선사를 위해 중요한 기여를 했다고 보았다. 여기에 참여하지 않았으면 할 수 없었던 조선사연구를 지속적으로 수행할 수 있는 공간으로 활용했다고 해명했다.[6] 그리고 중추원 참의 참여문제에 대해서는 불출석의 상황으로 대응했다. 곧 한 번도 여기에 출근한 적

---

5 최남선, 『근대문명문화론』, 「자열서」, 경인문화사, 2013, pp.232-234.
6 육당이 이 단체에 가입한 것에 대해서는 다음 두 가지 관점이 존재한다. 하나는 친일행위로 보는 비판적 평가가 있고, 다른 하나는 관변단체에 참여하긴 했지만, 조선의 역사와 문화연구에 업적을 남겼다는 것이 바로 그러하다. 류시헌, 『최남선 평전』, 한겨레출판, 2011, p.174.

이 없기에 관변단체에 가입된 사실만으로 친일의 근거를 찾을 수 있는 것은 아니라고 했다. 그리고 만주건국대학에 간 것은 조선의 대표로 간 것이고, 또 이를 바탕으로 단군학이라든가 조선학에 대한 입장을 지속적으로 개진할 수 있었기에 전연 문제될 것이 없다고 했다. 그리고 마지막으로 학병권유의 길을 떠난 것은 이삿짐을 옮기는 도중에 붙들려 갔을 뿐 자발적인 의사로 간 것이 아니었다고 했다. 그러면서 학병참여를 권유한 것은 이 전쟁의 참여를 통해서 새로운 국가건설을 예비할 수 있는 경험축적의 필요성 때문이었다고 해명했다. 전투능력을 배양해서 임박해오는 새로운 현실, 곧 조국 독립에 대비하는 차원에서 학병 지원을 권유했다고 한다. 친일에 대한 치명적 약점으로 작용할 수 있는 학병권유의 연설은 이후 육당의 연설을 들은 증인들이 등장함으로써 어느 정도 그 혐의를 벗기도 했다.[7]

이상이 「자열서」에 나온 육당의 친일행위와 그에 대한 변명이다. 이외에도 친일에 대한 육당의 흔적들은 김병걸, 김규동이 편한 『친일문학작품선』에서 보이는바, 다음과 같은 것들이 거론되고 있다. 수필 「아세아의 해방」,[8] 「성전의 설문」,[9] 「신의 뜻 그대로의 옛날을 생각함」[10] 등등이 그것이고, 이외에도 몇 편의 글이 더 있는데, 이들

---

7 강영훈, 「3·1절 60주년을 맞이하여 은사 육당 선생을 추모함」, 『육당이 이 땅에 오신지 백주년』, 동명사, 1990, p.127. 최학주, 『나의 할아버지 육당 최남선』, 나남, 2011, p.227. 육당의 손자인 최학주는 그 대표적인 사례로 장준하의 경우를 들고 있다. 장준하가 학병으로 참여했다가 탈출하여 광복군의 일원이 된 것이 바로 그러하다. 실제로 장준하는 육당이 서거했을 때, 그가 발행하고 있던 『사상계』에 육당에 대한 추모의 글을 애절하게 읊어낸 바 있다.

8 《매일신보》, 19944년 1월.

9 『신세대』, 1944년 2월.

은 모두 태평양전쟁과 그 과정 속에 이루어진 것들이 대부분을 차지하고 있다. 육당은 「자열서」에서 이러한 글들이 자신의 명의 도용에 의해 이루어진 것으로 파악하고 있으나 글의 내용이나 구성상 육당이 직접 쓴 것도 제법 많은 것으로 판단된다.

육당의 친일적 발언들은 이 수필에서 어느 정도 노골화되는데, 가령 「아세아의 해방」에서는 일본을 아시아의 맹주로 인식하고 동서양의 대립구도에서 동양의 거시적인 독립의 필요성을 역설했다. 그리고 「성전의 설문」에서는 "대동아전에서 팔굉위우의 대정신과 아울러 그를 실현하기에 족한 일본 제국의 실력에 있어서 신뢰와 향응이 나날이 심후"해진다고 하면서 제국주의를 찬양했다. 「신의 뜻 그대로의 옛날을 생각함」에서는 "내지의 고대전설이 어찌 내지의 독특한 것이라고만 생각할 수 있겠습니까"라고 하여 소위 내선일체라든가 대동아공영권의 이론적 근거를 소박하게나마 제시하기도 했다.

개항이후 육당이 전개시켜온 조선과 민족, 그리고 조선학이라는 거대한 흐름에서 보면, 1940년대 초반에 보이는 이러한 친일에의 혐의가 매우 낯설고 어색하게 느껴지는 것은 사실이다. 그런 낯설음에 대한 변명은 어쩌면 외적인 요인에서 발견할 수 있는 것이 아닐까 한다. 객관적 현실이 점점 열악해지고, 카프 문학과 같은 진보적 문학이 더 이상 앞으로 나아갈 수 없는 현실에서 육당의 한국학 또한 더 이상 나아갈 출구를 찾지 못한 것은 아닌가. 이런 폐쇄적인 흐름과 경로들이 육당으로 하여금 일상으로의 전화내지는 타협의 길로

---

10 김병걸 외, 『친일문학작품선집』, 실천문학사, 1986, pp.104-111.

나아가게 한 것은 아닐까.

그러나 중요한 것은 이런 단편적인 사실이 육당의 사상이나 학문을 전부 말해줄 수는 없다는 것이다. 그러한 결론에 이르기 위해서는 그의 필생의 과업이었던, 조선학이나 단군학 등등이 어떤 경로를 거치고 있는가 하는 판단이 더욱 중요하리라고 본다. 전진을 위한 후퇴라든가 정체성을 위한 상호텍스성은 어느 정도 용인되어야 하기 때문이다. 생명의 끈이 미세하더라도 이를 붙들 수 있다는 희망만이 있다면 다른 것은 어느 정도 포기되어도 가능한 일이 아닐까. 조선학과 일본학의 처절한 싸움, 민족적인 것과 친일적인 것이 구분되지 않는 환경 속에서 육당이 선택할 수 있는 최선의 길이란 과연 무엇이었을까. 이에 대한 정당한 해법이란 무엇일까. 1930년대 말기를 전후해서 육당 앞에는 이렇게 무거운, 감당하기 힘겨운 과제가 놓여 있었던 것이다.

따라서 육당에 대한 어떤 결론에 도달하기 위해서는 그가 아주 강력하게 옹호하고 있는 한국학, 곧 단군학에 대한 경로가 전후기에 어떤 길을 걷게 되었는가를 파악하는 매우 중요한 준거틀이 된다고 할 수 있을 것이다. 육당 자신도 「자열서」에서 가장 심혈을 기울여 변명하고 항변하고 있는 것이 단군론의 왜곡과 그에 따른 내선일체 사상에 동조했다는 비판의 담론들이었다. 실상 육당에게서 친일이냐 아니냐 한국의 제퍼슨인가 변절자인가를 가름하는 기준이 여기서부터 분기한다고 해도 과언이 아닐 정도로 이 부분은 매우 중요한 논란거리가 되어 온 것이 사실이다.[11]

---

11 내선일체에 비판적이었다는 논리와 내선일체에 동조했다는 논리가 그것인데, 가령, 전자의 경우에는 임돈희, 「최남선의 1920년 민속연구」, 『민속학연구』, 국립민

육당에게 단군이란 그의 필생의 주제였을 뿐만 아니라 그의 한국
학의 정점이었다. 만약 그러한 단군론이 변질된다면, 혹은 내선일체
론의 사상적 근거가 되어버린다면, 그의 학문은 그 이론적 근거를
잃어버릴 뿐만 아니라 풍부한 상상력과 넓은 지식으로 새롭게 정초
된 '불함문화론' 역시 단지 일본 제국주의의 길을 밝혀 놓은 아첨의
수단으로 전락할 처지에 놓이게 되어버릴 것이다. 이런 위기감이 육
당으로 하여금 「자열서」를 쓰게 한 근본 동기가 되었을 것이다. 이는
그에게 학병권유를 연설케하고, 대동아성전을 외치고 승리를 기원
하는 감성적 차원과는 전연 다른, 절체절명의 위기의식이었다. 육당
이 「자열서」에서 이 부분에 대해 심혈을 기울여 할애하고 있음도 이
와 무관하지 않다.

나에게 모아진 죄목은 국조(國祖) 단군을 무고하여 드디어
일본인에게 소위 '내선일체론'의 보강 재료를 주었다 함이다.
위에서 몇 항목의 일이 다만 일신의 명절(名節)에 관계될 뿐
이며, 그 동기 경과 내지 사실 실태에 설사 진술할 말이 있을
지라도 나는 대개 참고 침묵하고 만다.
그러나 이 국조 문제는 그것이 국민정신의 근본에 저촉되
는 만큼 한 마디 설명을 해야 할 것이 있다. 대저 반세기에 걸

속박물관, 1995, 전성곤,『근대조선의 아이덴티티와 최남선』, 제이앤씨, 2008, 조
현설, 「민족과 제국의 동거」,『한국문학연구』32집(동국대학교, 2007) 등이 있고,
후자의 경우로는 곽은희, 「만몽문화(滿蒙文化)의 친일적 해석과 제국 국민의 창출
-최남선의 「滿蒙文化」와 「滿洲 建國의 歷史的 由來」를 중심으로,『한민족어문학』
47집, 한민족어문학회, 2005, 박성수, 「육당 최남선연구 자열서 분석」『국사관 논
집』28집, 국사편찬위원회, 1991. 류시현,『최남선 연구』, 역사비평사, 2009. 등이
있다.

치는 나의 일관된 고행(苦行)이 국사 연구, 국민 문화 발양(發揚)에 있었음은 아마 일반의 승인을 받을 것이다. 또 연구의 중심이 경망한 학도(學徒)의 손에 말살, 폐각되려 한 국조 단군의 학리적 부활과 그를 중핵으로 한 국민정신의 천명에 있었음은 줄잡아도 내 학문 연구의 과정을 보고 아시는 분이 부인치 아니할 바이다.[12]

육당은 이런 전제하에 자신이 만들어내었던 단군론이 오용된 사례나 그것의 진의가 무엇인지를 분명하게 말하고 있다. 그는 두 가지 사실을 말한다. 하나는 단군을 일본의 조신(祖神)에 결탁하려 했다는 말이 유행의 정도로만 돌아다닐 뿐 그 본질에 대해 말하고 있는 경우가 거의 없다는 사실이다.[13] 그런데 육당의 이러한 항변은 어느 정도 설득력이 있는 것으로 보인다. 친일의 혐의가 다소 짙게 풍겨나는 건국대학 시절의 강연을 묶어낸 『만몽문화』에서도 단군과 일본 건국신화와의 연관성을 설파한 대목은 거의 찾아내기 어렵기 때문이다. 그리고 다른 하나는 일본도 단군 중심 문화의 일익(一翼)임을 언급함으로써 단군이 불함문화권의 중심임을 내세우고자 했다는 것, 그것이 곧 단군론에 대한 진의라는 것이다. 단군이 이 문화권의 중심이 되어버리면, 이 신화가 갖는 보편성의 함의는 더욱 넓어지게 되고, 조선만의 고유성이라든가 특수성은 현저히 약화되는 단점이 있긴 하다. 어떻든 그의 해명은 내선일체와 동조되는 단

12 「자열서」, 앞의 책, p.234.
13 위의 글, p.234.

군이 아니라 그것에 반하는 단군상이었다는 것이다. 이런 주장이 어느 정도 설득력을 갖기 위해서는 앞서 언급했던 『만몽문화』에서 피력된, 비중국중심의 문화 혹은 반일본중심의 단군상이 고유의 독자성으로 정립되어야 할 것으로 보인다. 그는 「자열서」에서 다음과 같이 말함으로써 자신이 의도한 진의가 무엇인지에 대해 항변한다.

> 나는 분명히 일평생 한길로, 일심으로 매진한 것을 자신하는 사람이다. 중간에 어려운 환경, 유약한 성격의 내외 원인이 서로 합쳐져서 내 의상에 흙을 바르고 내 행적에 올가미를 씌웠을지라도 이는 그때그때의 외적 변모일 따름이요, 결코 내 마음과 행동의 변전 전환은 아니었다. 이 점을 밝히겠다 하여 이 이상 강변스런 말은 더 하지 않겠다.[14]

조선과 민족을 위해 초지일관한 삶을 살았다는 것인데, 과연 그의 삶의 진실성이나 윤리성은 1930년대 후반과 이전의 분기하는 그의 사상적 흐름이 지속성을 갖고 있었던가 아니었던가하는 점이 명백히 드러나야 담보될 수 있을 것이다. 이런 관점이야말로 유행이나 고정된 선입견, 양도논법적인 잣대를 뛰어넘는 새로운 준거틀로 될 수 있을 것이다.

---

14 위의 글, p.237.

3. 조선심의 정점으로서의 불함문화, 그리고 단군학

육당이 의욕적으로 만들어내었고 이론화한 불함문화나 단군학을 이해하기 위해서는 그 이전의 시기부터 함의되었던 그의 사상적 흐름에 대한 명백한 이해가 필요하다. 그의 독창 이론인 불함문화론이 갑작스런 영감에 의해 형성된 것이 아니기에 그러하다. 단군을 필두로 정립된 불함문화론은 그의 조선주의 혹은 조선심의 추구가 만들어낸 거대한 성채이다. 뿐만 아니라 이런 일관된 흐름을 이해할 수 있어야 1930년대 후반기에 쓰여진 『만몽문화』를 비롯한 후기 저작을 이해하는 데에도 어느 정도 도움이 될 것으로 보인다.

1)민족과 국가의 시작

육당이 처음 시도하고자 한 이념들이 민족과 국가에 대한 새로운 발견에서 시작되었음은 잘 알려진 일이다. 그는 일찍이 두 번에 걸친 일본 유학을 통해서 근대를 이해했고, 이를 바탕으로 조선이 나아가야할 방향을 어느 정도 체득한 것으로 보인다. 이때 그의 사상을 좌우한 논리가 당시 유행하던 진화론에 있었음은 익히 알려진 바와 같다. 양육강식의 논리, 우승열패, 부국강병의 논리가 이 시기 진화론의 핵심 요인이었음을 감안하면, 육당의 이러한 노력은 조선의 현실에 비추어볼 때 시의적절한 것이었다고 하겠다.[15]

사회진화론의 관점에서 개화기라는 특수성을 고려하게 되면 문

---

15 전성곤, 앞의 책, p.196.

명개화는 가장 중요한 화두가 되었을 것이다. 실제로 육당이 매달린 것도 조선이 나아가야할 방향과 그 이론적 근거였다. 그리고 그 실천적 매개로서 가장 먼저 손꼽은 것이 문명이었다. 그러한 문명을 수용하기 위해 그가 일차적으로 관심을 두었던 것이 지리학적 관심과 그 활용방안이었다. 그 중심 소재가 신체시 「해에게서 소년에게」의 '바다' 이미지였다. 바다는 그에게 있어 문명의 소통이 이루어지는 절대 공간이면서 조선의 특수성을 매개하는 효용의 공간으로 기능했다. 뿐만 아니라 그것은 세계 속에서 조선을 발견해내는 매개였고 또 조선이 세계로 나아가는 수단이 되기도 했다.

그러나 바다와 소년을 통한 그의 진화론은 점증하는 제국주의의 억압 속에서 점점 그 힘을 잃어가게 된다. 그러한 조급성이 바다를 통한 문명개화보다는 조선의 고유성과 정체성에 대한 확인 작업으로 나아가게끔 하는 계기를 마련했다. 이를 조선의 정체성 굳히기 과정이라고 할 수 있다면, 이는 육당의 조선학이 탐색한 두 번째 단계에 해당한다. 그것이 이른바 태백산으로 표방되는 산의 의미화이다. 잡지 『소년』에 발표하기 시작한 태백산 계열의 시들이 바로 그러한데, 가령 「태백산가」, 「태백산부」, 「태백산의 사시」, 「태백산과 우리」 등의 작품들이 그 본보기들이다. 이들 작품들 속에서 태백산은 민족의 보호산이며, 조선 민중이 살아가는 삶의 근원으로 그려진다. 또한 그는 이들 신체시들을 통해서 '태백산'을 건국신화와 관련된 민족적 상징의 산으로 묘사하기도 한다.[16]

---

16 임수만, 「최남선 문학에서 산의 의미」, 『한국현대작가논총』, 2008, 1, p.185.

즐거움과 태평의 크나큰빛을
모든것에 골고루 나눠주라신
하늘명을 받드신 우리대황조
이세상에 오시매 네게로로다

머리에인 흰눈은 억만년가도
변하거나 녹음이 결코없나니
순결하고 영원한 마음과정성
속으로서 밖으로 드러남이라

네밑에서 자라난 우리사람은
너를보고 만드는 세력으로써
세전하는 포부를 힘써피고펴
우주의큰 목숨과 함께되리라

사나웁게 뛰노는 물결같은중
뽑힌바된 너희가 가장크거니
억만목이 소리를 가지런히해
너의덕을 즐겁게 기리리로다.

「태백산가(1)」 전문

　바다와 달리 산은 폐쇄성을 상징한다. 그러나 이런 닫힌 세계는 문명개화를 부정하고자 하는 의도에서 기획된 것이다. 그보다는 조선이라는 삶의 기반에 대한 강조, 혹은 조선의 정체성에 대한 강화의 의지에서 비롯된 측면이 강하다. 이렇듯 인용시에서 알 수 있는 것처럼, 태백산은 태초의 삶이 시작된 공간이며 조선의 건국이념이 고스란히 내재된 신성한 산으로 묘사되고 있는 것이다.

그의 관심주제가 '바다'에서 '산'으로 옮겨갔다는 것은 다음 몇 가지 측면에서 의미가 있는 경우이다. 하나는 방향성이 없었던 그의 개화사상이 구체성을 띠기 시작했다는 점이다. 물론 조선이라는 것을 정점에 두고 진행된 개화사상이긴 하지만 "때린다, 부순다, 무너버린다"와 같은 추상적인 행동과 의식만으로 개화의 경계가 이루어지고 또 그 목적이 달성되는 것은 아니기 때문이다. 둘째, 그의 사상의 핵심으로 자리 잡은 조선심의 단초가 여기서 이루어졌다는 점이다. 그는 태백산을 민족의 성산이나 건국신화가 만들어지는 절대 지대로 사유하고 있었다. 이런 의식이야말로 조선의 고유성과 독자성, 혹은 특수성을 담보하는 것일 뿐만 아니라 문화의 혼융이 가져오는 모호한 경계를 무너뜨리는 대안이었다는 점에서 그 의의를 찾을 수 있을 것이다. 개화기 초에 펼쳐진 육당의 태백산 사상은 이중성의 맥락이 내포되는 경우였다. 이 시기에 전세계를 휩쓴 민족주의 사상에 부응하면서 제국주의에 맞서는 이중의 음역을 갖고 있었기에 그러한데, 전자가 중국에 대한 대타의식이라면, 후자는 일본에 대한 그것이었다는 점에서 그러하다.

셋째는 조선심의 연장선에 논의할 수 있는 것인데, 이른바 민족관념의 형성이라는 국면이다. 민족주의 열풍이 근대 이후의 독특한 현상이고, 조선만이 이로부터 예외가 될 수는 없는 것이지만 어떻든 이 주의가 조선의 역사에서 매우 이례적이고 특수한 양상이었음은 부인하기 어려울 것이다. 이는 대중화권이라는 현실에서 조선이 처했던 역사적, 시대적 맥락과 분리하기 어려운 것이라 할 수 있다. 중화권이라는 아우라로부터 자유로울 수 없었던 조선의 현실에서 태백산으로 표명된 민족의 고유성은 거의 혁명과 같은 발상이었기 때문이다. 이런 참신성과 경이성이 태백산 사상의 핵심이거니와 그 출발은 이렇듯 개화초기부터 육당의 자의식 속에 깊이 내재되어 있었다.

넷째는 사상적 변모이다. 진화론의 맹점은 양육강식의 논리와 분리하기 어려운 것인데, 실상 이런 논리에 젖어들게 되면, 식민지 국민들은 자기모순의 함정에 빠지고 만다. 이른바 제국주의를 합리화시켜주는 사상적 논거가 되기 때문이다. 이런 모순을 해결하기 위해서 단재 신채호가 무정부의 사상으로 나아갔음은 지극히 당연한 일이었다.[17] 육당의 경우를 단재의 시각과 견주어 보게 되면, 그의 태백산 사상은 단재의 그러한 경로와 그 맥을 같이 하는 것으로 볼 수 있다. 새로운 투쟁의 모델을 단재는 무정부주의에서 찾았고, 육당은 조선심의 발견과 그것의 발양 속에서 찾았기 때문이다. 이때 무정부주의와 조선학은 거의 등가관계에 놓여 있다고 하겠다.

육당에게 개화 초기에 형성된 태백산 사상은 그것이 조선심의 발견과 그 이론적 정초를 위한 매개였다는 점에서 시사하는 바가 매우 큰 경우이다. 여기서 의미화된 태백산 사상이 건국신화라든가 민족의 상징으로 자리 잡았다는 것은 그의 사상사적 흐름에서 볼 때, 매우 중요한 계기라 할 수 있다. 민족과 국가에 대한 가열찬 모색이라는 필생의 주제가 어느 한 시기의 우연성에 의해 이루어진 것이 아

---

17 송기한, 「근대성의 4형식으로서의 무정부주의:신채호론」, 『한국 현대시와 근대성 비판』, 제이앤씨, 2010.

님을 일러주는 단초였기 때문이다. 그의 조선학이란 이렇듯 일관된 주제와 흐름을 갖고 있었던 것이다.

2) 불함문화론의 등장배경과 그 의의

육당이 단군학에 관심을 갖게 된 것은 민족이라는 정체성의 상실과 밀접한 관련이 있다. 1920년대는 합방이후 거의 10여년의 시간이 경과한 이후이고, 그 시간의 길이만큼이나 민족이라는 경계 혹은 정체성이 사라지고 있는 시기였다. 그런 위기감의 반영이 두 가지 형태로 나타났는데, 하나는 3·1운동이고, 다른 하나는 단군의 역사화, 곧 실체 증명이었다. 육당은 3·1운동의 의의를 그것이 민족적 결핍감의 발로였고, 이 선언을 통해서 그 회복의식이 방사선 형태로 표상된 것에서 찾고 있다.

> 온갖 민족적 결핍감이 이 선언을 통하여 방사선 형태로 표상된 것이 삼일 사건의 역사적 의미입니다. 이전까지 몰랐던 '민족'을 알려고 하고-잃었던 '민족'을 찾으려고 하고-부서진 '민족'을 반죽하려고 하고-고통에 비틀어진 '민족'을 일으키려고 하고-파묻힌 '민족'을 끄집어내려고 했습니다. 이러한 조선인이 다시 살고자 하는 열기가, 다른 방도가 모조리 막혔기 때문에 겨우 터져있는 구멍을 뚫고 발표된 것이 그것입니다.[18]

---

18 「조선민시론」, 『동명』 1호-13호, 1922.9.3.-11.26, 『근대문명문화론』, p.164.

민족에 대한 가열찬 부활의도가 삼일운동의 역사적 의의이며, 그러한 움직임이야말로 최소한도의 민족 정체성을 살리는 길이었다는 것이다. 그리고 다른 하나는 일본 학자들의 식민사관의 정립과 그에 따른 단군 실체론의 부정이다. 우선, 이들이 단군의 존재를 인정하지 않으려는 데에는 한민족의 뿌리를 제거함으로써 조선반도의 지배를 정당화하고자 하는 데 있었다. 그리고 후일 내선일체 사상의 완성을 기하고자 하는 의도도 함께 내포되어 있었다. 결국 이들의 궁극적 의도는 단군의 존재를 부정함으로써 민족문화의 시조를 없애고, 그 결과 한국의 역사나 문화는 일본인들이 강조하는 기자나 위만 조선, 한사군 및 소위 임나일본부 등의 인정에서 보듯 조선반도를 식민지 정부에서 시작해서 일제의 식민지로 끝나버리도록 하는 데 있었던 것이다.[19]

개화기 이후 민족의 정체성에 대해 끊임없이 탐구해온 육당으로서는 일본인들의 이러한 의도를 외면하는 것은 불가능한 일이었다. 이것이 그의 불함문화론이 탄생하게 된 근본 배경이 된다. 육당은 불함문화론의 서두에서 이 학문의 테두리를 동양학으로 규정해놓고, 그것이 곧 조선학이며, 조선의 비밀의 문이 열리는 것이라고 했다.[20] 아주 단순한 도식으로 보일지 모르지만 육당이 동양학을 조선학과 등가관계로 치환해놓은 것은 매우 의미심장한 것이었다.

육당 이전에 동양학의 개념을 만들어내고 이론화한 것은 일본 학자들이었다. 1920년대를 전후로 해서 그 선구자역할을 한 것이 시라

---

19 윤승준, 「육당 최남선의 단군론 연구」, 『인문학연구』 37집, 조선대학교, 2009, p.294.

20 『불함문화론, 살만교차기』, 경인문화사, 2013, p.3.

토리 쿠라키치(白鳥庫吉)와 도리이 류조(鳥巨奄藏)였다. 특히 시라토리가 동양학이라는 관념을 내세운 것은 순전히 서구학의 대타의식에서 비롯된 것이다.[21] 물론 그 이면에는 일본을 중심에 놓음으로써 일본이 아시아의 맹주이며, 일본 중심의 세계관을 심고자 한, 다분히 제국주의적 발상에서 제기된 것이었다. 반면 육당은『불함문화론』에서 동양학이 곧 조선학이며, 이를 통해 조선의 비밀의 문이 열린다고 함으로써 이 학문의 중심이 조선이라고 분명히 밝히고 있다.

육당이 동양학을 조선학이라고 등가관계에 놓은 것은 두 가지 이유가 내포되어 있다고 할 수 있다. 하나는 중국과 인도와 차질되는 새로운 동양학의 준비였다는 점이다. 육당이 이 책의 곳곳에서 지적하고 있는 바와 같이 동양학하면 중국이나 인도를 떠올리게 되지만, 실상은 그보다 더 큰 문화권이 아시아의 북방에 걸쳐 있었다는 것, 그것이 곧 불함문화권이라는 것이다. 물론 그 불함문화권의 중심에 조선과 단군 사상이 자리하고 있음은 물론이다. 그리고 다른 하나는 일본학에 대한 대결의식이다.

그러나 시라토리의 동양학과 육당의 동양학 사이에 놓인 차이가 이렇게 현저함에도 불구하고 애초부터 오해의 소지가 전혀 없었던 것은 아니다. 그것은 육당의 사상이나 시라토리 등의 그것이 동일한 동양학으로 묶일 수 있었다는 점, 그것이 보편적인 신화의 차원으로 승격될 때, 육당의 조선학, 곧 단군학의 고유성이 사라질 수 있는 위험성이 있다는 점 때문이다. 특히 후자의 논리는 그것이 내선일체의

---

21 전성곤, 앞의 책,p.146.

사상적 함정에 쉽게 넘어갈 수 있는 위험을 안고 있었다. 어떻든 육당의 불함문화론은 광대한 상상력과 학문적 깊이가 더해진 매우 독창적인 문화이론임을 부정하기는 어려울 것이다.

단군 부정에 대한 일본 학자들의 논의는 그동안 많은 연구가 되어왔고, 또『불함문화론』에도 자세히 나와 있기 때문에 또다시 중언부언할 필요성을 느끼지 못한다. 다만 이 사상의 핵심 기저로 자리하고 있는 '붉'사상과 그것의 의미에 대해서만 이해하고자 한다. 그것은 이 사상이야말로 불함문화권과 단군사상의 핵심을 드러낸 말이기도 하거니와『만몽문화』에까지 일관되게 유지되어 있는, 육당 사상의 본질에 해당하기 때문이다.

육당은 조선어의 '붉'(pãrk)을 밝다라는 글자 뜻 그대로 해석하는 것을 거부한다. 그것은 단순히 광명이 아니라 그 옛 뜻에는 신과 하늘의 의미가 포함되어 있다고 보았다.[22] 그것이 높이의 산과 자연히 결합하여 조선의 산천에 백과 관련된 산이 많이 존재하고 있음을 지적한다. 그리하여 신이 존재하는 신산은 단순히 숭배하는 장소만이 아니라 인간들이 생존하는 생활공간으로 이해했다. 이런 풍토가 조선의 산들을 신령숭배의 대상인 수많은 백(白) 계열의 산을 만들어냈다고 한다. 말하자면 백두산을 비롯한 '백'자 계열의 산들이 조선에 산재되어 있다는 것은 그만큼 이 사상이 조선반도의 중심축이었음을 일러주는 것이라 했다. 육당은 이를 바탕으로 일본의 백산을 비롯하여 아시아 여러 나라에서 발견되는 백산의 의미를 계속 추적해 들어간다. 육당의 백사상, 곧 하늘 사상은 여기서 더 나아가 대갈

22『불함문화론』, 경인문화사, 2013, p.8.

(Taigãr)과 텡그리(tengri)의 이름과 그 실체에 대해서도 언급하고
있다. 대갈은 단순히 머리를 의미하는 것이 아니라 하늘을 의미하
며[23] 여기서 파생된 텡그리 역시 대갈에서 나온 것으로 이해하고 있
다. 그리고 일본의 다카(高)역시 단순히 높다는 의미가 아니라 하늘
의 의미로 차용되었음을 더불어 말하고 있다.

이렇게 다양한 지역에서 산견되는 백사상은 '붉'(pãrk)을 근원으
로 하여 '붉'(白)으로도 되고, 부군(pukun)으로도 읽히며, 또 단순히
불(pur)이라고도 불렀다는 것이다. 이렇게 하여 태백산을 근거지로
불함문화권이 성립되는 것인데, 그 영역은 조선반도, 일본, 만주, 흑
해에 이르기까지 넓은 경계를 아우르게 되었다고 본다.

따라서 이렇게 확산되어 존재하는 불함문화권의 중심을 조선에
두면, 일본을 비롯한 여타의 지역들은 모두 이 문화권의 종속적 위
치로 떨어지게 된다. 그 중심에 놓여 있는 것이 단군 사상임은 물론
이다. 육당이 단군의 어원학적 근거와 그 역사적 실체에 대해 끊임
없이 증명하려 했던 것도 불함문화권의 이론적 근거를 만들기 위함
이었다. 뿐만 아니라 한민족의 뿌리를 부정하려는 일본인들의 단군
부정론에 맞서는 필연적 동기도 그가 단군학을 만들어낸 연유가 된
다. 육당은 일본인 학자들의 집요한 단군 흔들기에 맞서서 단군의
어형적 근원과 뜻을 밝혀내고 있다. 우선 육당은 일제가 주장하는
단군 허구설의 연원을 조선심의 말살의도에서 찾고 있다. 그것을 어
떻게 억제하고 완전히 없애느냐에 따라 자신들의 식민사관, 나아가
조선 지배를 완성할 수 있다고 본 것이다.[24] 그러나 단군 말살이야말

---

23 위의 책, p.28.

로 육당이 지금까지 추구해왔던 조선심과는 전연 배치되는 것이었다. 그에게 단군은 조선의 국조요, 조선심의 원천이요, 조선학의 가장 중요한 기둥이었기에 그것의 존재자체가 위협받는 것이야말로 자신의 조선학, 나아가 동양학의 부정립을 말해주는 것이기 때문이다. 뿐만 아니라 신채호의 아나키즘과 비견되는 일제에 대한 대항담론을 완벽하게 빼앗기게 되는 사상적 좌절이 그 문면에 스며들어 있었다. 따라서 육당에게 단군이야말로 다른 어떤 학문보다도 결코 포기될 수 없는 절대 항목이었던 것이다.

육당은 『단군론』을 통해서 단군이 전설이면서 설화이기도 하고 동시에 역사적 사실인 것을 밝혀야 했다. 이야말로 일본 학자들의 단군 허위설을 극복할 수 있는 논리적 근거가 될 수 있을 뿐만 아니라 조선심을 지켜낼 수 있는 유일한 길이었기 때문이다. '단굴'은 흉노어의 탱리나 현대 몽고어의 탕그리와 어원을 같이 하는 것으로 고대 동방에 있어서의 신성 표현의 하나로서 모든 높은 것 위에 잇는 것, 구체적으로는 하늘이나 그 인격화한 신 또는 신을 섬기는 사람을 뜻한다고 보았다. 그런 다음 그는 그것의 본뜻을 다음과 같이 풀이하고 있다.

현대 조선어에 무당의 애칭을 '단굴'이라 하고 현대 몽고어에 텡그리(Tengri)나 신과 무(巫) 모두 오랜 연원에서 흘러내려온 것이다. 왕검은 '위대한 추장'이라는 뜻이며 현대 조선어의 장자 또는 노인을 뜻하는 영감(yong gam)은 이에 관련

24 『단군론』, 경인문화사, 2013, p.36.

성이 있는 것으로 인정된다. '곰'(gom) 또는 '감'(kam)이 동북 여러 민족 사이에서 널리 '수령', '존장' 또는 '신령'을 일컫는 표상임은 잘 알려져 있는 바와 같다. 이로써 생각하건대 단군왕검이란 '하늘로부터 내려오신 귀한 분' 말하자면 '천출대군'(天出大君)이라고도 번역하여야 할 호칭이며 신의 정치사회에서 제사장으로서 군주의 지위에 알맞은 칭호임이 인정되는 바이다.[25]

단군에 대한 이러한 해석은 단군신화가 원시신앙과 연결되어 있음을 표명한 것이다. 단군에 대한 이런 전설, 설화 이외에도 육당은 다양한 문헌을 동원하여 그것이 역사적 실재임을 주장하고 있고[26] 또 개국 기원이라는 신화적 방법을 도입하여 단군을 신화학의 한 맥락으로 이해하기도 한다. 신화란 만물의 유래를 밝히는 보편학문으로서 어느 특정 민족의 기원을 설명하는데 매우 유용한 자료로 사용되고 있다.

일본인 학자들의 단군부정론은 근대 이성이 가져온 산물이자 부작용의 결과이면서 식민사관이라는 제국주의 논리를 설파하기 위한 근거에서 시작되었다. 계몽의 담론이 역사학에 준 교훈은 실증주의였으며, 이 학풍이 거세게 몰아칠 때, 소위 비과학이라 불리는 것들은 철저히 배척되어버렸다. 따라서 인과론이나 실증주의에 물든

---

25 『만몽문화』, p.161.
26 이에 대한 검증을 위해서 육당은 『삼국유사』 뿐만 아니라 『고려사』, 『동국사략』, 『세종실록』의 단군부분을 끌어오기도 하고, 『동국통감』, 『삼국사기』 등을 준 증빙 자료로 활용하기도 한다. 여기에 덧붙여 『위서』와 『사기』를 비롯한 중국측 자료 또한 동원하고 있다.

일본 학자들이 모호한 형태로 존재하던 단군을 부정하기에는 아주 적절한 계기가 되었을 것이다. 둘째는 그릇된 민족주의가 낳은 비과학적 태도이다. 신화나 전설 등이 어떻든 비과학적 요소를 담보함에도 불구하고 그들은 인류 보편의 정서나 공식구 형태로 존재하는 전설이나 민담 등의 형태도 인정하지 않는 폐쇄적 태도를 보여주었다. 그들의 민족 기원을 설명함에 있어서는 대단한 관용의 포오즈를 취하면서도 상대방의 그것에 대해서는 철저히 배척하는 모순적인 태도를 이들은 서슴없이 보여준 것이다. 이런 이중적인 학문 태도야말로 그들이 부정하는 단군론에 대한 인식을 역으로 증명해줄 수밖에 없는 아이러니컬한 현상이었다고 할 수 있을 것이다.

3) 『불함문화론』과 『만몽문화』의 동일점과 차이점

육당의 조선학은 1930년대 들어와서는 어느 정도의 변화를 겪게 되는데, 이는 사회환경상 당연한 수순이 아니었을까 한다. 이 시기는 만주사변이 일어났고, 중일전쟁이 발발했으며, 그 여파로 일본제국주의 논리로 만주국이 건설되었다. 만주국의 이념을 대변하고 그 실천적 이데올로기를 만들어내기 위해 만주건국대학이 설립되었고 육당은 조선의 대표로 이 대학의 교수로 부임하게 된다. 만주건국대학이란 오족협화를 내세우며 만주국의 이념을 전파시키기 위해 일본이 정책적으로 세운 대학이다. 오족 가운데 하나였던 조선족의 대표로 이 대학에 갔다는 육당의 변명에도 불구하고 육당이 이 대학에 재직하게 된 것은 그리 좋은 모습으로 비춰지지 않은 것이 사실이다. 그것은 곧 이 대학이 일본제국주의의 이념을 대표하는 대학이었기 때문이다.

그러나 이런 외적 현상에만 국한되어 육당의 선택에 무조건적인 비판을 제기하는 것은 옳은 비평태도라고 할 수 없다. 중요한 것은 이 대학에 왜 부임했나가 아니라 이 대학에서 그가 실질적으로 한 역할이 무엇이었나에 있다. 여기에 초점을 맞추는 것이 육당의 사상을 이해하는 지름길이 될 수도 있기 때문이다. 잘 알려진 것처럼, 육당은 이 대학에서 조선학을 가르치기도 했지만, 주로 담당했던 과목은 만주와 몽고에 관한 학문이었다. 이때의 강연을 모아서 출판한 것이 『만몽문화』이다. 부기에 1941년 6월 20일 마침이라고 되어 있는 것으로 보아 건국대학을 사임하기 1년 전에 작성된 것으로 보인다.

앞서 언급대로 『만몽문화』란 만주국과 만주건국대학의 새로운 이데올로기로서 등장한 '동양학과 만몽국학'에 대하여 육당의 강연을 모은 글이다. 보다 정확하게는 만몽문화라는 커다란 틀 속에서 조선학이 차지하는 위치를 최남선의 시각으로 풀어쓴 글이라 할 수 있다. 그러나 보다 중요한 것은 이 텍스트가 내선일체의 사상이 매우 심화되어 있던 시기에 나온 저술이라는 점, 그리고 중일전쟁과 그 결과에 따른 객관적 상황이 매우 열악한 상황 속에서 작성되었다는 사실이다.

그리고 이런 외적 상황 이외에도 또 하나 주목해야할 것이 왜 만몽문화이어야 했을까에 놓여진다고 하겠다. 이 말에는 다른 어떤 이데올로기 혹은 숨은 의도가 놓여 있기도 한데, 만주국이 비록 일본제국주의를 대변하거나 식민사관에 의해 기획된 것이라 해도 그러한 의도들이 육당이 추구해왔던 조선학과 어느 정도 관련이 있었던 것은 아닌가 하는 점이다. 익히 알려진 대로 육당은 조선의 특수성과 고유성을 밝혀내고자 하는 데에 자신의 열정을 바쳐왔다. 이른바 세계 속의 조선과 조선 속의 세계를 찾아내는 것, 그것이 조선만의 고유한 질을 확보해낼 수 있는 것으로 사유해왔던 터이다. 그의 조선학은 서양에 대한 대항담론도 아니었고, 또 만주와 몽고, 곧 중국의 주변 문화에 대한 대항담론의 성격을 띤 것도 아니었다. 그의 조선학이 지향했던 것은 일차적으로 반중화적인 것이었고, 그 연장선에서 일본에 대한 대타의식이 함께 내재된 것이었다. 이런 이중성이야말로 일본 학자들이 인식한 동양학과 다른 것이라 할 수 있다.

만몽문화의 성격이 이러한 것이라면, 여기에는 두 가지 중층적인 요인이 내포될 수 있을 것이다. 하나는 탈중국적인 성격으로서의 만몽문화이고, 다른 하나는 일본 제국주의의 전초기지로서의 만몽문화이다. 그런데 여기서 우리의 주목을 끄는 부분은 전자의 경우이다. 육당이 불함문화론이나 단군학을 비롯한 동양학의 거점을 내세울때 언제나 중국이나 인도를 떠올린다고 했다. 이제는 이 외의 문화가 엄연히 존재한다고 하는데, 그것이 불함문화라는 것이다. 그리하여 동양학의 출발은 조선학이고, 여기서 조선의 비밀이 열린다고 한것이다.[27]

따라서 육당이 만주건국대학 교수로 초빙되었을 때, 그의 입장으로서는 이 제의를 굳이 거절할 필요가 없었다고 생각된다. 생존 조건의 필요성에서가 아니라 육당이 지금까지 추구해왔던 조선학의 입장, 혹은 조선심의 추구라는 이해관계가 만몽이 지향하는 문화적 의미와 꼭 맞아떨어지는 것이기 때문이었다. 그것은 다음과 같은 이

---

27 『불함문화론』 참조.

유에서 그러하다. 첫째는 건국대학 교수직이 조선인의 입장과 조선
학을 내세우기 적합한 기회라는 점이다. 육당으로서는 자신의 조선
학을 펼치기 위해 일본이 멍석을 깔아주었다고 할 정도로 조선의 입
장을 합법적으로 펼칠 수 있는 기회로 인식했던 것으로 보인다. 그
에게 만주건국대학의 교수제의가 왔을 때, 일본의 관리가 이런 사정
을 염두에 두고 조선민족의 대표라고 반대했다고 한다.[28] 육당이 갖
고 있는 이런 위험성 때문이 아니었을까. 어떻든 이 자리는 육당에
게 조선학을 펼칠 수 있는 좋은 기회가 되었던 것이다. 두 번째는 중
국이나 인도로 대표되는 동양학과 맞서는 새로운 학문의 필요성이
다. 만몽문화라고 하는 것이 반중국적, 반인도적 동양학이라 할 경
우, 이는 육당이 구상하고 있는 동양학의 범주와 어느 정도 부합되
는 것이었다. 조선의 문화나 만몽문화라고 하는 것이 중국의 주변문
화로 치부되고 있는 이상, 이들 문화가 또 다른 중심문화의 축으로
우뚝 서기 위해서는 탈중국적인 새로운 동양학이 필요했을 것이다.
셋째는 이렇게 포회된 만몽문화 속에 조선의 입장만이 올곧이 설 수
있다면, 육당이 가열차게 탐색해 들어온 불함문화란 것을 더욱 이론
화할 수 있는 계기가 될 수 있었을 것이다. 이런 기회를 육당이 포기
할 수는 없는 일이 아닌가.

　육당은 『만몽문화』에서 만주와 몽고의 경계를 비롯한 이 지역의
지리와 문화에 대해 꼼꼼하게 기술하고 있다. 그런데 이러한 기술
가운데 가장 돋보이는 부분이 '4장 새외 신화에 나타난 국가 이념'이
라고 생각된다. 만몽의 입장에서 보면 새외지역이고, 조선의 입장에

28 「자열서」, p.232

서 보면, 만몽이 오히려 새외 지역이 되는 역설의 상황이긴 하지만, 어떻든 여기서 육당이 탐색해 들어간 부분은 신화학과 그 본질이다. 이러한 접근은 두 가지 상반되는 입장이 수반되었다. 하나는 제국주의 논리에 부응하는 듯한 보편론의 위험이고, 다른 하나는 단군론의 실체에 대해 보다 이론적인 접근을 가능케 할 수 있었다는 방법적 장치였다는 점이다. 그는 신화에는 만물의 근원과 국가나 민족 형성의 보편적 원리가 담겨져 있다고 전제한 다음, 그 신화적 기원이 포회하는 항목들에 대해 만몽지역 국가들을 중심으로 자세히 설명해 들어간다. 이 가운데 하나가 소위 난생설화이다. 육당은 언제나 그러하듯 조선의 신화를 가장 먼저 언급하는 것을 잊지 않는다. 그는 여기서 혁거세와 수로, 탈해의 난생설화를 설명한 다음 이런 난생설화들이 중국과 만몽지역을 포함한 동아시아 각 지역에서도 그대로 재현된다고 풀이했다. 뿐만 아니라 고구려 동명성왕이 태양의 수태를 받고 탄생한, 이른바 태양 감응신화를 언급한 다음, 이 신화 역시 동북아시아 각 지역에 분포되고 있는 사실을 지적한다.[29]

조선에 대한 육당의 담론은 이런 신화 차원에서 더 나아가, 『단군론』과 『불함문화론』에서 언급했던 어원학적 의미들을 한층 심화시켜 나아가는 계기로 삼고 있다. 가령, 동명왕의 고향이라고 하는 '고리'란 'tengeri' 또는 'tangri'의 변형인 'tegeri' 또는 'tagri'의 소리음으로서 바로 하늘을 지칭한다고 함으로써 불함문화의 본질인 하늘 사상을 다시금 환기시키고 있고[30] 단군이란 조선 고어 '단굴(Tankul)'의

---

29 『만몽문화』, pp.125-135.

30 위의 책, p.121.

사음이며, 이 의미가 흉노어의 '탱리(撐棃)', 현대 몽고 및 터키어의 탕그리(Tangri)와 어원을 같이하는 것으로 보았다.[31]

육당은 『만몽문화』 가운데 새외문화라는 항목을 따로 두어 조선의 입장을 강력히 그리고 가장 먼저 서술하는 의도성을 보여주었다. 오족가운데 조선인을 대표하여 참가하였으니 조선인의 입장을 대변하는 것은 당연하다 하겠으나 문제는 서술의 기본 방향이라 할 수 있다. 육당은 만몽문화, 지나 문화, 더 나아가서는 일본문화에 흡수되어가는 조선의 신화가 어떻게 성립했고, 어떤 정체성을 남겼는지에 대해 계속 환기시키고 있었던 것이다. 이렇듯 신화를 재구성하고 그 나름대로 성찰하면서 30년 후반, 나아가 40년대의 조선의 정체성을 예기하고자 한 것은 아닐까.

4. 육당은 한국의 제퍼슨인가 아니면 변절자인가.

서두에서 언급한 대로 육당에 대한 평가는 극과 극으로 나뉘어져 있다. 조선학을 지키기 위해 최선의 방어를 했다는 논리와 일본 문화와 조선 문화의 동일성을 내세움으로써 식민지 지배이데올로기, 특히 내선일체에 일조했다는 논리가 대립되어 있는 것이다. 실제로 육당에게 이런 혐의가 모두 드러나 있는 것이어서 어느 하나의 입장이 다른 하나 입장을 압도하고 있는 형국은 되지 못하고 있다. 그만큼 그의 한국학, 특히 단군론을 위시한 불함문화가 갖는 애매모호성

---

31 위의 책, p.161.

은 엄연히 존재하고 있는 것이 현실이기 때문이다.

그러나 중요한 것은 어느 하나의 잣대를 가지고 텍스트를 재단하는 일이 얼마나 위험한 일인가가 먼저 환기되어야 한다는 점이다. 문학과 사회의 상동성을 염두에 두지 않더라도 텍스트는 그것이 생산된 당대에도 살아있는 것이고, 지금 여기의 현실에서도 유동적인 것이다. 이렇게 다양하고 유연한 텍스트의 의미를 무시하고 어느 하나의 잣대로 해석하게 되면, 그것이 가지고 있는 진정한 함의를 밝혀내기는 쉽지 않을 것이다. 그리고 둘째는 작가가 처한 환경이다. 텍스트와 마찬가지로 작가 역시 시대와의 대화에 참여하는 자이다. 그렇기에 작가 속에 내재된 사상 역시 매우 가변적인 상황에 놓이게 된다. 이 두 가지 요건을 배제한 채 어느 작가의 사상이나 텍스트의 본질에 접근하는 것은 매우 난망한 일이다.

육당학을 마주할 경우에도 이 원칙은 매우 유효하다. 의욕적으로 출발했던 『소년』 이후 육당의 사상은 끊임없이 변해왔고, 그의 텍스트 역시 계속 사상적 함의를 달리한 채 바뀌어왔다. 30년대 전후로 육당은 변절했다고 하고, 경우에 따라서는 30년대 후반에 그러했다고 한다. 앞서 언급대로 사상은 절대 고정된 것이 아니어서 수많은 가변적인 상황을 만들어낸다. 이런 전제 하에서 그의 사상사적 흐름을 이해할 때, 가장 꼼꼼하게 지켜봐야 할 것이 『만몽문화』이다. 이 책의 내용에 대해서는 앞서 살펴본 바 있거니와 보다 중요한 것은 이전의 텍스트와 『만몽문화』가 어떻게 변별되는가에 있을 것이다. 그것은 변절의 혐의가 있는 시기에 이 글이 쓰였기 때문이다. 불함문화나 신화의 보편성을 특히 강조해서 조선의 정체성과 특수성을 사상시켰는가, 그리고 일본 건국 신화나 식민 이데올로기에 편승했는가의 여부를 판가름할 수 있는 것이 이 책의 성격이다.

우선, 『만몽문화』는 1920년대 후반 쓰여진 『단군론』에 비하여 몇 가지 다른 점이 발견된다. 그 가운데 가장 중요한 것이 문체의 변화이다. 단군을 부정하는 일본인 학자들에 맞서서 단군의 정통성을 옹립하고자 한 것이 육당의 『단군론』이었다. 그렇기에 여기서 표명된 육당의 문체랄까 어조는 매우 격앙되어 나타나는 것이 특징이다. 가령, 다음과 같은 문맥을 보자.

> 그러나 요사이 일본인 학자는 단군이라면 으레 근거가 없으리라는 예단으로 덮어놓고 말삭하기에 힘을 써서 신화적 본질과 고전설적 존립까지를 거부하여 그 허다한 증거를 우리들 앞에 제출하였다. 만일 그 논증이 이유가 있는 것이고, 그리하여 단군의 본지(本地)가 결국은 꿈과 환상 같은 것이라면 이러니저러니 허공에 팔을 내두를 필요가 없을 것이니, 이른바 말삭론(抹削論)의 근거 여하를 조사하고 살피는 것이 무엇보다도 앞서서 해야 할 일이 아닐 수 없을 것이다. 그리하여 그 존재 여부가 판단된 뒤라야 설명과 설명의 방법이 비로소 문제가 될 것이다. 어디 그네들의 설을 들어보자.[32]

단군에 대한 실증여부는 제외하더라도 이 글을 이끌어가는 논조는 한마디로 말하면 자신감이다. 자신이 상대할 대상이 아주 명백하거나 상대의 논리가 허점투성이가 아닌 바에야 이런 자신감 있는 어

---

[32] 『단군론』, p.17.

조는 감히 상상도 할 수 없을 것이다. 게다가 조선심을 지켜야하고, 조선의 정체성을 뚜렷이 드러내야할 입장에서는 이런 어조가 더욱 필요했을 것이다.

그러나 이런 자신만만한 문체와 격앙된 어조들은『만몽문화』에 이르면 현저히 약화된다. 이 글을 이끌어가는 기본 논조는 지극히 무미건조한 설명조의 어조가 지배하고 있기 때문이다. 어떤 사실에 대해 설명하거나 이해시켜주는 어투가 주를 이룰 뿐 상대방을 공격하기 위한 자신감이라든가 격한 감정은 찾아보기 어려운 것이 사실이다.

이런 변화 외에도『만몽문화』에서는 육당이 변절의 혐의를 받을 수밖에 없는 몇몇 담론 또한 쉽게 발견할 수 있다.『친일작품선집』의「성전의 설문」과 동일한 어조와 내용이 이 책 속에 고스란히 담겨 있기 때문이다.

이 정신(동북아시아 제반 신화정신-필자주)을 순화하고 이상을 확장해간다면 일본의 건국 정신인 이른바 천하를 빛나게 하고 팔굉일우(八紘一宇)의 커다란 이상에 도달할 수 있음은 당연한 이치이다. 또한 우리 만주의 건국 정신도 본연의 모습을 쉽사리 체득할 수 있을 것이다. 우리들은 감히 이렇게 부르짖고 싶다. 새 이상에 살기 위해서 옛 전통을 잡으라. 그 제일 첩경으로서 신화로 돌아가라고. 지극히 소중한 20세기의 신화는 그 총명과 진지함을 과거의 그것에서 배워 마땅하리라고 통절히 느끼는 바이다.[33]

이 글의 내용은 다음 두 가지 관점에서 육당으로 하여금 변절의 의심을 받게 만든다. 하나는 일본을 중심으로 하는 대아시아 통합론인 팔굉일우의 정신에 대한 강조이고, 다른 하나는 단군학을 설명하는데 있어서의 신화론의 방법적 도입이다. 「성전의 설문」에서와 같이 육당은 이글에서 일본 중심의 대동아공영권을 강조하고 있는 바, 이는 명백히 변절의 혐의로부터 벗어날 수 없는 부분이다. 그리고 다른 하나는 신화론이 갖는 보편론의 의미이다. 신화를 공식구로 해석하게 되면 어느 특정 지역의 고유성은 사상되기 마련이다. 육당이 그렇게 강조해왔던 단군론의 조선적 고유성이 사라지게 되는 것이다. 다시 말해 단군신화를 고조선의 건국신화로 한정하지 않고 동방문화의 중심으로 위치시키게 되면, 민족적 주체로서의 단군은 그 정체성을 잃어버리고 마는 것이다.[34]

이런 사례들은 초기 저작에서 볼 수 없는『만몽문화』만의 새로운 내용이자 방법적 특색이었다. 육당은 신화학을 통해서 걸러지는 자신의 학문을 동방문화라는 거대 담론으로 수렴시키고 있는데, 여기서 단군이라는 고유성이 보편성으로 승화하게 되면, 동방문화라는 거대질서로 편입하게 되고, 단군만의 고유성과 조선적 특수성은 소멸하게 된다. 이런 동일성이야말로 팔굉일우에의 경도라는 사상적 친연성에서 자유롭지 않을 뿐만 아니라 내선일체라는 혐의를 비껴가기 어려울 것이다.

그러나 이런 오해에도 불구하고 육당이 추구해온 조선학이나 조

33『만몽문화』, p.163.
34 조현설, 앞의 논문, p.238.

선심은 일관성을 유지하고 있다고 봐야 한다. 앞서 언급대로 텍스트와 사상은 시대와의 대화관계 속에서만 이해되어야 올바른 본질에 이를 수 있기 때문이다. 1930년대 말이란 일제 강점기가 시작된 이후 거의 30년 가까운 세월이 흐른 시점이다. 시간의 길이가 정신의 깊이와 높이를 압도할 수 있는 것은 아니지만 조국이나 민족이라는 개념이 서서히 모호해질 수 있는 시기인 것만은 분명할 것이다.

그러나 육당은 이러한 현실 속에서 자신의 조선학이나 조선심을 어떻게든 끌고 가려 했다. 그러한 열정이야말로 앞에서 거론되었던 내선일체의 혐의를 벗어던질 수 있는 단초들이 될 수 있다는 것을 부인하기는 어려울 것이다. 더 이상 앞으로 나아갈 수 없는 미래의 불확실성 속에서 『조선상식문답』이라는, 조선에 대한 단편적 사실들을 해박한 지식으로 상재할 수 있었던 것은 조선심에 대한 육당의 열정이 어떤 것인가를 보여준 단적인 사례라 할 수 있을 것이다.[35] 일본과 조선 등의 경계를 넘어서 내선일체라는 하나의 중심으로 나아갈 때, 조선의 특수성이 드러나는 그런 것들을 개념화할 수 있다는 것이야말로 조선심의 추구라는 육당의 필생의 주제와 연결되어 있기 때문이다. 이런 전제하에서 다음과 같은 또 다른 윤리가 육당의 사상 속에 내재해 있었다는 점을 밝히고자 한다.

첫째는 내선일체의 논리로 활용될 수 있었던 동방 문화라는 개념이다. 동방문화는 신화학이나 보편론의 입장에서 보면, 내선일체와 곧바로 연결될 수 있는 초월적 개념이다. 물론 그 중심을 어디에 두느냐에 따라 달라지긴 하겠지만, 이런 포괄적인 용어야말로 오해의

---

35 이 책은 1946년에 출간되었지만, 그 대부분의 내용은 1937년 1월 30일부터 9월 22일까지 《매일신보》에 160회에 걸쳐 연재된 것이다.

소지가 다분히 있다는 점에서 그 근원이랄까 연원 혹은 의미에 대해
명쾌한 해명이 있어야 할 것으로 보인다. 그런데, 동방문화라는 개
념은 1930년대 말에 갑자기 나온, 그리하여 내선일체의 논리적 근거
를 마련하기 위해 차용한 것이 아니라 이미『불함문화론』을 쓸 당시
부터 육당은 이 용어를 사용하고 있었다는 점이다. 육당은『불함문
화론』을 여는 서장에서 이 책의 출발이 '동방문화의 연원'이라고 뚜
렷이 밝히고 있기 때문이다. 따라서 이런 맥락을 좀 더 확대시키면,
식민지 문화론이 오히려 육당의 논리 속으로 흡입되어오는 역설이
되기도 하는 것이다.

둘째,『만몽문화』의 기술 방식이다. 앞서 육당은 이 책을 객관적으
로 기술하려고 하는 태도를 유지하고, 일본 학자들에 대해서는 되도
록 감정적 어조를 동원하지 않았다. 그럼에도 육당은 만몽문화를 기
술하는 데 있어 언제나 조선을 먼저 언급했다. 가령, 혁거세의 난생
설화를 설명한 다음에 만몽지역의 난생설화, 특히 청 태조의 탄생설
화로 연결시키면서 이런 문화가 최근에 이르러 다시 부활한 것이라
고 기술하고 있다.[36] 이런 태도는 일본의 신화를 설명하는 데에도 동
일하게 적용되고 있다. 이런 서술방식은 매우 중요하다. 어느 것을
앞에다 두느냐에 따라 기원과 연원이 달라지기 때문이다. 조선은 이
러했고 이어서 만몽지역 역시 그러했다라는 서술방식을 택함으로
써 육당은 항상 조선의 우위성을 강조하려 했다. 만몽이라는 일반성,
대동아라는 보편성 속에서 조선의 특수성을 먼저 강조함으로써 조
선의 정체성을 끊임없이 소생시키려 했던 것이『만몽문화』의 기본

36『만몽문화』, pp.121-143.

기조였던 것이다.

셋째는 논조의 일관성이다. 육당 조선학의 핵심은 단군을 정점으로 한 조선심의 부활 혹은 조선심의 앙양에 있었다. 만약 육당에게 변절의 혐의가 있었다면, 『만몽문화』에서 단군의 존재를 희석시키거나 적어도 일본 학자들에 대한 비판은 멈추는 것이 정도였을 것이다. 그러나 육당은 단군을 설명하는 부분에 있어 『불함문화론』과 마찬가지로 일본 학자들에게 동일한 비판의식을 유지하고 있었다.

> 이 단군 설화는 고래로 상식을 중시하는 학자에 의하여 괴이하고 헛된 설이라 배척되었다. 근래는 사려가 얕고 진지하지 못한 일부 학자들에 의하여 근거가 없는 후세 승려의 조작으로 단정짓고 있으나 그것들은 대부분이 문헌적 이유나 심지어는 그 중 한 두 개의 문구를 잡아 가지고서 하는 허망하고 엉터리이다. 적어도 발달한 민속학적 혜안으로 비추어 보면 그것이 얼마나 원시 문화적 기초에 서 있는 유구한 전승인지 분명해지는 것이다.[37]

여기서 알 수 있는 것처럼, 단군의 존재를 인정하지 않는 일본 학자들에 대한 육당의 비판은 30년대 말의 『만몽문화』에서도 그대로 재현된다. 다만, 감정적 어조가 다소 섞인 『불함문화론』보다는 그 어조가 현저히 약화된 감은 없지 않다. 그러나 육당이 펼쳐 보인 조선학의 핵심이 단군에 놓여 있음을 감안하면, 이런 논조가 여전히 유

---

37 위의 책, p.162.

지되는 것만으로도 그의 사상의 일관성을 말해주는 것이 아닐 수 없다. 이렇듯 육당은 단군을 부정하는 일본 학자를 비판하면서 다른 한편으로는 다시 단군을 불함문화, 만몽문화의 핵심으로 올려놓고 있었던 것이다. 결국 육당은 내선일체와 황국신문화, 대동아공영권이라는 거대 담론 속에 육화되지 않는 단군의 존재를 계속 부각시킴으로써 일본과 조선의 경계가 흐릿해지는 시점에서 조선의 정체성을 잃지 않으려 했던 것이다.

넷째는 『만몽문화』에서 드러난 신화론의 보편성과 조선의 특수성 사이에 내재한 모순을 어떻게 인식할 것인가의 문제이다. 뿐만 아니라 팔굉일우를 비롯한 일본학의 수용과 조선의 특수성이 공존하는 모순 역시 어떻게 바라보아야할 것인가의 문제이다. 단군을 해석하기 위한 신화학의 도입은 그 정당성이 확보됨에도 불구하고, 그것이 주는 보편론의 함의에 쉽게 경도될 수 있는 위험성이 내재되어 있다. 그리하여 이런 방법적 의장 속에서는 자칫하면 단군의 고유성이라든가 조선의 정체성을 확보하기가 어렵게 될 수도 있다. 뿐만 아니라 일본의 논리에 동조하는 듯하면서도 조선의 고유성을 주장하는 등 보편론과 일반론, 그리고 변절과 지조 사이에 놓인 모순을 어떻게 볼 것인가의 문제도 놓여 있다. 텍스트는 사회와 대화하는 장 속에서 탄생한다. 작가의 사상 역시 마찬가지의 경우이다. 그렇기에 열악한 현실 속에서는 당위와 윤리 사이의 모순이 자연스럽게 생겨나게 된다. 당위를 따르자니 윤리가 제동을 걸고 또 그 반대의 상황도 빚어지게 된다. 실상 작가는 이 둘 사이에서 줄다리기를 하는 존재인지도 모르겠다. 혹은 어느 하나를 과감하게 포기할 경우 뒤따르는 결과가 무엇인지에 대한 고민 또한 필요할 것이다. 이는 생존의 문제가 아니라 당위의 문제에 속하기 때문이다.

이런 논리적 모순을 우리는 카프 작가들을 통해서 그 정향성에 대해서 학습한 바 있다. 이들이 포지했던 진보 운동은 1930년대 중반을 전후로 해서 제국주의의 논리와 충돌하게 된다. 그러나 그들의 당위가 거대한 권력을 뛰어넘을 수 있을 만큼 강력하지 못했다. 그리하여 그들은 윤리를 포기하면서 소위 위장전향이라는 것을 감행한다. 그리하여 스스로의 본질을 감추어버린 채 현실과 타협하기도 하고, 일상과는 동떨어진 삶을 선택하기도 했다. 그러나 그들의 그러한 행위들에 대해서 우리 역사는 관대한 모습을 보여주었다.

카프작가들의 이런 위장의 논리를 육당에게도 그대로 적용할 수 있지 않을까하는 것이 필자의 판단이다. 이는 당시의 진보가 무엇인가를 묻는 일과도 똑같은 것이다. 민족모순이 앞서는 것인가, 혹은 계급모순이 앞서는 것인가가 바로 그러하다. 후자가 카프 구성원들에게 주어진 절대 과제였다면, 전자는 육당을 비롯한 민족주의자들에게 주어진 숙명이었을 것이다. 진보란 그 시대를 이끌어가는 가장 앞선 담론이면 그만이다. 이를 발전의 논리나 계층적 입장에서만 논의할 일은 아니라고 본다. 어떻든 당위와 윤리가 놓였을 때, 육당이 선택한 것은 전자였다. 조선의 정체성을 조금이라도 지켜낼 수 있었다면, 그에게 윤리란 전연 문제시되지 않았다. 카프 작가들처럼 육당에게도 위장전향이 요구되었던 것은 아닐까.[38] 단군을 지켜내기

---

38 카프의 구성원들의 전향의 문제는 육당의 사상적 변모과정을 설명하는 데에도 매우 중요한 준거틀이 될 수 있지 않을까. 진보주의와 제국주의 충돌, 그 와중에서 전자를 포기했을 경우 온전히 받아들일 수밖에 없는 제국주의를 카프구성원들은 절대 용납할 수 없었을 것이다. 그래도 받아들여만 했던 현실에 대해 이들이 할 수 있었던 최선의 선택이 바로 위장 전향의 논리였다. 현실의 요구를 적당히 받아

위한 최소한도의 문필활동, 곧 조선의 고유성과 정체성을 드러내기
위한 환경이 그에게는 꼭 필요했을 것이다. 그래야만 단군을 지켜낼
수 있을 것이고, 조선의 정체성을 최소한의 정도로라도 말할 수 있
었던 것은 아니었을까. 그렇지 않고 어떻게 태평양 전쟁이 발발하면
서 일본의 명망을 예언할 수 있고, 또 학병을 권유하여 근대화된 군
대 경험을 체득해오라고 말할 수 있었겠는가. 학병참여 권유를 듣고
실제로 대동아전쟁에 참여한 장준하는 학병을 탈출하여 광복군에
투신한 바 있다. 그러한 경험들이 광복군의 활동에 크게 도움이 되
었음은 자명한 일이다. 장준하가 누구인가. 반독재의 선봉장이었고,
친일이라면 그 누구보다도 알레르기적 반응을 드러낸 인물이 아니
던가. 그런 장준하이기에 자신이 간행하던 『사상계』에 육당 추모 특
집란을 과감하게 만들 수 있었다. 그리고는 다음과 같은 추모의 말
을 남겼다.

> 한때 선생의 지조에 대한 세간의 오해도 없지 않았다. 그러
> 나 선생의 본의(本意)가 어디까지나 이 민족의 운명과 이 나
> 라 문화의 소장(消長)에 있었음은 오늘날 이미 사실로서 밝혀
> 진 바요, 항간에 떠도는 요동부녀(妖童浮女)들의 억설(臆說)
> 과는 전연 그 궤를 달리하는 것이다. 사람을 사(赦)하는 법이
> 없고 인재를 자기 눈동자 같이 아낄 줄 모르고 사물을 널리
> 생각하지 못하는 옳지 못한 풍조 때문에, 우리는 해방된 후에

들이면서 자신들의 사상을 내밀히 간직해야했던 것이 이들의 전향이었다. 그 결
과 현실에 대한 적당한 타협이야말로 그들이 내선일체의 시기, 열악한 현실 상황
을 비껴가기 위한 최선의 방책이 되었다.

도 선생에게 영광을 돌린 일이 없고, 그 노고를 치하한 일도 없었을 뿐 아니라 도리어 욕된 일이 적지 아니하였다. 이것은 실로 온 민족의 이름으로 부끄러워해야 할 것이다.[39]

이를 두고 육당에 대한 변명이라 해도 좋고, 추모라고 해도 좋을 것이다. 그에게 중요했던 것은 변절, 친일이 아니라 단군, 조선이 먼저였다. 그렇기에 조선이라는 당위를 위해서라면, 변절이라는 윤리쯤은 과감하게 포기할 수 있었을 것이다. 다시 말해 점점 경계가 흐릿해지는 조선의 정체성을 누군가가 말해줄 수 있다면, 그것만으로도 족한 것이 당대의 현실이었기 때문이다. 그것을 육당은 자신의 숙명으로 받아들였다. 그것이 육당 조선학이 갖는 근본의의가 아닌가 한다.

39 장준하, 「육당 최남선 선생의 서거를 애도함」, 『육당이 이 땅에 오신지 백주년』, p.26.

부록

己未獨立宣言書

吾等은 玆에 我 朝鮮의 獨立國임과 朝鮮人의 自由民임을 宣言하노라. 此로써 世界萬邦에 告하야 人類平等의 大義를 克明하며, 此로써 子孫萬代에 誥하야 民族自存의 正權을 永有케 하노라.

半萬年 歷史의 權威를 仗하야 此를 宣言함이며, 二千萬 民衆의 誠忠을 合하야 此를 佈明함이며, 民族의 恒久如一한 自由發展을 爲하야 此를 主張함이며, 人類的 良心의 發露에 基因한 世界改造의 大機運에 順應並進하기 爲하야 此를 提起함이니, 是ㅣ 天의 明命이며, 時代의 大勢ㅣ며, 全 人類 共存同生權의 正當한 發動이라, 天下何物이던지 此를 沮止抑制치 못할지니라.

舊時代의 遺物인 侵略主義, 强權主義의 犧牲을 作하야 有史以來 累千年에 처음으로 異民族 箝制의 痛苦를 嘗한지 今에 十年을 過한지라, 我 生存權의 剝喪됨이 무릇 幾何ㅣ며, 心靈上 發展의 障礙됨이 무릇 幾何ㅣ며, 民族的 尊榮의 毁損됨이 무릇 幾何ㅣ며, 新銳와 獨創으로써 世界文化의 大潮流에 寄與補裨할 機緣을 遺失함이 무릇 幾何ㅣ뇨.

噫라, 舊來의 抑鬱을 宣暢하려 하면, 時下의 苦痛을 擺脫하려 하면, 將來의 脅威를 芟除하려 하면, 民族的 良心과 國家的 廉義의 壓縮銷殘을 興奮伸張하려 하면, 各個 人格의 正當한 發達을 遂하려 하면, 可憐한 子弟에게 苦恥的 財産을 遺與치 안이하려 하면, 子子孫孫의 永久完全한 慶福을 導迎하려 하면, 最大急務가 民族的 獨立을 確實케 함이니, 二千萬 各個가 人마다 方寸의 刃을 懷하고, 人類通性과 時代良心이 正義의 軍과 人道의 干戈로써 護援하는 今日, 吾人은 進하야 取하매 何强을 막지 못하랴, 退하야 作하매 何志를 展치 못하랴.

丙子修護條規 以來 時時種種의 金石盟約을 食하얏다 하야 日本의 無信을 罪하려 안이 하노라. 學者는 講壇에서, 政治家는 實際에서, 我 朝宗世業을 植民地視하고, 我 文化民族을 土昧人遇하야, 한갓 征服者의 快를 貪할 뿐이오, 我의 久遠한 社會基礎와 卓犖한 民族心理를 無視한다 하야 日本의 少義함을 責하려 안이 하노라. 自己를 策勵하기에 急한 吾人은 他의 怨尤를 暇치 못하노라. 現在를 綢繆하기에 急한 吾人은 宿昔의 懲辨을 暇치 못하노라.

今日 吾人의 所任은 다만 自己의 建設이 有할 뿐이오, 決코 他의 破壞에 在치 안이하도다. 嚴肅한 良心의 命令으로써 自家의 新運命을 開拓함이오, 決코 舊怨과 一時的 感情으로써 他를 嫉逐排斥함이 안이로다.

舊思想, 舊勢力에 羈縻된 日本 爲政家의 功名的 犧牲이 된 不自然 又 不合理한 錯誤狀態를 改善匡正하야, 自然 又 合理한 正經大原으로 歸還케 함이로다.

當初에 民族的 要求로서 出치 안이한 兩國倂合의 結果가, 畢竟 姑息的 威壓과 差別的 不平과 統計數字上 虛飾의 下에서 利害相反한 兩 民

族間에 永遠히 和同할 수 업는 怨溝를 去益深造하는 今來實績을 觀하라. 勇明果敢으로써 舊誤를 廓正하고, 眞正한 理解와 同情에 基因한 友好的 新局面을 打開함이 彼此間 遠禍召福하는 捷徑임을 明知할 것 안인가.

또, 二千萬 含憤蓄怨의 民을 威力으로써 拘束함은 다만 東洋의 永久한 平和를 保障하는 所以가 안일 뿐 안이라, 此로 因하야 東洋安危의 主軸인 四億萬 支那人의 日本에 대한 危懼와 猜疑를 갈스록 濃厚케 하야, 그 結果로 東洋 全局이 共倒同亡의 悲運을 招致할 것이 明하니, 今日 吾人의 朝鮮獨立은 朝鮮人으로 하야금 正當한 生榮을 遂케 하는 同時에, 日本으로 하야금 邪路로서 出하야 東洋 支持者인 重責을 全케 하는 것이며, 支那로 하야금 夢寐에도 免하지 못하는 不安, 恐怖로서 脫出케 하는 것이며, 또, 東洋平和로 重要한 一部를 삼는 世界平和, 人類幸福에 必要한 階段이 되게 하는 것이라. 이 엇지 區區한 感情上 問題ㅣ리오.

아아, 新天地가 眼前에 展開되도다. 威力의 時代가 去하고 道義의 時代가 來하도다. 過去 全世紀에 鍊磨長養된 人道的 情神이 바야흐로 新文明의 曙光을 人類의 歷史에 投射하기 始하도다. 新春이 世界에 來하야 萬物의 回蘇를 催促하는도다. 凍氷寒雪에 呼吸을 閉蟄한 것이 彼一時의 勢ㅣ라 하면, 和風暖陽에 氣脈을 振舒함은 此一時의 勢ㅣ니, 天地의 復運에 際하고 世界의 變潮를 乘한 吾人은 아모 躊躇할 것 업스며, 아모 忌憚할 것 업도다. 我의 固有한 自由權을 護全하야 生旺의 樂을 飽享할 것이며, 我의 自足한 獨創力을 發揮하야 春滿한 大界에 民族的 精華를 結紐할지로다.

吾等이 茲에 奮起하도다. 良心이 我와 同存하며 眞理가 我와 竝進하는도다. 男女老少 업시 陰鬱한 古巢로서 活潑히 起來하야 萬彙群象으로 더부러 欣快한 復活을 成遂하게 되도다. 千百世 祖靈이 吾等을 陰佑하며 全世界 氣運이 吾等을 外護하나니, 着手가 곳 成功이라. 다만, 前頭의 光明으로 驀進할 따름인뎌.

公約三章

一. 今日 吾人의 此擧는 正義, 人道, 生存, 尊榮을 爲하는 民族的 要求 ㅣ니, 오즉 自由的 精神을 發揮할 것이오, 決코 排他的 感情으로 逸走하지 말라.
一. 最後의 一人까지, 最後의 一刻까지 民族의 正當한 意思를 快히 發表하라.
一. 一切의 行動은 가장 秩序를 尊重하야, 吾人의 主張과 態度로 하야금 어대까지던지 光明正大하게 하라.

부록

육당 연보

- 1890년 4월 26일 서울에서 중인계층인 최헌규(崔獻圭)와 강씨 사이의 3남 3녀 중 차남으로 태어남
- 1894년 (5세) 국문을 깨우침.
- 1895~1898년(6~9세) 이 시기에 한글과 한문을 스스로 익혔고, 『천로역정』 등 기독교 관련 서적과 『춘향전』, 『심청전』 등의 한글 소설과 자서저동(自西沮東), 시사신론(時事新論), 『태서신사(泰西新史)』을 읽었으며 당시에 나오기 시작한 『독립신문』, 『황성신문』 등을 읽으면서 세상 물정을 배움
- 1901년(12세) 『황성신문』 등에 논설을 투고하기 시작함. 현정운 씨의 6녀 현영채와 혼인을 함.
- 1902년(13세) 경성학당에 입학하여 일본어와 수학 등을 배움.
- 1904년(15세) 황실 특파 유학생 50인 중 한 명으로 뽑혀 44명과 함께 일본 동경부립제일중학교에 입학. 최린 등이 동급생이었음, 노일전쟁 발발함.

- 1905년(16세) 일본 유학 석달만에 퇴학당하고 귀국. 을사조약 체결후 많은 실망을 느낌. 그리하여『황성신문』에 일화배척(日貨排斥)을 투고한 것을 계기로 한달간 옥고를 겪음.

- 1906년(17세) 다시 동경에 가서 이광수, 홍명희 등과 교류함. 와세다대학 고등사범부 역사지리과에 입학.『태극학보』3호에「분기하라 청년 제자」를 발표.

- 1907년(18세) 형 최창선의 이름으로 신문관을 설립. 태극학회 초청 강연회에서 도산 안창호를 만남, 그의 강연을 듣고 큰 감명을 받음.『대한유학생회학보』창간호 편집인으로 활동, 여기에「현시대의 요구 하는 인물」,「혜성설」,「사전화성돈전」,「우표 기원」을 기고. 와세다대 모의 국회사건으로 퇴학당함.『대한유학생회학보』2호에「국가의 주동력」,「열심과 성의」,「지리학 잡기」를 발표.

- 1908년(19세)『대한학회월보』2호에「모르네 나는」,「자유의 신에게」,「묵은 물」,「생각한대로」를 발표. 3호에「그의 손」,「백성의 소리」,「나는 가오」를 발표. 일본에서 활자, 주조기, 인각 기계, 활판 및 석판 등 출판용 기계를 매입하여 본격적으로 출판계로 뛰어들어 활동하기 시작함.『경부철도노래』를 출판. 잡지『소년』창간.『소년』1-1호에「해에게서 소년에게」,「흑구자(黑軀子)의노리」,「가을뜻」,「살수전기」,「『소년』발행 취지문」,「내가 애송하는국시(國詩)」,「배」,「거인국 표류기」,「해상대한사」(연재),「소년시언」(연재)을 게재.『소년』1-2호에「무제(천만 길 깊은 바다)」,「소년 대한」,「벌(蜂)」,「우리의 운동장」,「경부철도 노래」,「한양가」,「아메리카」,「아메리카는 이리하고야 독립하얏소」,「넷 사람은 이런 시를 깃쳤소」등을 발표.

- 1909년(20세) 『소년』 4월호에 「구작삼편」을 발표한 것을 시작으로 해서 이 잡지에 많은 작품을 발표하기 시작함. 『소년』 2-1호에 「무제(밥벌레)」, 「신대한 소년」을 발표. 신문관에서 『걸리버 여행기』를 발간. 2-2호에 「나는 병들었다 그러나 쉬지 못하여」, 「로빈슨 무인절도 표류기」, 「대국민의 기혼」, 「이런 말씀 들어보게」, 「어떠한 사람이 되어야 할고」를 발표, 2-3호에 「소년 권두언(연재)」, 「청년의 소원」, 「혁신난기 나폴레옹 대제전」, 「러시아를 중흥시킨 페터 대제」, 「이탈리아를 통일시킨 가리발디」 등을 발표하다. 2-6호에 「묵은 물」, 「로작」, 「톨스토이 선생의 교시」 등을 발표. 청년학우회 발기인으로 참가하고 총무를 역임. 『소년』 2-9호에 「교남홍조」, 「공중비행」, 「제일시 기념사」 등을 발표.
- 1910년(21세) 경술국치를 맞음. 조선광문회 설립. 『소년』 3-1호에 「아브라함 링컨 백년 기념」, 「링컨의 인물과 및 그 사업」을 발표. 『소년』 3-2호 「태백산가 기일(其一)」, 「태백산가 기이(其二)」, 「태백산부」, 「태백산의 사시」, 「태백산과 우리 소년」 등을 발표. 조선광문회를 설립하여 본격적인 조선의 아카데미 운동을 시작함. 『소년』 3-9호에 「톨스토이 선생을 곡함」, 「청천강」, 「제석(除夕)」, 「한 사람이 얼마나 땅이 있어야 하나」, 「너의 이웃」, 「다관(茶館)」, 「톨스토이 소전」 등을 발표.
- 1911년(22세) 『열하일기』를 광문회에서 발간. 『소년』 폐간(총 23호 발간).
- 1912년(23세) 『불쌍한 동무』 번역본을 신문관에서 간행. 월간 소년 잡지 『붉은 저고리』 창간.
- 1913년(24세) 총독부명령으로 『붉은 저고리』를 폐간. 잡지 『새별』

창간. 잡지『아이들보이』창간.『훈몽자회』와『고본춘향전』간행.

- 1914년(25세)『삼국사기』간행(조선광문회),『아이들보이』폐간. 잡지『청춘』을 창간.『청춘』1호에「님」,「어린이 꿈」,「세계일주가」,「너 참불쌍타」,「조선 명산」,「주시경 선생 역사」,「오 백년간 대표 일백인」,「만리장성」,「사람의 정의」,「이른바 지식을 빌어 알겠다 한 벗에게」,「지성」,「물레방아」,「한힘샘 스승을 울음」등을 발표.『청춘』3호에「붓」,「실낙원」,「춘추의 3운동회」,「동경부립중학 입학선서 10주년 기념 모임」등을 발표.

- 1915년(26세)『청춘』4호에「아관」,「새해」,「워싱톤 전기」,「비행 기의 창작 자는 조선인이라」,「편견과 누습을 버리라」,「풍기혁신 론」,「자기」등을 발표.『청춘』6호에「고조 선인의 지나 연해 식민 지」,「입학선서 10주년」,「고상한 쾌락」등을 발표.

- 1916년(27세)『시문독본』출판. 김두봉의『조선말본』간행(신문 관).『청춘』속간.

- 1917년(28세)『청춘』7호에「아등은 세계의 갑부」,「캔터베리기」등 을.『청춘』8호에「한시 해석」,「재물론」,「수양의 3단계」등을,『청 춘』9호에「노력론」,「부여 기는 이에게」,「수양의 여행」등을 발 표.『청춘』11호에「용기론」,「예술과 근면」등을 기고.

- 1918년(29세)『청춘』폐간(총15호),『시문독본』(정정판),『자조론』 을,『청춘』14호에「계고치존(稽古箚存)」,「조선 일기」,「배금사상」 등을 발표.

- 1919년(30세)「기미독립선언서」를 작성하고, 3·1운동에 민족대 표 33인으로 참가. 이에 일본 경찰에 체포되어 수감됨.

- 1920년(31세) 감옥에서 '밝' 문화에 대한 사유가 싹트기 시작함. 3·1

운동과 관련해서 징역 2년 6개월을 언도받고 감옥생활을 시작

- 1921년(32세)『동아일보』에「옥중에서 가족에」를 기고한 다음, 곧 가석방 됨.『청년』에『꿈』발표.
- 1922년(33세) 신문관 해산. 동명사를 설립.『동명』을 간행. 여기에「조선민시론」발표(11회 연재). 3호부터 20회에 걸쳐『조선역사 통속강화』발표.
- 1923년(34세)『동명』폐간(총23호).
- 1924년 (35세)『시대일보』창간. 10월 금강산을 유람하고「풍악기 유」를『시대일보』에 연재(52회)
- 1925년(36세) 지리산을 중심으로 호남 지역을 답사한 다음『동아 일보』에「심춘순례」를 연재함(77회).『동아일보』에「단군론」,「고 산자(古山子)를회(懷)함」,「아사인수(我史人修)의 애(哀)」등을 발 표함.
- 1926년(37세)『단군론』,『심춘순례』를 출판함.『동아일보』에「백 두산근참기」연재. 시조집『백팔번뇌』간행.
- 1927년(38세)『동아일보』에「토기타령」을, 잡지『진인』에「조선 민요의 개관」을 발표.『계명』18호에「삼국유사 해제」를 발표.『계 명』19호에「살만교차기(藝滿敎箚記)」,「금오신화 해제」를 발표. 이후 백두산 기행을 하고 난 뒤에『백두산참관기』,『아시조선(兒 時朝鮮)』을 저술. 이후 그의 회심의 역작인「불함문화론」을 발표 하여, 동북아시아의 독특한 사상적 체계를 이루게 됨.
- 1928년(39세)『동아일보』에「단군신전(檀君神典의 고의(古義)」를 연재.『시조유취(時調類聚)』를 저술.『금강예찬』간행. 6월『동아 일보』에「조선유람가」연재(10회), 이어서『동아일보』에「단군과

삼황오제」를 연재하기도 함(72회). 함경도 일대를 답사 중 함흥 이원에서 진흥왕순수비(마운령비)를 발견함. 조선총독부 산하 조선사편수회 위원 위촉.

- 1930년(41세)『동아일보』에 「조선역사강화」 연재(51회).『불교』에 「조선불교」를 발표. 11월『청구학총』에 「신라 진흥왕의 재래 삼비와 신출현의 마운령비」 발표.
- 1931년(42세)『조선역사』출간했지만 그러나 반포를 금지당함, 또 『임진란』을 저술하고 중앙불교전문학교에 강사로 취임.
- 1932년(43세) 파리 유학을 준비하다 부친 병환으로 중단함.
- 1933년(44세) 부친 최헌규 별세.
- 1934년(45세) 「신 그대 로의 태고를 생각한다(神ながら古お의億ぶ」를 발표.『매일신보』에 「이순신과 넬슨」을 연재(8회).
- 1936년(47세) 「조선의 신화」를 강연하고 2월 경성제대에서 「조선의 고유신앙」에 대해서도 강연. 11월 장남 결혼.
- 1937년(48세)『매일신보』에 「조선상식」을 연재(160회). 「조선시가사강」 발표,『송막연운록』84회 연재.
- 1938년(49세) 조선총독부 중추원 참의 사임. 만주국 신징에서 발행된『만몽일보』의 고문으로 취임. 「조선의 민담동회」(15회)와 「삼도의 고적순례」, 「제주도의 문화사관」(14회) 연재.
- 1939년(50세) 만주 건국대학 교수에 조선족 대표로 취임, 예과에서 만몽문화사를 강의함. 「노국동침연대기」 집필, 「조선의 신화」 연재(20회).
- 1941년(52세) 일제에 협력하는 국민총력조선연맹 문화부 문화위원으로 선임되고, 흥아보국단 준비위원 및 경기도 위원을 지내기

도 함. 『역사일감(歷史日鑑)』을 저술함. 12월 태평양전쟁이 발발하
자 조선학생들에게 일본의 패망을 예언.

- 1942년(53세) 만주 건국대학 교수직 사임.
- 1943년(54세) 총독부의 강권으로 이광수 등과 더불어 메이지대학
  에서 학병권유 연설을 함. 한국사를 정리한 『고사통(故事師)』 간행.
- 1945년(56세) 8월 15일. 동명사 재건.
- 1946년(57세) 『조선독립운동사』, 『신편조선역사』, 『조선상식문
  답』 간행.
- 1947년(58세) 『국민조선역사』, 『조선의산수』, 『조선상식문답속
  편』, 『조선역사지도』 간행.
- 1948년(59세) 『조선의 고적』, 『조선상식:지리편』, 『조선의 문화』,
  『조선상식:제도편』, 『조선상식: 풍속편』을 간행.
- 1949년(60세) 이광수와 함께 반민특위에 체포됨. 이때 자신의 입
  장을 정리해서 쓴 「자열서」를 『자유신문』에 발표함. 얼마있다가
  반민특위에서 풀려남.
- 1950년(61세) 한국전쟁이 발발하자 가족과 더불어 피난 길에 오름.
- 1951년(62세) 해군전사편실 고문일을 봄.
- 1952년(63세) 『자유세계』에 「국난극복론」 발표.
- 1953년(63세) 『신천지』에 「한일관계의 역사적 고찰」 연재. 『서울
  신문』에 「울릉도와 독도」 연재.
- 1954년(65세) 『사상계』에 「단군고기전석」, 『현대공론』 「3·1운동
  의 사적 고찰」 등을 발표. 『새벽』에 「진실 정신」과 「서재 한담」을
  발표함. 그리고 12월 『서울신문』에 「독도문제와 나」를 발표.
- 1955년(66세) 『현대문학』에 「한국 문단의 초창기를 말함」을 연재

하고 『새벽』에는 「내가 쓴 독립선언서」를 발표함. 서울시사편찬위원회 고문으로 추대. 이때 뇌일혈이 발병하여 병석에 눕게 됨.

- 1957년(68세) 1월 『새벽』에 「천국이 내집」, 2월 『동아일보』에 「인촌추념시」 등을 발표, 4월에는 『동아일보』에 「육당의 변」을 발표함. 10월 감기증세로 시작된 병세가 악화되 사망함.
- 1959년 소원에 기념비 건립
- 1975년 육당 전집 15권 완간(고려대 아시아문제연구소)
- 2013년 최남선 한국학총서 24권 완간(경인문화사)

부록

육당 연구 자료

강영주, 『벽초 홍명희 연구』, 창작과비평사, 1999.

강해수, 「최남선의 '만몽(滿蒙)' 인식과 제국의 욕망」, 『역사비평』76, 역사비평사, 2006.8.

강현국, 「육당시의 상상력 문제 : 바다 이미지를 중심으로」, 『논문집』 22, 대구교육대학, 1986.

곽은희, 「만몽문회 (만몽문화)의 친일적 해석과 제국 국민의 창출」, 『한민족어문학』47, 2005.

구인환, 「근대 자유시 형성고―『청춘』을 중심으로」, 『국어교육』34, 한국국어교육연구 회, 1979.

구자운, 「육당의 수필」, 『현대문학』, 1960.10.1.

구장률, 「근대초기 지식편제와 교양으로서의 소질 : 최남선과 『소년』 을 중심으로」, 『한국문학연구』41, 동국대학교, 2011.

국효문, 「한국 현대시에 나타난 불교사상―최남선을 중심으로」, 『비 평문학』13, 한국비평문학회, 1999.

권보드래 외,『『소년』과『청춘』의 창』, 이화여자대학교출판부, 2007.

권정화, 「최남선의 초기 저술에서 나타나는 지리적 관심: 개화기 六
　　　堂의 문회운동과 명치 지리학의 영향」,『응용지리 13, 성신
　　　여대 한국지리연구소, 1990

권혁재, 「개화기와 일제시대의 지리학과 지리교육」,『한국교육사연
　　　구와 새 방향』, 집문당, 1982.

권혁재, 「지리학」,『한국현대 문화사 대계』2, 고려대 민족문화연구
　　　소, 1976.

김관식, 「나의 스승 육당 최남선,『신사조』, 1963.1.

김기현, 「개화기의 신시고」,『어문논집』13, 고려대, 1971.

김말봉, 「육당선생님과 나」, 평화신문, 1957,10,14.

김명구, 「1910년대 도일 유학생의 사회사상」,『사학연구』64, 한국사
　　　학회, 2003.

김문종, 「『매일신보』의 러시아에 관한 기사 내용 분석」,『한국언론
　　　학보』49-4, 2005.

김병길, 「『소년』지 번역작품의 원류와 그 수용태도」,『논문집』18, 중
　　　앙대 1973.

김병택, 「문학의 시대적 수용 - 일제시대의 최남선과 李光洙의 경우」,
　　　『새국어교육』32호, 한국국어교육학회, 1980.

김상태 편역,『윤치호일기』, 지식산업사, 1994.

김성섭, 「최남선·2 친일반역자의 길」,『한국근현대사강좌』3, 한국
　　　근현대사연구회, 1993.

김승찬,『최남선론』,『한국민속인물사』24, 한국민속학회, 1995.

김영철, 「최남선과 신시의 성립」,『한국현대시사연구』, 일지사, 1983.

김용섭, 「우리나라 근대 역사학의 성립」, 『한국인의 역사인식』하, 창
　　작과비평사, 1972.

김용성, 『한국현대문학사탐방』, 국민서관, 1973,10,3.

김용직, 「최남선론」, 『한국 근대문학의 사적 이해』, 삼영사, 1977.

김용직, 『한국현대시사』, 새문사, 1983.

김용직, 『한국 현대시 해석, 비판』, 시와시학사, 1993.

김윤식, 「소년지와 해에게서 소년에게」, 『문학사상』, 1972.2.

김윤식, 『근대한국문학 연구』, 일지사, 1973.

김윤식, 「시조부흥론검토」, 『한국학보』, 1976 여름, 일지사.

김윤식, 「육당과 소년」, 『속 한국근대문학사상』, 서문당, 1978.

김윤식, 『(개정증보) 이광수와 그의 시대』1·2, 솔, 1999.

김윤식, 『일제 말기 한국인 학병세대의 체험적 글쓰기론』, 사울대학
　　교 출판부, 2007.

김정인, 「한국사학의 근대적 성립: 민족의 기원, 그 전우를 위한 역
　　사투쟁」, 『문화과학』34, 2003.

김종욱, 「이광수의 〈개척자〉연구─과학적 세계관의 영향을 중심으
　　로」, 『국어국문학』132, 국어국문학회, 2002. 12.

김지녀, 「최남선 시가의 근대성─'철도'와 '바다'에 나타난 계몽적
　　공간 인식」, 『비교한국학』14-2, 국제비교한국학회, 2006.

김춘수, 『한국현대시형태론』, 해동문화사, 1958.

김팔봉, 「육당의 시」, 『현대문학』, 1960.10.1.

김학동, 『한국개화기시가연구』, 시문학사, 1981.

김해성, 「육당시의 불교사상 연구」, 『국어국문학』79·80, 1979,5.

김　현, 「한국개화기문학인─육당과 춘원의 경우」, 아세아, 1969.3.1.

김현수, 「육당 최남선의 교육사상과 활동에 관한 연구」, 『논문집』, 관동대학교, 1996.

김현주, 「문화, 문화과학, 문화공동체로서의 '민족'-최남선의 '檀君學'을 중심으로」, 『대동문화연구』47, 대동-문화연구원, 2004.

김현주, 「문화사의 이념과 서사전략-1900~30년대 최남선의 문화사 담론 연구」, 『대동문화연구』50, 성균관대 대동문화연구원, 2007.

김희철, 「六堂時調作品에나타난 佛敎思想硏究-시조집 「百八煩惱」을 중심으로」, 『論文集』14, 서울여자대학교, 1985. 6.

남기택, 「동화적 상상력과 근대 문학의 성립-최남선을 중심으로」, 『인문학연구』32-1, 충남대 인문과학연구소, 2005.

남상준, 「일제의 대한 식민지 교육정책과 지리교육: 한국 지리를 중심으로」, 『지리교육논집』17, 지리교육과, 1986.

남영우, 「일본 명치기의 한국지리 관련문헌」, 『지리학』49, 대한지리학회, 1993.

류시현, 「여행과 기행문을 통한 민족·민족사의 재인식」, 『시총』64, 역사학연구회, 2007.

류시현, 「일제하 최남선의 불교인식과 '조선 불교'의 탐구」, 『역사문제연구』14, 역사문제연구소, 2005.

류시현, 「출판물을 통한 신학문의 수용과 '근대'의 전파」, 『한국독립운동사연구』26, 독립기념관 한국독립운동사연구소, 2006.

류시현, 「한말 일제 초 한반도에 관한 지리적 인식」, 『한국사연구』137, 한국사연구회, 2007.

류시현, 「한말·일제시대 최남선의 문명·문화론」, 『동방학지』143, 연세대학교 국학연구원, 2008.

류시현, 「해방 후 최남선의 활동과 그에 관한 '기억'」27호, 고려사학회, 2007.

류시현, 『최남선의 '근대'인식과 '조선학' 연구』, 고려대학교 박사학위논문, 2005.

류시현, 『최남선 연구』, 역사비평사, 2009.

류시현, 『최남선평전』, 한겨레출판, 2011.

문성환, 『최남선의 에크리튀르와 근대, 언어, 민족』, 한국학술정보, 2009.

박노순, 「한국의 명가 최남선, 두선의 가문」, 여원, 1967.4.

박노춘, 「철도를 제재로 한 개화기문학, 『교통교양조성』36, 1968,3,1.

박동규, 「육당시의 시론적 근거」, 『문학사상』, 1972.2.

박선묵, 「육당사상의 전개」, 단국대 교양학보 1, 1969,11,5.

박성수, 「六堂 崔南善 研究一〈自列書〉 분석」, 『國史館論叢』28, 국사편찬위원회, 1991.

박종화, 「육당의 조선심과 신문학」, 『현대문학』, 1960.10.1.

박찬승, 『한국근대정치사상사연구－민족주의 우파의 실력양성운동』, 역사비평사, 1992.

박태순, 「역사를 위한 변명과 해명: 최남선의 반민족사학」, 『역사비평』1990년 가을호, 역사문제연구소.

박현수, 「日帝의 侵略을 위한 社會·文化 調査活動」, 『한국사연구』30, 한국사연구회, 1980

백 철, 『조선신문학사조사』, 首善社, 1948.

서경신, 「崔南善의 歷史認識과 檀君研究」, 연세대 교육대학원 석사학위논문, 1994.

서영채, 「최남선 시가의 근대성에 관한 연구」, 『민족문학사연구』13호, 민족문학사학회, 1998.

서영채, 「최남선과 이광수의 금강산 기행문에 대하여」, 『민족문학사연구』24, 2004.

서영채, 『아첨의 영웅주의』, 소명출판, 2011.

서중석, 「한말 일제 침략하의 자본주의 근대화론의 성격」, 『한국 근현대 민족문제 연구』, 지식산업사, 1989.

석지영, 「六堂를, 崔南善의 歷史認識 - 古代史 研究를 중심으로」, 『梨大史苑』27, 1994.

송건호, 「최남선」, 『韓國現代人物史論』, 한길사, 1984.

송기한, 「최남선의 계몽의 기획과 글쓰기 연구」, 『한민족어문학』57, 2010,

송기한, 「경부철도노래와 계몽의 기획」, 『인문과학논문집』5, 대전대 인문과학연구소, 2015,2.

송기한, 「최남선 시조의 연구」, 『한국시학연구』42, 2015.4.

송기한, 「육당의 자열서 연구」, 『인문과학논문집』53, 대전대 인문과학연구소, 2016,2.

수 주, 「백팔번뇌를 읽고 나서」, 동아일보, 1926.12.18.

신동욱, 『최남선과 이광수의 문학』, 새문사, 1981.

신현득, 「한국 근대아동문학 형성과정 연구 - 최남선의 공적을 중심으로」, 『국문학논집』17, 단국대학교, 2000.

신현득, 「최남선의 창가 연구 : 창작동요에 미친 영향을 중심으로」, 『국문학논집』19, 단국대학교, 2003

심명호, 『문학자품의 영향과 창작성: 「The Ocean」과 「해에게서 少年에게」을 중심으로」, 『영어영문학』, 55호, 한국영어영문학회, 1992.

심재욱, 『설산 장덕수의 문화운동과 사회인식 1912~1923」, 『한국민족운동사연구』28, 한국민족운동사학회, 2000.

안승덕, 「육당 시조연구」, 『청주교대논문집』10, 1974.

안승덕, 「少年지에 게재된 六堂의 동요·동시－少年지에 아동문학적 성격규정을 위한 시론」, 『한국아동문학연구』2호 한국아동문학학회, 1992.

양문규, 「최남선 계몽주의의 역사적 한계」, 『역사비평』1990년 가을호, 역사문제연구소.

양왕용, 「육당시의 명칭과 장르－육당의 시연구」, 『국어교육연구』, 1974.

양주동, 「육당 최남선 특집」, 『현대문학』, 1960.10.1.

엄호진, 「학지광 사설로 본 1910년대 제일 유학생의 현실인식」, 교원대 석사학위논문, 2002.

역사비평 편집위원회 편, 『논쟁으로 본 한국사회 100년』, 역사비평사, 2000.

염상섭, 「최육당 인상」, 『조선문단』, 1925.

염상섭, 「悼 인간 최남선－그는 이 겨레와 함께 길이 숨쉬고 있다」, 평화신문, 1957,10,14.

오문석, 「민족문학과 친일문학 사이의 내재적 연속성 문제」, 『현대문학의 연구』28, 한국문학연구학회, 2006.

오영섭, 「朝鮮光文會 研究」, 『韓國史學史學報』3, 2001.

오오타케 키요미, 「근대 한일 '철도창가' : 오오와다 타케키(大和田建樹) '滿韓鐵道唱歌'(1906)와 최남선 '京釜鐵道歌'(1908)」, 『연구논문집』38, 성신여자대학교, 2003.

우미영, 「근대 여행의 의미 변이와 식민지/제국의 자기구성논리」, 『동방학지』133, 연세대국학연구원, 2006

우미영, 「시각장의 변화와 근대적 심상 공간」, 『어문연구』32권 4호, 2004.

유금상, 「한국근대 수필연구」, 『어문논집』15, 중앙대학교, 1980.

유병용, 『도산의 정치사상』, 『도산사상연구』3, 1995.

유준필, 「문명·문화 관념의 형성과 국문학의 발생」, 『민족문학사연구』18, 2001.

육당 최남선선생기념사업회편, 『육당이 이 땅에 오신지 백주년』, 동명사, 1990.

윤경노, 「도산 안창호의 청년운동과 한국 인재양성」, 『도산사상연구』7, 2001.

윤승준, 「육당 최남선의 단군론 연구」, 『인문학연구』37, 조선대학교, 2007.

윤영실, 「최남선의 수신(修身)담론과 근대 위인전기의 탄생 : '소년', '청춘'을 중심으로」, 『한국문화』42, 서울대학교, 2008.

윤휘탁, 『日帝하 '滿州國' 硏究』, 一潮閣, 1996.

이강수, 『반민특위연구』, 나남출판, 2003.

이광린, 「한국에 있어서 만국공법의 수용과 그 영향」, 『동아연구』1, 서강대 동아문제연구소, 1982.

이광수, 「육당 최남선」, 『조선문단』, 1925.

이광인, 『개화기연구』, 一潮閣, 1994.

이광욱, 「최남선의 역사사상 투쟁과 이상향 운동의 비판적 계승」, 『관악어문연구』37, 서울대학교, 2012.

이경현, 「'청춘'을 통해 본 최남선의 세계인식과 문학」, 『한국문화』43, 서울대학교, 2008.

이균영, 『신간회연구』, 역사비평사, 1993.

이기백, 「민족주의 사학의 문제」, 『민족과 역사』, 일조각, 1971.

이명화, 『島山 安昌浩의 獨立運動과 統一路線』, 景仁文化社, 2002.

이민호, 「"지귤이향집"에 나타난 육당의 시세계」, 『나사렛논총』, 나사렛대학교, 2006.

이병도, 「육당의 사학」, 『현대문학』, 1960.10.1.

이병욱, 「최남선의 불교관」, 『한국종교사연구』13, 한국종교사연구회, 2005.

이상섭, 「해에게서 불노리까지 - 최남선과 주요한의 거리」, 『인문과학』, 연세대, 1969.12.30.

이상활, 「崔南善의 新體詩 硏究」, 연세대 석사학위논문, 1983.

이숭원, 「六堂의 문학관과 시조」, 『국어교육』42호, 한국국어교육연구회, 1982.

이어령, 「바다와 소년의 의미분석」, 『문학사상』17, 1974. 2.

이영화, 『최남선의 歷史學』, 景仁文化社, 2003.

이영화, 「1920년대 문화주의와 최남선의 조선학운동」, 『한국학연구』13, 인하대학교 한국학연구소, 2004. 11.

이우재, 「六堂 崔南善論」, 『논문집』, 20, 광운대학교, 1991.6.

이은상, 「육당의 제일시조집 백팔번뇌를 읽고」, 동아일보, 1927.2.8.-13.

이제길, 「신문학사에 끼친 육당의 공적」, 『원광문화』1, 1968,7,15.

이지원, 「최남선, '민족'의 으름으로 황민화를 강요한 문화주의자」, 『내일을 여는 역사』8, 서해문집, 2002.

이지원, 「1910년대 新知識層의 國粹觀과 國粹保存運動」, 『歷史敎育』제 84집, 歷史敎育硏究會, 2002. 12.

이지원, 「1930년대 민족주의 계열의 고적보존운동」, 『동방학지』, 연세대학교 국학연구원, 1993.

이지원, 『한국 근대 문화사상사 연구』, 혜안, 2007.

이진호, 「최남선의 2차 유학기에 관한 재고찰－연보 재정립을 위한 제언」, 『새국어교육』42호, 한국국어교육학회, 1986.

이형기, 「육당의 시와 일본신체시」, 『시원 김기동박사 회갑기념논문집』, 교학사, 1986.

임돈희·로저 L. 제널리, 「한국민속학사의 재조명－최남선의 초기 민속 연구를 중심으로」, 『비교민속학』5호, 비교민속학회, 1989.

임선묵, 「六堂의 사상과 문학 일반－고전으로부터의 계승적 역할」, 『동양학』3호, 단국대학교 동양학연구소, 1973.

임수만, 「육당 최남선론－의식의 편력에 대한 고찰」, 『국어국문학』142, 2006.

임수만, 「최남선 문학에서 산의 의미」, 『한국현대작가논총』1, 한국현대작가학회, 2008.

임원재, 「六堂의 『少年』연구」, 명지대 석사학위논문, 1995.

임종국, 『親日論說選集』, 실천문학사, 1987.

임종국, 『親日文化論』, 平和出版社, 1966.

임종국, 「육당 최남선씨 일가」, 『세대』, 1971.1.

임종명, 「탈식민시기(1945~1950) 남한의 지리교육과 국토표상」, 『한국사학보』30, 2008.2.

임종찬, 「육당의 문학에 미친 일본의 문예사조」, 『한국문학논총』22, 1998. 6.

장도준, 「六堂 최남선의 신체시와 시사적 의의」, 『배달말』26호, 배달말학회, 2000.

장성만, 「민족과 인종의 경계선－최남선의 자타인식」, 『종교문학비평』7, 2005.

전성곤, 「동아시아문화권 재구성과 최남선의 종교 문화론」, 『한국종교연구』7, 2005.

전성곤, 「만주 건국대학 창설과 최남선의 〈건국신화론〉」, 『일어일문학연구』56, 2006.

전성곤, 『근대 '조선'의 아이덴티티와 최남선』, 제이엔씨, 2008.

전성곤, 『일본인류학과 동아시아 : 도리이 류조, 최남선, 이하 후유의 제국의식』, 한국학술정보, 2009.

전영표, 「육당 최남선의 출판행위와 『소년』지 연구」, 『출판잡지연구』12권 1호, 2004.

정경숙, 「「稽古箚存」을 통해 본 崔南善의 古代史論」, 『奎章閣』6, 서울대도서관, 1982.

정진석, 「언론인 최남선」, 『한국현대언론사론』, 전예원, 1985.

정한모, 「대몽최의 소작들」, 『조용욱박사 회갑기념논집』, 동덕여대, 1971.

정한모, 「태백산 시가와 에튜우드」, 『문학사상』, 1972.2.

정한모, 『한국현대시문학사』, 일지사 1978.

정한모, 『최남선 작품집』, 형설출판사, 1977.

정한모, 김용직, 『한국현대시요람』, 박영사, 1974.

조동걸, 『現代韓國文學史』, 나남출판, 1998.

조동일, 「최남선」, 『韓國文學思想史試論』, 지식산업사, 1978.

조동일, 『韓國文學思想史試論』, 지식산업사, 1978.

조연현, 「육당 최남선론－일선구자의 비애」, 『동국문학』 창간호, 동
　　　국대, 1955,11.

조연현, 『한국현대문학사』, 현대문학사, 1956.

조연현, 「현대한국의 인물광맥－신문화건설의 선구 최남선씨」, 『세
　　　대』, 1965,12,1.

조연현, 『한국신문학고』, 문화당, 1966.

조용만, 「육당의 풍모」, 『현대문학』, 1963,11.

조용만, 「애틋한 육당에의 회억」, 『신사조』, 1964,2.

조용만, 「근대문화의 점화운동－육당최남선론」, 『세대』, 1965,3,1.

조용만, 「최남선－신문화운동의 거얼」, 『인물한국사』 5, 박우사, 1965.

조용만, 『울 밑에 핀 봉선화야』, 범양사, 1985.

조용만, 『六堂 최남선』, 三中堂, 1964.

조운제, 「신시인가 모작시인가」, 『문학사상』, 1972,2.

조현설, 「동아시아 신화학의 여명과 근대적 심상지리의 형성－시라
　　　토리 구라키치, 최남선, 마오둔을 중심으로」, 『민족문학사
　　　연구』 16호, 민족문학사학회, 2000.

조현설, 「민족과 제국의 동거」, 『한국문학연구』 32, 동국대학교, 2007.

조현설, 「근대의 어문학자」, 『관악어문연구』 37, 서울대학교, 2012.

주영중, 「최남선과 김억의 번역시 연구」, 『비교한국학』 14-2, 국제비

교한국학회, 2006.

진동혁, 「六堂최남선이쓴小說「金賞牌」과『異鄕의月」,『韓國學報』14권 1호, 일지사, 1988.

진학문, 「육당의 업적」,『현대문학』, 1960.10.1.

차상원,『한·중 신문학운동의 비교연구－최남선과 胡適·李光洙와 魯 迅을 중심으로」,『중국학보』15권, 한국 중국학회, 1974.

채수래, 「육당 최남선의 고대사인식－단군 연구를 중심으로」, 충북 대학교, 1997.

최기영,『한국 근대 계몽사상 연구』, 一潮閣, 2003.

최덕수,『개항과 朝日관계』, 고려대출판부, 2004.

최재목,『최남선『소년』지의 '신대한의 소년' 기획에 대하여」,『일어 문학연구』18, 2006.

최학주 외, 「육당 최남선 행적에 대한 소명서」, 친일반민족행위진상 규명위원회, 2007.

최학주,『나의 할아버지 육당 최남선』, 나남, 2011.

편집부 역,『朝鮮史編修會 사업 개요』, 시인사, 1985.

한기형, 「1910년대 신소설에 미친 출판·유통 환경의 영향」,『한국 근 대 소설사의 시각』, 소명출판, 1999.

한기형, 「최남선의 잡지 발간과 초기 근대문학의 재편－『소년』,『청 춘』의 문학사적 역할과 위상」,『大東文化硏究』45, 성균관대학 교 동아시아학술원 대동문화연구원, 2004.

한기형, 「근대 초기 한국인의 동아시아 인식」,『대동문화연구』50, 2005.

한기형, 「근대어의 형성과 매체의 언어전략－언어, 매체, 식민체제, 근대문학의 상관성」,『역사비평』71, 2005.

한기형, 「근대잡지와 근대문학 형성의 제도적 연관 : 1910년 최남선과 竹內錄之助의 활동을 중심으로」, 『대동문화연구』48, 성균관대학교, 2004.

한수영, 「근대시와 7.5조: 六堂과 소월의 거리」, 『한국시학연구』15, 한국시학회, 2001.

허　종, 『반민특위의 조직과 활동』, 선인문화사, 2003.

홍일식, 『六堂研究』, 一新社, 1959.

홍일식, 「최남선 연구」, 고려대 대학원논문, 1964,1.

홍일식, 「바다와 육당의 시심」, 『국어국문학』61, 1973.7.

홍일식, 「개화기 詩歌의 사상적 연구-六堂을 중심으로」, 『민족문화연구』8, 고려대학교 민족문화연구소, 1974.

홍일식, 「최남선·1 그의 親日是非와 先驅者로서의 비애」, 『한국근현대사강좌』3호, 한국근현대사연구회, 1993.

홍효민, 「육당의 인간적 면모」, 『현대문학』, 1960.10.1.

황애리, 「六堂 崔南善의 韓國史 認識에 대한 研究」, 이화여대 교육대학원 석사학위논문, 1993.

황정현, 「신소설에 있어 계몽의식의 양면성」, 『현대문학의 연구』4, 한국문학연구학회, 1993.

홍완표, 「최남선의 민족문화 인식과 과제」, 『논문집』33, 한경대학교, 2002.

홍사단 출판부, 『도산 안창호』, 1985.

부록

찾아보기